戲非戲140

步步生蓮

卷十七

風荷搖破扇

月關 作品

高寶書版集團

戲非戲 DN140

步步生蓮

卷十七：風荷搖破扇

作　　者：月　關
責任編輯：李國祥
執行編輯：顏少鵬
出 版 者：英屬維京群島商高寶國際有限公司臺灣分公司
Global Group Holdings, Ltd.
地　　址：臺北市內湖區洲子街88號3樓
網　　址：gobooks.com.tw
電　　話：（02）27992788
E-mail：readers@gobooks.com.tw（讀者服務部）
pr@gobooks.com.tw（公關諮詢部）
電　　傳：出版部（02）27990909　行銷部（02）27993088
郵政劃撥：19394552
戶　　名：英屬維京群島商高寶國際有限公司臺灣分公司
發　　行：希代多媒體書版股份有限公司發行/Printed in Taiwan
初版日期：2011 年 2 月

國家圖書館出版品預行編目資料

步步生蓮. 卷十七, 風荷搖破扇 / 月關著. -- 初版 . -- 臺北市 : 高寶國際出版 : 希代多媒體發行, 2011.02
面； 公分. --（戲非戲；DN140）

ISBN 978-986-185-555-4(平裝)

857.7　　　　100000377

目次

四百十一　當頭棒喝

壁宿奇道：「哪裡不正常了？」

楊浩冷笑道：「你當一國的皇帝是一個鄉紳還是一州牧守？你當皇宮大內的侍衛都是擺設，可以任由你飛簷走壁？能刺殺得了皇帝的絕不會是一個冒冒失失的刺客，哪怕你隱藏匿蹤的功夫再嫻熟，弓矢暗器再精妙，十有八九也是你枉送了性命。

「趙光義之所以該殺，不是因為他對江州用兵。一將功成萬骨枯，戰端一啟，再如何仁義之師、再如何呵護百姓，都必然要有許多無辜百姓受到牽連，如果這樣的人該殺，那普天下為將之人豈非人人可殺？他之所以該殺，是因為他在不必要動用武力的地方，妄自動用武力！

「江州已是江南最後一處豎旗反抗的地方，城破了，江南也就澈底到手了，不管是為了進一步的行動還是想要示之以威，達到恫嚇江南軍民的目的，都完全沒有必要在城破之後對一群手無寸鐵的無辜百姓屠城。他既為了洩私憤，我們自然可以報私仇，可是昔日的南衙府尹，如今已是中原的皇帝，豈能不計後果，如此莽撞！」

壁宿暴怒道：「難道要殺他還要擇個黃道吉日？只有千日作賊，沒有千日防賊，我就不信找不到殺他的機會。」

楊浩也怒道：「你想事敗之後枉送了自己和兄弟們的性命，讓無數人頭落地，再演一幕屠城慘劇？你想為洩私憤不擇手段，變成和他一樣的人嗎？水月在天有靈，看到你喪失理智，變成和趙光義一樣的人，她會不會傷心？你以為就憑你練就的這點功夫，就一定能殺得了一個皇帝？你的隱身術跟誰學的？把他叫出來，我想看看這位可以操縱帝王生死的能人，何必藏身在這窮荒僻壤！」

他說到這兒，倏地一伸手，自壁宿肩後的箭壺中抽出一枝箭來，以箭作劍，握住劍尾，反手便向身後刺去，身後飛蝶一般翩然靠近的人影急急後退，楊浩身隨箭走，兩人一個退一個追，頃刻間那人就退到一株古松前，未及施展游魚一般的身法再向旁邊躲閃，楊浩手腕一送，箭簇已然抵在了那人胸口。

這時楊浩才扭頭看去，不覺一怔，失聲道：「是妳。」

那人竟是一襲青衣的竹韻，楊浩的箭簇就抵在她的左胸上，纖腰一束，酥胸高聳，傲峙玉峰曲線曼妙，尖尖頂端被箭簇抵著，微微陷入一點，若非那是一枝利箭，如此香豔場面可教人想入非非了。

竹韻俏臉微暈，又羞又氣地道：「大人一路裝瘋賣傻，果然藏了私，早知你有如此敏銳的六識、如此敏捷的身手，我這一路何必那般辛苦？」

楊浩微微一笑，手腕一縮，揚手一擲，那枝箭便如穿雲一般，直射古松樹冠：「原來是竹韻姑娘，姑娘的功夫是道家一脈，楊某的恩師也是道家真人，楊某雖不曾修習奇門遁甲和五行術，卻也並非一個門外漢，何況……佛道兩家的功夫本就注重對六識的修練，妳的功夫還不足以惑我耳目。」

竹韻姑娘顯然已經知道他的師傅是誰了，沒好氣地白他一眼道：「令師道家大聖，在他的高徒面前班門弄斧，那是竹韻不識趣了。」

楊浩瞟了壁宿一眼，問道：「這功夫，是妳教他的？」

竹韻道：「我從汴梁來，一路護送大人，又不曉得分身術，怎麼教他？」

她看了壁宿一眼，說道：「是我爹爹，隨李聽風大人護送尊夫人回蘆嶺州，收他做了徒弟，我今日只是替爹爹調教一下師弟的功夫。」

楊浩走回壁宿身旁，說道：「趙光義胸懷大志，這些年雖身在南衙，武藝卻從不曾擱下，此人深藏不露，一身技藝並不在我之下，你當日能猝然下手行刺，機會只有那麼一次，再想來一次，是斷斷不可能了。」

壁宿握緊雙拳，悲憤地道：「難道……就因為他做了皇帝，爪牙眾多，我就要放棄報仇？」

楊浩舉手搭住他的肩膀，沉聲道：「天子一怒，流血千里。趙光義一定要殺，但是必須得有一擊必中的機會才能下手。水月在青天白雲之上正看著你，她不會希望你如此自苦，耐心一些，機會一定會有的。」

壁宿定定地看著他，神情漸漸平靜下來，重重地點了點頭：「好，大人從來沒有騙過我，我相信你，我會耐心地等，等那個一擊必中的機會。」

楊浩欣慰地一笑，說道：「明日，我要去開寶禪院參拜達措活佛，和我一起去吧。」

「不，我要留在這裡繼續……」

楊浩打斷他的話道：「聽說，達措活佛是密宗高人，精通一門密宗武學『大手印』……」

壁宿雙眼一亮，脫口道：「好，我去！」

楊浩微微一笑，說道：「那成，明日一早，你到我的府邸。」

他上下看了看壁宿，又道：「頭面要修飾一下，沐浴更衣，換個打扮，活佛是很注重禮儀的。」

竹韻在一旁看著壁宿，眼中有一抹很特別的感情，當她來到蘆嶺州，從爹爹口中聽到這個小師弟的身世來歷之後，這個自明世事以來就一直從事密探、刺殺、護衛，殺人不眨眼的女魔頭心底一塊柔軟的地方就被觸動了，所以她才不辭辛苦趕上山來，代替師父訓練他，希望助他達成心願。

楊浩用武學引誘他，雖沒有讓他改換門庭的打算，竹韻心裡還是不太舒服，可是看到壁宿如野人一般的模樣，雙眼只有深深的仇恨，她又改變了主意，或許那個可惡的楊浩是對的，讓他去佛家殿堂受些熏陶，有助於化解他心中的戾氣。

她輕輕走上前去，柔聲說道：「來日方長，你確是沒有必要這般折磨自己。楊太尉此番行來，一路有許多東瀛忍者循蹤刺殺。他們的忍術雖然不登大雅之堂，不過許多機巧的武器和手段，卻也別出心裁，這一路與他們交手，師姐得到了許多忍者武器，對它們的應用之法也掌握了一些，我都一併傳授給你吧，或許……有朝一日你會用得上。」

＊　＊　＊

次日一早，楊浩穿著一襲交領連身寬袖的常服，髮綰成髻，橫插一枝碧玉簪，精神奕奕地出了府門。

昨日一場別具風味的「百鳥宴」大快朵頤之後，楊大人有沒有再開一場無遮法會，與幾位嬌妻擺一席「大鳥宴」，慰勞慰勞那隻縱橫八千里、奔波於三國的大鳥，讓幾位嬌妻一飽口腹之欲……人家的私房事，那就不為外人所知了。總之，孤陽不長，孤陰不生，看他楊太尉一副水乳交融、氣色瑩潤的模樣，想必昨晚是「休息」得很好的。

蘆嶺州文武百官俱著常服，恭候於府門外，楊浩見過眾官員，便與他們步行趕往那座建在蘆嶺州最高峰上的開寶禪院。

今日拜會的是一位德高望重的宗教領袖，楊浩知道，在西北地方，宗教勢力何其龐大，他們依賴政權為其傳教布道提供方便，同時也可以用他們巨大的感召力，驅使龐大的信眾為政權所用，在西北地區，宗教勢力雖不及西方的基督教可以凌駕於皇權之上，卻也有著分庭抗禮的巨大能量，如果能夠得到他們的認可，就可以爭取到西北民心，在西北，雜胡聚居，不同的種族、不同的勢力，要想把他們統統聚集在一起為己所用，無論是憑強大的武力還是共同的利益都是不可能的，但是宗教能，這就是楊浩到了蘆嶺州第二日，還未建衙開府，便先行拜望達措活佛的原因。

楊浩安步當車，步行上山，漸漸離那高聳入雲的寶塔近了的時候，忽然驚訝地張大了眼睛，他已經聽說這座寶塔已經擴展成了一座寺廟，可他萬萬沒有想到這座寺廟規模如此宏大。

當初為了藉修這座塔的名義大肆購聚鋼鐵，楊浩大興土木，把山尖都削平了，而如今看來，整個山頭都成了寺廟的後院，一座座金碧輝煌的建築依山林立，遠遠看去，似乎後山也是一座座寺廟，而且還在陸續施工中，如此大興土木，難怪唐焰焰的舅父李玉昌在這裡戀棧不去，原來那座地處山尖中心的寶塔如今已變成了寺廟後院的一道風景。

范思棋道：「大人，活佛的府邸叫『囊欠』，依活佛佛位高低不同，囊欠大小也不同，而且還要考慮到教徒多少、財物是否寬綽，本來……最大的一座囊欠在吐蕃境內，可是吐蕃連年征戰，連活佛的囊欠也破敗了，等後山那片廟宇建好，咱們蘆嶺州的囊欠，就是整個西北最大的寺院了。」

楊浩微微一笑，點頭道：「這一計使得好，佛門高僧不慕財、不戀色，可是他們以傳經布道為己任，卻是極看重這個名的，若不耗費巨資，這位達措活佛未必肯遷居於此，建了這座天下第一的密宗寺院，就能把我蘆嶺州變為佛教聖地，吸引西北無數信眾歸心，這筆錢花得值。」

范思棋微笑道：「咱們蘆嶺州並沒花多少，要建西北第一寺的消息一放出去，吐蕃、回紇、諸羌轄地的百姓便紛紛貢獻，如痴如狂。他們認為捐獻香油供奉活佛，來世才有機會得享富貴太平。如今他們捐獻所有，把希望寄託在我蘆嶺州，這就好比佛家的金光罩，萬眾信念庇護，我蘆嶺州這兩年來一直與諸羌雜胡相安無事，一方面是大人當初血洗諸寨立下了兵威，俟後蘆嶺州演兵習武威懾諸藩，還有一個原因，就在於此了。」

楊浩眉頭一挑，心道：「好厲害的心計，我把蘆嶺州變成了三藩之間的商業中心，各地商賈趨之若鶩，他們硬是把我蘆嶺州又打造成了一座聖城，在這政教一體的西北地區，不知不覺間樹立了我蘆嶺州強大的政治地位，當真了得。嗯……莫非是他的主意？

他還是沒有露面，到底要忍到什麼時候？你不出現，我也不問，看看咱們誰能撐得過誰！」

楊浩微微一笑，泰然道：「走，入寺禮佛！」

四百十二　英雄，應運而生

達措活佛的囊欠分為上院、中院、下院，規模宏大，富麗豪華，僅是一座上院，就有三進院落，殿宇無數。楊浩一進上院，便被一位早已等候在那裡的上師引著，自兩道宮牆之間繞向後院，而眾位官員則在山門外相候。

雍德宮正殿的後院中間是通往中院的通道，左右各是兩幢跨院，跨院中各有一幢二層木樓，左側跨院是達措活佛的夏宮，右側跨院則是達措活佛的冬宮，依冬夏天氣分別居住於不同的地方。

那位上師引著楊浩登上左側樓梯，進入二樓正廳，只見室內擺放著檀木雕刻的屏風，屏風上繪著種種佛教故事的畫像，還置有檀木、花梨木的几案、坐椅。一位身著暗紅色僧衣的老人正端正地坐在几案後面，看他模樣，年逾六旬，身材魁梧，滿面紅光，見到楊浩進來，他微微一笑，向一旁擺手道：「太尉請坐。」

楊浩向他合十施禮，然後在客位就座，那位上師向達措活佛行了一禮，彎著腰倒退出屋，一個奴隸躡手躡腳地走進來，為活佛和楊浩奉上兩杯奶茶，又輕輕地退了下去。

達措活佛開門見山地道：「本座自入主開寶寺前，就已久聞太尉之名了，是以今日初見，卻有一見如故的感覺。一直以來，西北地方戰事糜亂，不得安生，吐蕃與回紇，吐蕃、回紇與党項，党項與党項，再有麟州與府州，彼此征戰，紛亂不休，以致百姓流離失所，就是我們出家人也不得安寧。

「本座享百姓香火，怎忍坐視西北百姓陷落無邊苦厄之中？太尉慈悲心腸，欲以大威德一統西域，平息戰亂，本座想知道，如果太尉有朝一日成為西北諸族共主，太尉有何打算？」

楊浩心中一跳，急忙打起精神，說道：「如果西北諸部得以統一，消弭戰亂，百姓自然可以安居樂業，這是無上功德。活佛以莫大功德，再有本官竭力扶持，必將成為西域諸活佛之首，一統密教，更利於佛法的傳播。那時活佛慈悲心腸，天下信眾都要雨露惠霑了。」

達措活佛目光微微一閃，不動聲色。

那時密教盛行於天下，江南李煜崇信的就是密教，他每日下朝都與小周后換上僧衣，以胡禮拜佛；吳越國王也建瑜伽道場，延請密教大師入駐；宋國境內也不乏密教高僧，宋國還依照唐朝時的舊例，賜予有德望的密教高僧與九卿等同的待遇；至於契丹和西北地區，密教的傳播更不用說了。不過密教的信徒雖眾，力量雖然龐大，卻是一團散沙，那時的密教領袖都是活佛，這些活佛彼此之間並無從屬，戒規戒律、所宏揚的密教佛法也有差異，如果能成為活佛中的活佛，統一密教，那對一個僧人來說，自然是莫大的功德和榮耀，但是這個誘餌顯然還不能讓達措活佛動心。

楊浩又道：「如果本官能一統西域，必將支持活佛弘揚佛法，本官會建譯經院，翻譯密經；建書社，出版經書；設立密教道場，廣行法事。禮尊密僧，為其傳道大開方便之門。今因戰亂，商道阻塞，天竺、大食久不往來，如果西北得以一統，本官將重開商道，那時，我中土密教，未嘗不可循此道路，傳播西方，開花結果，遍植天下，不知活佛以為如何？」

達措活佛終於動容，他閉了閉眼睛，攸又張開，微笑道：「太尉發此大宏願，實是我教至尊護法，摩訶迦羅、瑪哈嘎拉……」

密教的至高護法神是大黑天，也就是摩訶迦羅、瑪哈嘎拉，密教認為他是觀世音菩薩心裡六字真言中的「吽」字化生出來的慈悲心之忿怒相，青光纏體，極盡威怖，所以稱為大黑天。他是密教護法諸神中的至尊，形象雖威猛兇惡，但是性愛三寶，護持五眾，據說奉祀此神可增威德，舉事能勝，同時他又是施福神，能「授與世間富貴，乃至官位爵祿」。

達措活佛將他喻為大黑天，第一點自然是欣悅於他對自己所做的承諾，奉他為護法；而第二點奉祀此神可增威德，舉事能勝；第三點此神可授人世間富貴，乃至官位爵祿，卻是意味綿長了。

可惜楊浩只聽懂了三分之一，他只聽得懂至尊護法這句話，知道自己已得到了達措活佛的認可，以此條件締結了兩人之間的政教同盟，於是雙手合十，正容說道：「有我一世，有你一世，楊浩願與活佛共尊共榮，開創大業。」

達措活佛微微一笑，端起奶茶道：「太尉，請……」

* * *

活佛乃一寺之主，衣食住行、起居迎送，都有極其嚴謹規範的禮儀。活佛升座，那是極隆重的大事，當長號鐘鼓齊鳴時，大殿前聚集的信眾們立即肅靜下來，他們都是各地趕來朝拜禮佛的，能於此時此刻進入此處，都是地方上有頭有臉的人物，但是在這裡，他們都只是一名虔誠的信徒，鼓樂一響，他們便誠惶誠恐地跪了下去。

楊浩重又出現在雍德宮門口，由上師導引，亦步亦趨地進入上院，踏進雍德宮正殿。正殿中設一寶座，座高三尺，四尺見方，全部黃銅所鑄，四周有九條金龍，座上嵌有銀質花卉、龍、獅等。座上陳列法衣、法器。寶座左右有巨柱，上懸四條金龍。座下有八具銅獅，活靈活現。

高高的殿頂上懸掛著各種式樣的大小綵燈，精巧玲瓏。四周懸掛綵色繡像多幅，供有鎏金銅佛二百餘尊，其風格與中原大乘佛教有些不同。

達措活佛戴僧帽、披僧衣，端坐在寶座之上，微微張眼，看向楊浩。楊浩不等人指引，便舉步走上前去，右手自額上外指，肅然誦念六字大明咒：「嗡嘛呢唄咪吽、嗡嘛呢唄咪吽……」

達措活佛端坐在寶座上，身形挺拔，不動如山，楊浩走到達措活佛面前，合掌，彎腰，竟爾托袖跪拜，在那蒲團上向活佛佛三度頂禮膜拜。

站在殿門口的穆羽見了這樣情形，兩道劍眉騰地一下豎了起來，伸手便去拔刀，一旁葉大少看見，趕緊按住他手，低聲喝道：「你做什麼？」

穆羽一直跟在楊浩身邊，尤其昨日楊浩義釋他的姐姐、姐夫，不但沒有加罪，而且連兵權都不剝奪，穆羽感激莫名，視他如主如父，眼見那西域和尚受了自家大人的大禮，居然如此傲慢，氣得他小臉通紅，他怒不可遏地道：「這禿驢好生無禮，我家大人是橫山節度，當朝太尉，就算見了皇帝都不用行這樣大禮的，大人要拜他便也拜了，他好大的架子，居然大剌剌地受我家大人三拜，我去剁了他的狗頭，看他還敢不敢這般威風？」

一身潔淨裝束的壁宿肅立一旁，靜靜說道：「大人拜的不是他。」

穆羽怒道：「那是什麼？」

林朋羽悠然道：「大人拜的是佛，是至高無上的權柄，是西北羌、漢、吐蕃、回紇數十萬百姓的民心……」

穆羽茫然不解，不過卻已明白自家大人必有用意，這番舉動並不吃虧的，於是忍著一腔怒氣又把刀悄悄送回了鞘中。

楊浩膜拜已畢，起身，立即有人呈上哈達，楊浩雙手接過，捧過頭頂，向達措活佛深深彎下腰去。

達措活佛的臉上這才露出一絲不易察覺的笑意，他伸出手，接過楊浩敬獻的哈達，便站了起來，自寶座左側搭設的紫鋼五階踏步梯緩緩走下來，走到楊浩面前，雙手平端哈達，又送了回來。

楊浩早知禮儀，連忙彎腰受禮，接受了達措活佛回敬的哈達，達措活佛將哈達搭在他的頸上，微笑道：「隨我來。」說罷轉身升座，楊浩雙手合十，亦步亦趨地跟在他後面，殿中眾上師高僧與蘆嶺州官吏微微露出詫異之色，而眾多信徒更是誠惶誠恐，不明所以。

只見兩人在座上並肩坐下，達措活佛便向座下僧侶和信眾們高聲曉諭：「經本座認定，楊太尉乃岡金貢保轉世靈身，我教至尊護法，摩訶迦羅、瑪哈嘎拉，為渡眾生苦厄，方墮紅塵。靈根佛性不泯，尋至本座駕前，今本座收楊太尉為徒，賜號具博，只為護法撫頂開智，指點迷津而已。本座修習的來世法，太尉修習的是今世法，殊途同歸，俱是無上佛法，修行成就，不上不下，故而互為上師，無須執弟子禮。」

殿下轟然騷動：

「岡金貢保，果然是岡金貢保轉世靈身……」

「摩訶迦羅……」

「瑪哈嘎拉……」

「我西域活佛逾百，岡金貢保轉世靈身只尋達措活佛開啟靈智，達措活佛果然是諸活佛中最具大神通、道行最深的呀……」

上師高僧、各路信徒紛紛膜拜下去，范思棋、林朋羽等人暗暗鬆了一口氣，也隨之跪拜下去……

* * *

蘆嶺州楊浩是岡金貢保轉世的消息以風一般的速度傳播了開去，這種影響是無形的，也是立竿見影的，蘆嶺州在不知不覺間，成為了西北數十萬百姓心目中一個極重要的所在，這對蘆嶺州政治地位的提升產生了無法估量的作用。

楊浩借密教之力，可以獲取在西北雜胡聚居的地方最難獲取的東西：民心，可他又不能打下一個不好的底子，讓密教凌駕於政權之上，於是趁著密教力量龐大，但是諸密教活佛無法統一駕馭如此龐大的力量，迫切需要政權強力支持的機會，與達措活佛達成同盟，定下了他修世間法、活佛修世外法，政權、教權分離的約定。

藉此威勢，在人們心靈上的震撼還未平息下來的工夫，蘆嶺州府衙升格，建節立府了。

傀儡一般的宣旨使公孫慶又被請了出來，宣讀詔命，賜雙旌雙節，得此旌節，便有軍事專殺之權，府衙前豎起了六桿大纛，府衙西廂設立白虎節堂，威儀極盛。

節度使集軍、民、財三政於一身，全權掌握所轄部隊，隨時調動，不需朝廷令旨兵符，在轄區內可以就地獲取錢糧供應，把持稅收，本來屬於中央政府任命的管理民事、財政的官員於是便也成為了他的屬員，可以自行任命。節度使只掌握軍權並不可怕，關鍵是他還控制著轄區內的民政和財政，正是這兩點，使節度使牢牢地把握了軍權，可以不斷擴軍，擁兵自重。

本來，自太祖繼位，為了割除節度使擁兵自重、尾大不掉的弊病，採取了靈活的政策削弱節度使的軍、政、財權。乾德三年的時候，趙匡胤就下令加強轉運使的權力，各地賦稅收入除日常軍費所需外，全部運送中央，剝奪了節度使擅自處理地方賦稅的財權。同年還命令諸州府選送精兵給中央，削弱了地方的兵權。

平定荊湖後，他又下令荊湖各州府直屬於朝廷，不再隸屬於節度使。同時許多任命為節度使的官員並不外放，而是留滯於京師，又或者外放的節度使所轄地區，其周邊地方已盡皆屬於朝廷，又有趙匡胤的無上威權壓在那裡，地方節度使自然不敢專擅，趙匡胤用的集權手段是平和、漸進的。

此時的節度使名義上還是掌握著極大權柄的，只是他們沒有機會去真正掌握這個權力。節度使澈底成為虛銜，從名分上也不再具有掌理軍政財權的權力，那是趙光義繼位整整一年後，下令所有節度使屬下的支郡都直屬朝廷，又以朝臣出任知州、知府之後的事了。

此刻楊浩正好搶到了一個尾巴，蘆嶺州隔著麟府兩州，天高皇帝遠，不會受到其他州府的轄制，又掌握了名分和實際的權力，在這四戰之地，正是亂世英雄起四方，有槍就是草頭王，他這一方節度，儼然就是一方土皇帝了。

節度使的僚佐有副使、支使、行軍司馬、判官、推官等，將校有押衙、虞候、兵馬使等。節度使、副大使知節度事、行軍司馬、副使、判官、支使、掌書記、推官、巡官、衙推各一人，同節度副使十人，館驛巡官四人，府院法直官、要籍、逐要親事各一人，隨軍四人。

而趙光義壓根沒做楊浩活著回到西北的打算，所以不但慷慨大方，就連觀察使、支度使都沒有派，只是籠統地在詔書上說了一句由他知府州事，這一來楊浩更可從中動手腳，若換了一個節度使，縱有這樣的機會，剛剛上任也不敢專擅，只能向朝廷請旨的，楊浩這一次回來，就沒打算再受趙光義挾制，自然當仁不讓，大剌剌地自兼了觀察使、支度使，又設營田、招討、遣運判官、巡官各一人。這一下從名分到律法，他已合理合法地把整個蘆嶺州所有大權全部掌握在自己手中，成為從地位上與府州折氏、麟州楊氏、夏州李氏平起平坐的一方藩鎮了。

楊浩搶了先機，風風光光成為一方節帥，手下屬員都做了定制，但是此刻他手下官員有限，從一個府衙一下子擴充為一個節鎮，許多官職還都是空著的，楊浩對此並不著急，與其濫竽充數，不如先空置著這些官缺，小小蘆嶺州，既放不下、也不需要這麼多官員，接下來，他還要進一步造勢，直至拿下銀州，可與西北三藩從實力上可以分庭抗禮，有這些虛置的官位擺在那兒，還怕眾將士不竭死效命？

公孫慶利用價值已盡，便被楊浩一腳踢開，垂頭喪氣地回絳州接收將虞候佐佐木則夫的棺槨去了，此番回京，等待著他的是莫測的天威，可是公孫慶一介書生，既無力反抗，家族宗親俱在汴梁，也不敢反抗，只得硬著頭皮去接受他莫測的命運。

而楊浩，則在岡金貢保轉世靈身、摩訶迦羅護法再世、橫山節度開衙建府一系列組合之後，迎來了他政治聲望的另一個高潮：府谷折御勳、麟州楊崇訓親自赴蘆嶺州拜會慶賀。光是這走在明處的兩位節度使，就已令四方震動了。西北原有三藩，如今再加上一個楊浩，楊浩剛剛開衙建府，三藩中兩藩便親自登門祝賀，這意味著什麼？這股無形的衝擊力，不但一下子奠定了楊浩在西北的地位，那股浩蕩的太陽風暴也吹向了夏州和汴梁，汴梁的趙光義會感覺到怎樣的震撼且不去說，至少對焦頭爛額、四面樹敵的夏州來說，這個突然冒出來的楊浩，對他們絕不是一個好消息。

而在暗處，趕來與楊浩會盟的還不止麟、府兩州節度，党項七氏也祕密派出了信使野亂氏少族長小野可兒，達措活佛更送給楊浩一份大禮，派來了他座下弟子赤邦松。赤幫松是吐蕃部落中最大的部落頭人之子，如今的吐蕃已遠非昔日可比，但是即便散落成了一個個互不統屬的部落，他們仍然具有強大的武力。

而久未露面的丁承宗，此時也帶著兩件祕密禮物，悄然出現在蘆嶺州府外的百里蘆葦帳中。

天時，地利，人和。英雄，應運而生。

四百十三　禮物

白虎節堂內文武濟濟，文官序列是范思棋、林朋羽等人，武官序列是李光岑、木恩、木魁、柯鎮惡等人，今日是楊浩以節度使身分第一次聚將點兵，李光岑做為節度副使怎麼也要亮亮相，所以也強自支撐著趕來，全副披掛，只是他的身體實在虛弱，楊浩特意賜了座位。

府州折御勳、麟州楊崇訓今日將聯袂趕到，今日聚將，既是他建衙開府任命各路官吏後，各位官員頭一遭進見主官，同時也方便一塊去迎接那兩位雄霸一方的諸侯。

時辰還早，擊鼓升堂，依序站位，見過主帥之後，氣氛漸漸輕鬆下來，林朋羽興奮地道：「我蘆嶺州崛起於西北四戰之地，受遊商坐賈青睞，又得府麟兩州支持，士農工商漸漸齊備，僅僅兩年生聚，便有今日局面。節帥上天庇佑，眾望所歸，開府建衙，以雙旌雙節成為朝廷一方節度，又成為密宗護教法王，一攬西北民心，天時、地利、人和無一不備啊，老朽當初隨節帥輾轉來到此處時，實未想到會有今日局面。節帥今後有些什麼打算，正好文武屬僚都在這裡，節帥何妨說與大家聽聽。」

老東西今兒有些激動，他也有過年輕的時候，也有過指點江山、意氣飛揚的青年歲月，可是生不逢時，沒有那樣的機遇、也沒有那麼大的本事，壯志漸漸消磨，雖成一方名宿，卻再不復什麼宏圖大志。可是萬萬沒有想到，老來逢春，枯樹發芽，他竟然有機會輔佐一位明主，建立一方霸業，就算這西北江山僻處一隅，未免小了點，可是寧為雞頭，不為牛後，那也是一片江山吶，誰不想做開國功臣，名垂青史？

文武官員們也都品出了他話中的味道，雖然他們都知道現在蘆嶺州還需要繼續扛著宋國的大旗，有些事可以做，卻不能明著說，但還是希望楊浩能把他的志向向眾人略作透露，畢竟，這可是把腦袋繫在褲腰帶上的事，他們竭死扶保的人若不明示志向，他們心裡多少有些沒底。

楊浩此刻是上馬管軍、下馬管民，所以在這白虎節堂中披掛一身戎裝，他雙手扶著帥案，心中也是起伏不已，林朋羽沒有想到會有今日，他何嘗不是？兩年前，當他躺在丁家大院的稻草堆上扯皮的時候，他的志向只是能有三畝薄田、一間瓦房，娶個婆娘，侍候母親安生度日而已，而他那個臊豬兒兄弟，那時正為睡女人和吃肥肉哪個更可口的問題而百思不得其解，誰會想到，兩年之後，那個只知道肥肉吃著香的豬兒成了汴河幫的少幫主，得了袖兒那麼一個俊俏伶俐的大姑娘，而他……居然建節掛帥，成為一方諸侯？

境遇之奇，實是難以預料，而這，也正是人生的魅力所在。

他感慨地道：「本帥本霸州一布衣，為奸人所害，負命逃亡，投身行伍，數度出生入死，雖是不文不武，卻賴諸位扶助，始有今日境遇。家母因受我的牽累，急病交加而死，我還記得……當初將母親葬在雞鳴山上的時候，家母連一具棺木都沒有……」

他的眼中蓄起了瑩瑩的淚光，回憶著當初那椎心刺骨的痛，說道：「楊某離開的時候，曾對天盟誓，這一番離去，一定要闖蕩天下，闖一份功業出來，那時……我就回霸州，把她老人家風光大葬……」

他淡淡一笑，說道：「那時楊某少年輕狂，曾發下宏誓，將來修墓、修塚、修陵……有多大的出息，就給母親修多大的墳！如今想來，不過是激憤之下的一番狂言，那時楊某身無長物、地位卑賤，又怎能未卜先知，悉有今日地位，想不到……母親在天之靈護佑，今日竟真的成為一方封疆大吏……」

他長長地吸了一口氣，說道：「如今蘆嶺州已升格為節度，既食朝廷俸祿，為一方牧守，理當保境安民，為國效力，銀州今被契丹反叛慶王占據，與我蘆嶺州近在咫尺，若是讓他站穩腳步，驅騎南下，我蘆嶺州岌岌危矣，是以本帥開府建節，第一件大事，就是與府麟兩藩議盟，先行剷除銀州敵患，以蘆嶺州、銀州，聯縱橫山一脈，做一個名副其實的橫山節度使。」

眾文武聽了一陣騷動，個個喜形於色，大帥這是要打著為大宋開疆拓土、保境安民的旗號，準備擴張自己的勢力了。如今節帥雖然成了一方節度，他們也都做了官，可是實際控制的地盤有多大？不過是這座封閉於四山之中的蘆嶺州一地罷了，只有擴張領域，不斷擴大地盤，他們的勢力才會越來越大，在這個地方，也只有建立軍功，才能保證他們前程似錦，楊浩這顆定心丸給他們吃下去，眾文武心中已定。

楊浩又道：「等到平定了銀州，本帥就為母親起墳遷骨，將家母的墳塋遷至蘆嶺州來。」

眾文武聽了更是大喜，將他母親的墳塋遷來蘆嶺州？大宋的節度使也是流官，皇帝要調你離開，你就得離開，是以官員上任，家眷固然可以帶來，卻沒有理由把祖墳也給遷來的。楊浩要遷墳於此，心意表達的還不夠明顯嗎？他奉詔來了，但是他不會再奉詔走了，他要以蘆嶺州為家，以此為楊家祖宗之地，從此不作他想了。

可林朋羽還不滿足，他目光一閃，立即追問道：「墳墓之別，為陵、塚、墓、墳，此外尚有林。林者，歸葬聖人之地，可不計較，餘下四等規制中，墳乃尋常百姓歸葬之處，墓乃豪紳巨戶歸葬之處，塚乃王侯將相歸葬之處，陵……則是帝王歸葬之處。節帥位極人臣，按規制，老夫人配享塚葬，節帥既有意為老夫人遷墳，還請節帥早早向朝廷請求誥封，卑職負責蘆嶺州內務，也會立即選擇山青水秀之地，做為老夫人安身之處。」

楊浩說道：「怎可勞動林老，本帥會擇時親往霸州為家母起墳，至於遷至蘆嶺州之後嘛……」

他目光一閃，淡淡地說道：「家母遺骸遷回後，暫寄骨於開寶寺，至於建墳規制什麼的，容後再議吧。」

當朝使相，按規矩生身之母可以請封誥命，這是榮耀，還有什麼可議的？林羽宇已經點明了要建塚，他還推諉不應，也不答應向朝廷請封，那他想為老夫人建個什麼規制的墳塋？

眾官員聽出他話中之意，俱皆喜不自勝，可是林朋羽、秦江、盧雨軒、席初雲等一眾文官首先反應過來，已經急步搶前阻止：「節帥身分貴重，一身繫以蘆嶺州眾生，豈可輕身涉險，此事卑職們可以代勞，節帥萬不可親自前往。」

楊浩是宋國的重臣，他要在宋境內為母親起一座墳，談什麼涉險？就這一句話，蘆嶺州文武之心已昭然若揭了，不過這堂上都是心腹，就連一個原本朝廷出身的官員都沒有，偶露崢嶸倒也不懼。

楊浩道：「起墳自然要子姪在旁，我不去還有誰能去？諸位放心，本帥不會輕率行事的，此事總要策劃得周全，方能行事……」

他剛說到這兒，殿堂門口忽地有人沉聲說道：「再如何周全，總是要行險，節帥乃蘆嶺州根本之所在，不可輕離，外人不能代勞，我卻是可以的。」

文武紛紛閃列兩旁，向門口望去，楊浩也霍然抬頭，滿臉詫異。只見門口出現兩個人，俱是一身孝衣，站著的那個亭亭玉立，如雪中寒梅，麗而不俗，正是他的妹子丁玉落，而她身前那位坐在四輪木椅上的，卻是久未露面的丁承宗。

當日丁玉落傳回的消息，正與楊浩預估的一致，魏王德昭初入行伍，在軍中沒有他的一套班底，根本指揮不動那些驕兵悍將，所以楊浩也不需要做什麼應變，直接繼續西向即可。當時他正與公孫慶、王寶財一班人鬥法，丁玉落如果留在自己身邊反而最危險，便想讓她獨自趕回蘆嶺州，可他恰巧想到一件要事，於是便又讓丁玉落先趕汴梁一趟，安排妥了那件事再回蘆嶺州。楊浩到了蘆嶺州後沒有見到玉落，還以為她還沒有回來，想不到她單騎往來，快捷如風，不但趕在了自己前頭，還和丁承宗同時出現。

丁玉落推著丁承宗的輪椅一步步往廳中走，丁承業坐在椅中，懷中抱著一方石匣，肅然說道：「孝子承宗、孝女玉落秉承古禮，已然起出母親遺骸，遷到蘆嶺州來了。」

丁玉落望著楊浩，低聲道：「二哥，大哥懷中的，就是母親的遺骸。」

楊浩閃身離開帥案，急步迎了上去，他走到丁承宗面前，痴痴地望著丁承宗雙手托著的那口石匣，想到那個命運多舛的苦女人，忽然雙膝跪倒，雙手接過石匣，熱淚奪眶而出……

花廳中，楊浩靜靜地打量著丁宗承。

* * *

丁承宗比起當初的模樣變化太大，已是判若兩人。

最初的丁承宗，精神奕奕，極具威嚴，最具乃父之風，闔府上下都有些畏懼他，做為一家少主、丁氏長子，他承擔著太多太重的責任，卻也養成了他不同於其他人的沉穩凝重的性格。

遭受暗算昏睡多日之後的丁承宗重新醒來時，雖然威嚴依舊，卻是頰肉鬆馳，臉色蒼白，彷彿一個一推就倒的病漢，而今的丁承宗，身體漸漸恢復了強健，雖然他雙腿俱斷，只能坐在輪椅上，但是腰桿仍然挺拔筆直，讓人小覷不得。只是他已蒼老了許多，剛剛三十出頭的年紀，兩鬢已經有了參差的白髮，容貌依舊堅毅，卻依稀露出了些飽經滄桑的皺紋。

對於丁承宗，蘆嶺州文武都是樂於見到他與楊浩消除芥蒂，兄弟相認的。丁承宗在蘆嶺州這些日子，已經充分展示了他的謀略才智，蘆嶺州正缺一位這樣可以運籌帷幄的軍師級人物，同時，他已拜在達措活佛門下，是達措活佛極寵信的弟子，楊浩雖與達措活佛締結了同盟，但是如果在達措身邊有這樣一個人在，無疑更有助於兩方面的關係發展。

此外，就關係到楊浩的身世了。丁承宗是丁家長子，只有他有權承認楊氏的身分，把她扶立為丁庭訓的繼室續絃，承認她是丁家的主母，這對楊浩可謂意義重大。

岡金貢保轉世靈身的護教法王、橫山節度使、當朝太尉，如果是一個婢女的私生子，這對他來說就是一個致命傷，消息一旦傳開，很難得到西北豪門望族和世家子弟的尊重，而且會被敵人利用，藉以質疑他的身分。古往今來，就是那些已經做了皇帝的人，都要費盡心機，把自己的祖宗與古代的某位名聖大賢扯上關係，何況楊浩要在西北打下一片江山，統治那些自視甚高的世族世家，他的出身就算不能十分高貴，也一定要盡量提高，所以蘆嶺州文武對他們兄弟相認是大力促成的。

楊浩的幾位嬌妻也是堅定的擁護派，丁承宗為楊浩無怨無悔的付出，她們都看在眼裡。尤其是她們和丁家小妹玉落相處極好，那樣惹人憐惜的一個可人兒，冬兒、焰焰她們怎忍楊浩兄弟失和，讓丁小妹從中為難，日日以淚洗面。

其實對楊浩來說，就算沒有林朋羽等人苦苦求懇、羅冬兒等幾位嬌妻大吹枕邊風，他心中那一絲怨尤也已經悄悄消散了。世間事，身不由己處多多，楊浩已是深有體會，站在丁承宗的立場，已經沒有人能比他做得更好了。如今他把楊氏奉承為父親的續絃正室，以孝子身分親自去為她起墳遷靈，在那既重視出身、又重視身分的年代，丁家大少爺做到這一步，誰還有什麼理由繼續責怪他？

孝衣脫去，裡邊竟是一套僧衣，楊浩詫異地看著他，終於忍不住問道：「你……出家了？」

丁承宗淡淡一笑，說道：「我已拜達措活佛為上師，隨活佛修習佛法，然……塵緣未了，所以未曾正式剃度，如今只是一名瑜伽士（密教的居士）。」

楊浩默然片刻，又問：「玉落……已經跟你說了他的身世？」

丁承宗輕輕點了點頭：「我沒有想到，原來竟是因為這個原因，雁九著實能忍，也著實了得……」

丁承宗說著，想到自己一家被雁九陷害得如此淒慘，忍不住潸然淚下，楊浩心頭一酸，忍不住道：「大哥，往事已矣，多思無益。」

丁承宗身子一震，猛地抬起頭來，驚喜地看著他，顫聲道：「你……你終於肯叫我一聲大哥了嗎？」

楊浩眼中也是淚光瑩然：「大哥，你我都是他人陰謀的受害者，些許芥蒂，我們早該放下了，其實我早已認了你是我的兄弟，我的大哥。」

丁承宗疑惑地道：「早已？」

「是，就是你昏厥不醒的時候，我去向你辭行，那時……我就已經認下了兄長。」

「可是……」

「可是……兄弟也會鬧意氣的，是不是？」

「是，當然是。」

丁承宗握緊了輪椅扶手，兩行眼淚簌簌而下，這回卻是喜悅的眼淚。

平息了一下激動的心情，丁承宗歡喜地道：「二哥，大哥這次回來，除了帶來了母親的遺骸，還為你帶來一位貴客，這個人對你的大業十分重要，因為此人身分太過機密，就算是蘆嶺州上下官吏、所有心腹之人也不可使之知道，所以方才在節堂上沒有帶他與你相見。」

楊浩動容道：「什麼人這般重要？」

丁承宗不答，卻回首向門口喚道：「玉落。」

丁玉落翩然現身，驚喜地道：「大哥、二哥，你們終於盡釋前嫌了？」

丁承宗輕輕點了點頭，楊浩卻道：「小妹，咱們家裡，心中最苦的人就是妳，二哥真是……難為了妳。」

丁玉落喜極而泣，玉頰上映著閃閃的淚光，她輕輕以掌背拭淚，微笑道：「沒什麼，只要咱們一家人能盡釋前嫌，就是玉落心中最大的歡喜，為此，不管吃多少苦也心甘情願。」

丁承宗笑了笑，問道：「閒雜人等都打發出去了？」

丁玉落道：「是，這院中除了我，再無旁人。」

丁承宗頷首道：「好，妳速帶那人進來。」

丁玉落答應一聲，便閃身離去，楊浩已被吊足了胃口，心中越發好奇，不曉得丁承宗除了帶回母親的遺骸，還會帶來什麼出人意料的禮物。

片刻工夫，院中腳步聲響，丁玉落翩然閃進門來，說道：「大哥、二哥，那位貴客已經到了。」她回首剛想喚那人進來，那人不等傳喚，已經自行大步進了花廳。

這人豹目環眼，渾身都充滿剽悍的野性，他的腦袋頂上刮得光禿禿的一片，在陽光下閃閃發亮，四周的頭髮卻編成了些小辮子垂下來，方方正正一張臉龐，濃眉闊口，絡腮鬍子自頷下直連至兩鬢，那鬍鬚都是捲曲如虯的，就是這樣一條大漢，兩隻耳朵上偏又綴著一雙金光閃閃的大耳環。

七月分天氣，這個人穿的左衽長袍竟然還是皮裘，只是袍裾袖口盡飾以雪白的狼毫，顯示著他尊貴的身分，他寬寬的腰帶上掛著一口碩大的彎刀，看起來殺氣騰騰，極盡粗獷。

楊浩一見，騰地一下跳了起來，他正一身披掛，伸手便去摸劍，大拇指已然摸到了劍簧的按鈕，這才發現此人與西北第一強藩，定難軍節度使李光睿之長子，大宋欽封的衙內都指揮使、檢校工部尚書李繼筠只是有七分相似，並不完全相同，不禁遲疑道：

「你是誰？」

那人一進來，一雙豹眼便上上下下地打量著他，這時雙眉一挑，恰也開口問道：

「你就是楊太尉？」

四百十四　拓跋昊風

丁承宗推動輪車，移至兩人中間，微笑道：「太尉，這位是夏州拓跋昊風大人，拓跋大人，這一位，就是我橫山節度楊太尉了。」

楊浩心中一動，在西北地區，大人未必是指朝廷的官員，此人模樣也不像是個朝廷的官員，那必然是部落頭人或者上位貴族了，此人又是複姓拓跋的，那就應該與党項羌人部落有極密切的聯繫，丁承宗怎麼能聯繫到夏州李氏的人？

其實此人在大宋朝廷還是有官職的，每一個在夏州舉足輕重的大部落首領，宋廷都慷慨地賜予了官職，此人身上也扛著一個都指揮使的官銜，儘管他的家族並非夏州李氏核心人物，其父卻也在夏州擁有一個防禦使的實職，由於其父在夏州做官，所以這位少族長才是該部落的實際領導人。

拓跋昊風上下打量他一番，撇了撇嘴，輕蔑地道：「丁先生，這人……就是李光岑大人的義子、橫山節度使嗎？在我們這裡，須得有真本事才能讓人服他，只憑朝廷封賞，是鎮不住西北豪傑的。」

這人風風火火的性子，一語未了，便霍地拔出刀來，喝道：「接我一刀！」

刀光如疋練，乍然劈向楊浩頂門。楊浩本已握住劍柄，驚見此人拔刀，刀勢威猛無儔，不由暗吃一驚，他想也不想，便拔劍反刺回去。

拓跋昊風那一刀之威足以將人一劈兩半，但他拔刀、舉刀、下劈，一系列動作雖然迅捷，終究不及楊浩拔劍、出劍迅速，他的刀剛剛下劈，楊浩的劍尖已然點在他的咽喉上，拓跋昊風大駭，硬生生地頓住刀勢，雙臂用力過巨，額頭青筋都繃了起來。

「好快的劍！」拓跋昊風怪叫道。

丁承宗也被他猛地拔刀相試的動作嚇了一跳，待見楊浩將他反制，這才平靜下來，微笑道：「聽說拓跋大人與李繼筠比武較技，曾敗在他的手上，而李繼筠，正是我家太尉手下敗將。那時，我家太尉方隨名師習武，武功進境較之今日更是不可同日而語，拓跋大人敗在我家太尉手上，也不算丟臉。」

「嘿，輸就是輸，技不如人而已，有什麼好丟臉的？」拓跋昊風倒也爽快，還刀入鞘，哈哈大笑道：「你贏得了李繼筠，那就是英雄，李光岑大人果然認得好義子，拓跋昊風服了你了。」

楊浩見他收刀，便也還劍入鞘，這時拓跋浩風猛地搶前一步，楊浩只道此人奸詐，嘴裡說著認輸，卻還要偷襲他。可是若論拳腳功夫，他實不如這個自幼摸爬滾打，精擅摔跤功夫的拓跋昊風，況且失了先機，竟被他一雙大手牢牢抓住雙肩。

楊浩暗惱，正欲使一個「霸王卸甲」抽離他的控制，拓跋昊風已激動滿面地道：「太尉大人，你是李光岑大人義子，論起來，你我算是一家兄弟，何況還有娜布伊爾這層關係，你我二人更是親上加親，今日拓跋昊風願歸順大人，供大人驅策、為大人效力，我這大仇，大人一定要相助在下才成。」

楊浩一聽，卸了雙肩力道，茫然看著他問道：「什麼娜布伊爾，親上加親？呃……她是你的女人？她怎麼了？」

拓跋昊風牙根一咬，恨聲道：「娜布伊爾，本來該是我的女人的，卻被李光睿那老匹夫奪了去，我党項人有恩必還，有仇必報，殺父之仇、奪妻之恨，但凡是個男兒丈夫都斷斷不能容忍，為了洗雪這恥辱，我才聽從丁先生相勸，前來祕密拜會大人，要投效到大人門下。」

楊浩無心聽他那血海深仇，追問道：「可這娜布伊爾，與我有什麼關係？怎麼說，親上加親了？」

拓跋昊風方才還在咬牙切齒，一聽這話卻是哈哈大笑，他在楊浩肩上重重捶了一拳，笑道：「拓跋昊風今日出現在這兒，就是誠心歸順大人了，大人還何必相瞞？娜布伊爾是爾瑪伊娜的姐姐，爾瑪伊娜是要嫁給太尉大人的，從李光岑大人那兒論起來，我得喚你一聲兄弟，從娜布伊爾那兒論起來，我得叫你一聲妹夫，哈哈哈，這不是親上加親嗎？」

拓跋昊風豪爽地大笑，楊浩陪著乾笑兩聲，轉向丁承宗問道：「拓跋大人在說什麼？」

拓跋昊風摸著大鬍子，困惑地對丁承宗道：「怎麼我的漢話說的很難聽懂嗎？」

丁承宗趕緊說道：「娜布伊爾和爾瑪伊娜，是党項八氏中除夏州李氏外最富有的部落細風氏族長五了舒大人的女兒，那可是是草原上的一對明珠啊。娜布伊爾自幼許配給了往利氏族長之子，但是娜布伊爾真正喜歡的，其實是拓跋大人。」

拓跋昊風把胸一挺，咬牙切齒地道：「不錯，細風氏部落能成為除了夏州李氏外最富有、最強大的部落，就是因為得到了本部落的幫助。我本想請父親大人出面向五了舒大人求親的，雖說娜布伊爾已訂了娃娃親，但按照草原上的規矩，做為強者，我是可以奪妻的，何況以我部落對細風氏的幫助，五了舒大人未必不肯悔婚再嫁，可是……李光睿不知從哪兒聽說了娜布伊爾的美貌，便令細風氏部落敬獻美女，點名要娜布伊爾！」

丁承宗立即應和道：「李光睿是夏州之主，諸氏頭人誰敢違逆？唉，可惜一對有情人，就此……」

他說到這兒，拓跋昊風已是臉孔漲紅，牙齒咬得咯咯直響。殺父之仇、奪妻之恨，是一個男人最不能容忍的羞辱，何況羌人古老的部落傳統本就講究有仇必報，可是要讓他殺掉在西北雖無帝王之名，實有帝王之實的李光睿，漫說他沒有那個能力，縱然有這樣的機會，他也必須得考慮到後果，他的父母兄弟、無數族人，生死存亡都在他一念之間，他雖愛極了娜布伊爾，又豈敢莽撞？自己的心上人日日承歡於李光睿那個黑胖子身下，他的一顆心就像在油裡煎著似的，無時無刻不受著這種痛苦煎熬。

丁承宗派往夏州的大批內間密探利用各種身分混跡到夏州各位大人身邊，有的幫助他們倒行逆施，有的則施加影響，不斷灌輸李氏不足以為夏州之主的觀念，有的則到處煽風點火、散播各種謠言。很快，他們就注意到了拓跋昊風。

種種消息陸續送回蘆嶺州，丁承宗分析研判之後，立即把他列為重點拉攏對象，拓跋昊風本與夏州李氏有仇，丁承宗再略施小計，讓他與李繼筠結下怨仇，這一來拓跋昊風更成了最堅定的反李派，丁承宗再三試探，確認此人心意後，這才登門拜訪，最終憑他那三寸不爛之舌說服了拓跋昊風，把他拉攏了過來。

在夏州李氏政權的組成中，拓跋昊風所在的部落算是相當強大的一部了，而且把此人拉攏過來，最大的作用不是利用他本部人馬造反，與蘆嶺州裡應外合，而是利用他的特殊身分，可以最大限度地煽動對造成目前困局負有不可推卸責任的李氏政權不滿的拓跋氏貴族們。

夏州李氏以北魏皇族後裔的身分成為党項八氏首領，統治夏州多年，樹大根深、實力龐大，就算夏州如今內憂外患，又有党項七氏起了反心，也輕易撼動不了，但是如果夏州內部的貴族頭人們群起聲討，這位無冕之王要垮臺就容易多了。

楊浩於是追問道：「那爾瑪伊娜又是怎麼回事？」

丁承宗掩著嘴脣咳嗽一聲，說道：「這個嘛，一年前太尉造訪細風氏，會盟七氏部落，爾瑪伊娜姑娘對太尉大人一見傾心，五了舒大人也有意與太尉聯姻，這個意思嘛……曾經對太尉提過，太尉也沒有反對之意嘛，只是其後不久，太尉就遷至汴梁為官，此事就擱置了下來，嘿嘿……不過消息嘛，卻已悄悄傳揚開來……」

聽他這一說，楊浩忽然想起了那晚參加細風氏部落鍋莊大會的場面，許多美麗的羌族少女在他們面前且歌且舞。在少女們中間，有一個最俊俏的小姑娘，穿著短短的馬甲式上衣，繫著橫條紋的小筒裙，露出健美、圓潤的小蠻腰和一雙結實渾圓的小麥色大腿，下巴尖尖，鼻子挺翹，很別緻的青花布帕包頭，胸前的銀飾在歡快的舞蹈中輕快地跳躍，光潤柔美的小腿上一雙皮靴富有節奏地踏動，彷彿一匹小馬馳騁在草原上……

羌人是戎人的後裔，戎人從春秋時期起就盛產「狐狸精」，那晚的爾瑪伊娜無疑就是一隻小狐狸精，雖然年紀尚幼，就已具備了顛倒眾生的美貌，那晚許多党項少年自己較技比武，正是為她爭風吃醋，也正是在那一晚，自己得到了呂洞賓暗中相助，拜了這位道家大聖學習武技，差不多兩年不見了，那個小姑娘想必出落得更標緻了吧？

楊浩從回想中醒來，狠狠地瞪了丁承宗一眼，這才轉向拓跋昊風，微笑道：「拓跋兄難忍心愛之人被他人占有，衝冠一怒為紅顏，這個楊某能夠理解，可是……這麼多年來，拓跋兄忍辱不動，顯然對李光睿頗有顧忌，何以如今肯對付他了？你相信我有對付他的實力？你又有什麼可以幫助我的？」

丁承宗見他只是瞪了自己一眼，沒有繼續糾纏這件事，不由暗暗鬆了一口氣。

他來到蘆嶺州以後，發現楊浩竟然在這裡留下了那麼龐大的潛勢力，就像發現了一片新天地，很快他就感覺到，哪怕掙下再大的一份財產，也未必能打動楊浩，但是助他打下一份基業，卻未必沒有機會讓他回心轉意，而丁家子孫將得到的家業，將遠遠不止於富甲一方那麼簡單，於是便全心全意地幫助楊浩營造聲勢、擴充實力，不遺餘力地拉攏一切可以拉攏的人。

當他漸漸被蘆嶺州眾人接受，將他奉為軍師的時候，他便從李光岑口中得知了這件祕辛，哪有不加以利用的道理？漫說爾瑪伊娜被譽為草原上的百靈鳥，十分俊俏美麗，就算她醜若無鹽，為了謀國這樁大生意，他也會不遺餘力地促成此事。他是個生意人，利潤最大化就是他做事的原則，什麼情投意合、兩情相悅才能成就夫妻，對他來說就是狗屁，五了舒也是一頭老狐狸，兩下裡一拍即合，一樁無中生有的事便就此傳得有鼻子有眼了。

拓跋昊風大聲道：「李光睿在西北諸藩中實力最為強大，漫說我拓跋昊風，放眼西北，誰又奈何得了他？可是，他自作孽，惹下仇家無數，如今光景，與當初的吐蕃有什麼兩樣？想當初，吐蕃大敗薛仁貴十幾萬唐軍，占領龜茲、于闐、焉耆、疏勒四鎮，盛極一時，雄霸西北，結果他們處處樹敵，西與大食帝國交戰，北與回紇王國為敵，南征南詔王國，而東面，大唐閉關鎖城，不與往來，吐蕃內外交困，盛極而衰，終成今日局面。

「如今李光睿父子竊據大位，倒行逆施，東與府州、麟州交惡，南北與吐蕃、回紇為敵，西拒波斯、天竺和大食商旅，以致四面樹敵，眾叛親離，眼看就要步吐蕃人後塵。我拓跋氏眼看就要被他們帶入萬劫不復之地，諸部頭人為此憂心忡忡，可惜卻無一人有資格取而代之，幸好這時聽說了李光岑大人的消息。」

拓跋昊風望著楊浩，熱切地道：「如果知道征討李光睿的是李光岑大人，本已對夏州不滿的諸部頭人縱不出兵相助，要讓他們袖手旁觀、靜待其變也不為難。遊說聯絡諸部這些事，再也沒有比我拓跋昊風更合適的人選了，不過……太尉大人要讓他們對你心服口服，還需顯示蘆嶺州的武力，你這裡越風光，我那裡才越好說話。」

楊浩聽了朗聲笑道：「耀武揚威嗎？哈哈，這卻不難，半個月內，我就讓你看到我蘆嶺州武力是如何強大。來來來，且請入座，咱們再詳細談過。」

他親親熱熱地攀著拓跋昊風的手臂走向座位，有意冷落丁承宗，算是對他的小小教訓。丁承宗不以為忤，微微一笑，推著輪車已自動自覺地走到楊浩身後，站到了幕僚軍師的位置。就在這時，院門外似有動靜，丁玉落飛身掠去，片刻工夫又返了回來，急急說道：「二哥，麟府兩州節度將到城外了，諸位官員促請大人前去相迎。」

楊浩聽了，起身對拓跋昊風道：「怠慢了拔拓兄，實在失禮，只是你的身分如今不便在人前露面。玉落，把拓跋大人請入內院好生安頓，著最心腹的人照顧，本官先去迎迎那兩位貴客。」

四百十五　結拜

城門洞開，楊浩與折御勳和楊崇訓並轡而入，待入得城門，折御勳和楊崇訓便暗自驚訝。城中本來靜悄悄的，可誰也沒有想到，入得城來竟見一支支士兵方陣列隊整齊，早已肅立在那兒。一個個千人方陣氣壯如山，那種銅牆鐵壁般的氣概，使得這兩位戎馬一生的大帥心中也不免激盪起層層漣漪。

折御勳和楊崇訓各帶一支三百人的衛隊以及大批僚屬，陸續進城之後，眼見如此場面，不免發出陣陣私語聲。這次西北兩藩來訪，楊浩第一次亮出了自己的真正實力，如今他已不需要繼續扮三藩夾縫中求生存的可憐蟲，也不需要扮出一副與世無爭的老好人模樣，他必須亮出自己真正的實力，才能得到蘆嶺州軍民、各方行商坐賈和繼嗣堂的擁戴和信任，必須亮出自己真正的實力，才能得到折楊兩藩的傾力支持。

李聽風站在半山窯洞外，撫鬚觀望著谷中一個個整齊的方陣，指點道：「那一支方陣所持的長刀，想必就是漸至失傳的陌刀了？」

崔大郎微笑道：「這刀說不是陌刀也沒錯，說是陌刀也不差，不過較之唐朝時候的陌刀，這刀還要厲害許多。唐朝時候的陌刀因為冶煉能力有限、鑄造水平不高，故而每柄陌刀可達五十斤上下，而他們的陌刀，鋼質淬鍊的更好，刀刃堅韌、刀口鋒利，威力絲毫不遜於陌刀，但是重量卻只及唐朝時陌刀的一半稍多一些。」

李聽風驚訝道：「如此說來，楊浩其實早就有了稱霸一方的野心了？否則倉卒之間他怎能聘得名師匠人鑄此鋼刀？又從哪裡獲得了大量的鋼坯？」

崔大郎目光閃動，微微搖頭道：「這是蘆嶺州至高機密，就連我也不得而知了。不過……理他作啥，他若真是深藏不露的一名梟雄，豈不更與我等有利？」

李聽風點點頭，嘆道：「自古行師，步騎並利。所謂勁馬奔衝，強弩拒之，然一旦逼近，步卒則任人宰割了，唯這陌刀大陣，乃是騎兵的剋星，但使魁健有力之卒使此大刀，千百柄刀豎立如牆，上砍人下砍馬，敵騎若來近戰，不管是掠我陣腳，抑或踐踏我步卒，有此陌刀大陣當前，那都是自蹈死地了。我記得，自陌刀陣初創以來，但凡用上陌刀陣的時候，莫不產生巨大作用。」

崔大郎大笑道：「兵在審機，法貴善變，騎兵之大用，並非只在衝鋒陷陣處，單憑一個陌刀陣當然不能天下無敵，不過有了這陌刀陣，敵騎近戰的確頭痛，陌刀之用，主剋騎兵近戰，弓弩之用，主剋騎兵遠戰，你看陌刀陣對面的弩兵方陣，嘿，陌刀與勁弩相配合，正是騎兵的剋星。

「看來蘆嶺州不但早有準備，而且他建軍之初就有的而發，針對的是擁有大批戰馬的對手了，在西北，這樣的對手還能是誰？自然是夏州那位李大人。自古英雄應運而生，時勢造英雄，英雄易形勢，西北能否在他手中一改天地，我們倒要拭目以待了。」

「通！通！通！」

三聲號炮響過，鼓樂聲齊鳴，兩旁甲仗整齊，刀槍林立，楊浩三人並轡緩馳，狀若閱兵。

「陌刀陣！」

楊崇訓一眼看到那豎立如牆的緊密戰陣，瞳孔攸地收縮了一下，陽光映在刀刃上，一片銀光如同粼粼的水色，卻透著無窮的殺氣，楊崇訓看得呼吸也急促了起來。

自唐末以來，陌刀已漸漸淪為部分身高力大的將士所使用的單兵武器，已經沒有哪一支軍隊配備這種專門破騎兵的陌刀隊了，陌刀隊列陣於前橫向密進時，長柄大刀如牆一般，隨著鼓樂的節奏推進、絞殺，當面之敵簡直無從抵擋。

在有史可循的戰例中，陌刀陣的參戰，都發揮了決定性的作用，尤其是在與善騎射的塞外游牧民族交戰中，陌刀更是改變了中原軍隊馬劣且少的狀況，充分發揮了步兵的優勢，以致在戰場上出現弓手、陌刀手配合追打騎兵的奇觀。

可是，任何一個兵種都有它的缺陷，陌刀陣也不例外，首先它同樣需要騎兵、弓手的配合，無法單獨作戰，而且這個兵種實在是太昂貴了，訓練陌刀手的時間比訓練普通士卒要耗時數倍，至少也得兩年時間才能讓士兵們臨陣作戰時，做到泰山崩於前而不變色，其徐如林，不動如山，動如雷霆，侵掠如火。

而自唐末以來，諸侯並起，隨便招募一些難民，塞一把刀給他，這就是一個兵了，哪個草頭王有那耐心耗費數年時間訓練一支需要諸兵種通力配合才能發揮巨大作用的陌刀隊？況且打造那一柄陌刀和那一身重甲耗資巨大，也沒有誰耗費得起。

正如崔大郎所說，兵在審機，法貴善變。初唐時候，吐蕃、突厥這些異族的兵力有限，唐朝動用的軍隊也有限，李靖大破西突厥時只不過用兵三千，而怛羅斯之戰，唐軍大舉出動也不過萬餘人，所以昂貴的陌刀可以廣泛裝備軍隊，到了後來，軍隊規模不斷變得龐大，誰也支撐不起這麼一支燒錢的部隊了。

到後來，陌刀的迷你版——太刀，在日本大行其道，成為武士們的主戰武器，是因為在那裡，即便史上有載的大型戰役，出動的兵力也不過數千人，而在動輒出動數十萬軍隊的中原戰場上，這種武器則漸漸沒落，取而代之的是長矛和斧鉞，它們價格低廉，可以大量裝備，雖然威力稍遜，但同樣可以剋制敵騎。

楊浩在初建蘆嶺州時，以建開寶寺的名義得到了大批鋼鐵，當時的假想敵就是西北羌人，所以蘆嶺州主要發展的武器就是用以遠戰的弓弩和近戰的刀斧，當時曾有人向他提議過鑄造陌刀，但是為了盡量節約鋼鐵，同時也是為了盡快使士兵能投入戰鬥，楊浩否決了這一提議，改為大量鑄造戰斧。

但是後來形式有了改變，蘆嶺州有了自己的鐵礦，而且蘆嶺州地域大小、兵力有限，只能走精兵路線，所以楊浩便改變了主意，令「一品堂」李興精益求精，重新設計，最終打造出了一批改良版的陌刀，他就地招募的兵丁本就大多魁梧有力，這刀的重量較之唐時的陌刀又大為減輕，士兵們操練起來，很快就能得心應手了。

戰爭藝術並不只是戰場上的打打殺殺，但凡能克敵制勝的因素，做為一方主帥都要充分考慮並加以利用。陌刀是當年唐朝全盛時期對付吐蕃和突厥人的強橫武器，如今唐朝滅亡才不過百餘年的時間，中原朝代更迭，已發生了天翻地覆的變化，而塞外民族的文化和生活方式發展十分緩慢，這種極具殺傷力的恐怖武器在這些民族的記憶中還猶如昨日，重建一支陌刀隊，會產生強大的心理作用，當它一戰功成，重新揚威於西北時，就會給對手造成一種不可抵敵的心理壓力，再強大的敵人，如果先對對手產生了怯意，這支軍隊的戰鬥力都將大受影響。

今日陌刀陣首次亮相，果然連折御勳和楊崇訓都感到驚懼不已。千百柄沉重的陌刀高高豎起，森如牆立，他們可以想像得到，當這個方陣高舉陌刀，隨著鼓聲有節奏地踏步前行，千百柄大刀齊起齊落，那將是一種什麼場面，重裝陌刀手一揮之下，迎面鐵騎將人馬俱碎，勢不可擋。

行在寬敞的道路中央，距那陌刀陣尚有十幾步距離，馬匹感覺到了那無邊的殺氣，就不安地噴吐起鼻息來，兩位節度使所率的精銳護衛們臉上也不禁變了顏色。

當楊崇訓貪婪地盯著陌刀陣打量的時候，折御勳則在盯著另一側的弓弩隊，折御勳早從「隨風」那裡知道蘆嶺州正在祕密訓練陌刀陣，對這個已不算是祕密的祕密，雖說今天才是他頭一回見識到陌刀陣的威勢，他還是做得到泰然自若的。

他真正在乎的是蘆嶺州的弩。他早聽說蘆嶺州正在祕密研製、製造一種新型弓弩，據說射程和殺傷力較之傳統的弓弩有天壤之別，可惜這種武器太過祕密，由於它的機密之處在於設計使用了許多精巧的助力構件，射箭的基本要領與普通弓弩相似，一個精擅騎射的士卒就算不曾接觸過它，只要稍經訓練，也能迅速上手，所以蘆嶺州所造的這種神弩一直祕不示人，平常根本不交予士兵深練，所以他也不明其中底細。

今日他還是頭一回見到這種被蘆嶺州祕技自珍的神弩，他端坐馬上，微瞇雙眼，撫著長鬚細細打量，見這神弩較之普通的大弓似乎還要小了些，一般來說，要想射程遠、射速快，弓臂總要長一些，而這種弓既宣稱比普通的弓射程更遠、射速更甚，卻又比尋常的弓更小，那顯然是倚仗機關的精巧了。未見他們演示，其威力如何，尚不知其詳，這樣目測也無法看出其精巧，他只得遺憾地打量起弓弩手的整體裝備來。

每人都披半身皮甲，腰間佩刀，身前豎著一柄齊胸高的大盾，人手一張大盾，那弓弩手的防禦力便大大增強了，培養一個弓弩手並不容易，要他們隨身攜帶巨盾，自然可以大大減少戰場損耗，可是如此一來，如何發揮弓弩手的戰力？

折御勳很快又發現，那盾移動起來十分輕便，估計是以堅韌的籐條一類的東西製成，外裹鐵皮，而且……那盾可以放手立在地上，折御勳驚詫不已，向側前方的盾手看了看，才注意到大盾後面有一個支架，支架兩角與盾底呈三角形牢牢地固定在地面上，這一來弓弩手們就可以專心操弄弓弩，而不必照顧遮身的盾牌，同時又能發揮極好的防禦效果。

折御勳暗暗稱奇，心道：「只增加了這麼一個小玩意兒，居然有這麼大的作用，回去後我倒要令府州工匠好生效仿一下。」

再往前去，左右就是輕騎兵和重甲騎兵方陣，輕騎兵自不消說了，看到右面雄駿高大的阿拉伯馬，那武裝到馬腿的一身披掛，還有端坐馬上，全身甲冑，丈八長矛前舉，如同鐵甲怪獸一般的遮面武士，楊崇訓的眼都紅了：「老子要是有這樣一支重甲騎兵，人擋殺人，佛擋殺佛，哪還用處處看人臉色行事？」

折御勳更是眼饞不已：「想不到楊浩這麼有錢，他奶奶的，想當初我還自以為慷慨地給了他不少兵甲武器，早知如此，我該反手敲他一筆東西才對，這小子一直哭窮，老子讓他給騙了，不成，不成，將來我妹子若真嫁過來，說什麼也得敲他一筆厚厚的嫁妝，哥仗義，你也不能拿我這大舅子當傻子耍啊。」

他想著，忍不住回頭往侍衛隊伍中看了一眼，侍衛叢中，一個眉清目秀，生著兩撇八字鬍的侍衛正是折子渝所扮，望著齊整威嚴的蘆嶺州軍隊陣容，折子渝眸中異彩頻閃，她本以為自己的「隨風」已是無孔不入，放眼整個西北沒有什麼東西是能瞞得過她的，想不到就在她的眼皮子底下，不知不覺間，楊浩已經擁有了這麼龐大的實力，這得需要多少財力物力，需要多久的訓練準備？他還口口聲聲說什麼要避世啊、歸隱啊，勸我不要與天意為敵啊……誰信啊？這個騙子、超級大騙子！

折子渝一邊想、一邊恨，恨得牙根癢癢，渾沒注意自家兄長很猥瑣地望著她，關二爺那雙丹鳳眼中的瞳孔已經變成了兩枚「宋元通寶」的形狀……

見到拆楊兩藩經過重騎兵方陣，山岡高處崔大郎和李聽風不禁相視一笑，臉上露出自矜之色。這支重甲騎兵，蘆嶺州早就開始著手培養訓練了，但是這種鐵片式的盔甲，還有這高大雄駿的阿拉伯馬，可是全賴他繼嗣堂之助才得以裝備，見到自己用巨大財力一手武裝起來的威武之師，兩人自然與有榮焉。

再往前去便是長槍陣和短刀陣，長槍陣和短刀陣還分別玩了個舉槍（刀）、劈刺、收勢的動作，動作整齊畫一，千百人齊整動作，如臂使指，真是漂亮極了，那種視覺效果絕對震撼。雖說這些花哨的動作在戰場上沒有什麼用處，但是軍隊講究的就是訓練精良、號令如一，這些士兵能把這幾個動作做得整齊畫一如同一人，還怕他們在戰場上做不到軍令如山、令行禁止嗎？

這一手卻是楊浩從後世的閱兵式中借鑑來的花樣，果然引來一陣情不自禁的喝采聲，武將們看門道，只是頻頻點頭，兩藩帶來的文官們已是禁不住高聲喝采起來。

迎接兩藩的所在並不在節度使府，而在府衙外的高階上，那裡搭了一個高高的綵棚，兩旁流水席依階排列而下，十分壯觀。

今日兩藩聯袂來訪，意義非凡，這是一種政治上的表白，楊浩也是有意藉這個機會公開亮相，所以就把接迎之處設在明處。在蘆嶺州往來的商賈中，不可能沒有朝廷的耳目，甚至夏州李光睿和銀州慶王的耳目也大有人在，從今天起，他要以強者的身分出現在世人眼前，招搖？那是必須的。

「兩位節帥，來來來，我再給你們介紹兩位好朋友。」

楊浩拉著折御勳和楊崇訓的手臂，在高臺上站定，笑吟吟地道：「這一位，叫小野可兒，是野亂氏部落的少族長，本官榮陞節度，重返蘆嶺州，党項諸部與我蘆嶺州素來友好，聞訊不勝之喜，特意委託小野少族長代表党項諸部前來相賀。」

小野可兒上前一步，向折御勳和楊崇訓叉手施禮，滿面笑容地道：「小野可兒見過兩位節帥，久仰大名，今日得見，真是三生有幸。」

折楊兩家對西北諸部落自然瞭如指掌，党項八氏中最為兇悍的野亂氏部落他們都是知道的，也聽說過小野可兒的名聲，聽說眼前這位形容剽悍英武的年輕人就是小野可兒，兩人也不禁露出了笑容，客氣地向他還禮，雙方寒暄一番。

雙方見禮已畢，楊浩又道：「這裡還有一位貴客，是吐蕃亞隴覺阿王後裔，亞隴覺部落少頭人赤邦松赤大人。赤邦松頭人，這一位是府州折大帥、這位是麟州楊大帥，來來，你們見上一見。」

折御勳和楊崇訓聽了暗吃一驚：「楊浩連吐蕃人都搭上關係了？」

吐蕃曾經是西北之王，從武則天、唐玄宗時期他們就與大唐爭戰不休，這邊和著親，那邊打著仗，到後來終於奪取安西四鎮，滅吐谷渾，奪走河西和隴右，甚至一度攻陷唐朝都城長安。可是這時大食帝國的勢力開始東侵了，取代大唐勢力延伸到蔥嶺的吐蕃首當其衝，與大食人連番惡戰，這邊戰火未熄，那邊回紇帝國又趁勢崛起，吐蕃兩面作戰，國力耗盡，終於轟然崩潰。

自最後一任贊普達瑪死後，吐蕃分崩離析，分裂成四個較大的政權，一個是阿里王系；一個是亞澤王系；一個是拉薩王系；一個是亞隴覺阿王系。這四系勢力又分裂成許許多多的小股勢力，比如阿里王系分裂為孟域、象雄、布讓三部分；拉薩王系分裂成沖波巴、姜郊瓦、拉波浪巴、至巴、業塘巴、蘆巴藏巴等等。

雖說吐蕃分裂無數，回紇和党項諸羌分侵其地，奴役其民，但是瘦死的駱駝比馬大，他們之中強大的部落還是有著不容小覷的強大武力的，以府州和麟州而言，夏州如果入侵其地，他們會出兵對戰，但是就算讓他們兩位節度使連起手來，他們也不敢主動向夏州輕啟戰端，而吐蕃部落卻擁有這樣的實力。

一聽說楊浩與吐蕃部落也有密切聯繫，折御勳和楊崇訓不得不對這個小滑頭刮目相看，對他的真正實力重新評估一番了。

赤邦松年紀不大，與小野可兒相仿，只比小野可兒小幾個月，不過他身材魁梧健壯，一臉大鬍子，看起來比楊浩歲數都要大些，模樣看起來憨厚率直，並無一方少主的老成奸詐，一聽楊浩介紹，他已快步迎上前來，雙手高舉，向兩人彎腰施禮，笑容滿面地道：「亞隴覺部落赤邦松見過府州折帥麟州楊帥兩位大人威名，遠播赤邦松久聞大名今日得見實是三生有幸。」

這一句客套話說完，楊崇訓和折御勳差點沒噎著，赤邦松的漢話說得倒是流利，只是他總要一口氣說完了才斷一下句，也不管斷在什麼地方，聽得人一愣一愣的，他說得難過，折御勳和楊崇訓聽得自然更加難過。

楊浩打個哈哈，上前代為解說幾句，邀幾人入座，一番開場白後，便端起杯來，躊躇滿志地揚聲說道：「諸位，本官重回蘆嶺州，受朝廷旨意，出任橫山節度使，今日承蒙四方友好前來祝賀，楊某感激不盡，這碗酒，楊某先敬大家，請！」

楊浩捧碗一飲而盡，折御勳和楊崇訓對視一眼，也都微笑著舉起酒碗，已在兩旁酒席上依次就座的各路屬官們紛紛舉杯起身，高聲應和，聲音震動山谷，久久迴盪不止。

放下酒碗，楊浩並不歸座，他已捧起一碗酒，高聲說道：「為官一任，自當造福一方，靖一方國土，保一方平安。銀州本我大宋治下之地，原受定難軍管轄，如今卻被契丹叛逆占據該城，定難軍自顧不暇，無力收復國土，楊某身為橫山節度，與銀州近在咫尺，安敢坐視？今楊某開衙建府，第一件事就是要征討銀州，今日各位友好齊至，正好為楊某誓師做個見證，願為大軍旗開得勝、馬到成功，光復銀州、驅逐契丹亂軍，眾位友好，請酒！」

折御勳和楊崇訓一聽，喜動顏色，他們此來，本就有意說服楊浩暫緩對夏州用兵，先取銀州之地，因為銀州現在慶王手中，而慶王是契丹叛王，契丹絕不會坐視慶王在銀州坐大，早晚必引軍來攻。相比大宋，契丹人更加野蠻，他們一旦打敗慶王，得了銀州，這口到嘴的肥肉卻不會再吐出去，一旦銀州成為契丹的橋頭堡，那就是西北諸藩一致的噩夢了。相比這頭猛虎，夏州李光睿暫時反而對他們無害了，想不到英雄所見略同，楊浩已有如此打算。

蘆嶺州文武轟然應諾，又帶頭將這碗酒喝了下去，楊浩歸座，楊崇訓拈鬚微笑道：

「太尉英雄了得，固然讓人欽佩，可是這契丹慶王自東而西，一路殺來，兵威之盛，不容小覷啊，太尉先宣後戰，當然是光明磊落，可是讓他先行有了戒備，這仗……可就不好打了。」

楊浩狡黠地笑道：「收復失地，當然是先宣後戰那才威風，不過……楊某不是宋襄公，豈會在戰場上與敵人講仁義。呵呵，楊某雖是今日誓師，這大軍嘛，卻未必是今日出師呀。」

「哦？」

闞二爺丹鳳眼一瞇，心道：「這小子明裡光明磊落，可他玩陰的本事頗有老子當年的風範，當初他就曾偷襲過銀州，李繼遷父子窩裡窩囊地就喪命在他手上，莫非他要故伎重施，悄悄派人偷襲？可他今日已然公開此事，還如何……除非他已早早地派出了大軍，可是看他谷中軍容，難道他還有隱藏的強大實力？」

折御勳越想越驚，忍不住試探道：「折某也是宋室臣子，收復失地，人人有責，太尉欲征銀州，如需本帥相助的話，只須一言，折某立舉大軍助陣。」

楊浩哈哈一笑，半真半假地道：「多承折帥美意，不過……欲謀銀州，還不需勞動折帥兵馬，楊某師從道家大聖純陽真人，學就一手剪草為馬、撒豆成兵的本事，這征討銀州的大軍嘛，哈哈，已然有了。」

臺下那個小鬍子侍衛折子渝輕輕撇了撇嘴：「又在胡說八道地騙人了。」

楊崇訓目光一閃，哈哈笑道：「太尉說笑了，若真有剪草為馬、撒豆成兵的事，那天下帝王，都是道家高人了，哪還論得到我們這些凡夫俗子逞英雄？想必太尉早有綢繆，兵家大事，越機密越好，只要太尉沒有莽撞行事就好，我們也就不過問了。呵呵，我與太尉都姓楊，五百年前本是一家，今日拜會太尉，與太尉更有一見如故之感，本帥有意與太尉結為生死兄弟，不知太尉意下如何？」

楊浩驚喜地道：「楊某正有此意，節帥抬愛，楊某求之不得……」

折御勳未料楊崇訓忽有此意，不由有些暗惱，他們兩人一向同進同退，麟州向來唯府州馬首是瞻，今日楊崇訓卻忽然自作主張，折御勳自然不快，可是眼見楊浩就要答應，折御勳無暇多想，連忙長笑一聲道：「楊老弟，折某也正有這個意思，想不到卻被你搶在了前頭，哈哈，楊太尉，本帥也有意與你義結金蘭，咱們從此結為異姓兄弟，有福同享、有難同當，不如太尉意下如何？」

赤邦松聽了雀躍而起，嚷道：「不錯不錯這個提議甚好，算我一個算我一個小野少族長你也算一個咱們，五人就此結拜兄弟從此有福同享有難同當！」

折子渝小鬍子一翹，冷哼一聲道：「男人之間勾心鬥角實在無趣。」

楊浩大喜，當下令人取來香燭，五人就在臺上焚香禱告上天，然後歃血為盟，義結金蘭。論起齒序，折御勳年長、楊崇勳次之，楊浩居三，之後是小野可兒，年紀最幼的是赤邦松，五個人，代表著五方勢力，就在無數人見證下結為了異姓兄弟。

楊浩事先也未料到會與他們結拜，此事對他自然有益無害，驚喜之下當即應允，五人結拜了兄弟，楊浩便囑咐穆羽立刻去請幾房妻妾出來見過叔伯。不一時，冬兒、焰焰、娃娃、妙妙環珮叮噹，風情萬種地走了出來，依次拜見大伯、二伯，又受小野可兒和赤邦松拜見。

赤邦松一路叉手施禮下去：「小弟赤邦松拜見大嫂、二嫂、三嫂、四嫂……」一路禮施下來，赤邦松頭暈眼花地抬起頭來，咧嘴笑道：「大哥二哥三哥四哥四位哥哥好有福氣四位嫂嫂，都比我們吐蕃草原上最美麗的女子還要美麗得多赤邦松，還是頭一回一下子見到這麼多仙女一般的人物。」

「呃？」楊浩等人愣了愣，他們得把赤邦松的話從頭到尾再順一遍才能明白他的意思，他們還沒想明白，臺下扮作小鬍子校尉的折子渝「嗤」的一聲笑，趕緊以掌背掩住了嘴巴。她的動作女人氣十足，幸好臺上的人聽了赤邦松的話都在發暈，沒有注意到她的動作。

楊浩仔細想了想赤邦松的話，這才明白他的意思，一時臉都黑了，小野可兒也明白過來，趕緊把赤邦松拉到一邊，苦笑道：「老五，冒冒失失地胡說什麼？這大嫂二嫂三嫂四嫂，咳咳，都是三哥一個人的夫人。」

赤邦松莫名其妙地眨著眼，小野可兒又低聲解釋一番，赤邦松這才恍然大悟，不禁紅著臉上前道歉，結結巴巴地道：「四位嫂嫂莫要見怪赤邦松不曉中原禮儀以致生出誤會慚愧慚愧。」

折御勳哈哈大笑道：「老五啊，你大哥家裡可有八個夫人，按你這說法，大哥還得再結拜三位兄弟才能湊足了數呢。」

折御勳這一取笑，赤邦松兩酡高原紅的大臉更是紅得發紫，連連作揖，道歉不止，冬兒等人卻喜他憨厚樸真，把他拉起來好生安慰一番，又敘問些家世身分，在階下無數官員們面前，四個小丫頭卻都很注意自己的儀態舉止，儀態雍容，舉止得體，頗具大家風範，階下許多人包括蘆嶺州官吏還是頭一次見全了楊浩的四位夫人，不免評頭論足，讚賞不已。

折子渝見了心裡不是味道，小嘴輕輕一撇，酸溜溜地道：「女人之間勾心鬥角更是無趣。」

折子渝話音剛落，竹韻嘴裡叼著半截狗尾巴草，不知從哪兒冒了出來，沒精打采地道：「男女之間勾心鬥角，不知道會不會很有趣？可惜……要是碰上個一心想要出家的榆木疙瘩，那真是想要勾心鬥角都沒可能……」

四百十六　盛宴

西北民風粗獷，楊浩要融入這個環境，做為一個統兵大帥，也不能總擺出一副儒雅的模樣來，尤其是在酒桌上，那樣文質彬彬是很掃興的事，所以請了幾位夫人回內宅後，酒席流水般送上，楊浩便放開胸懷，與幾兄弟談笑風生，殷勤勸酒，氣氛在主客雙方推動下益加熱烈。

酒過三旬，菜過五味，八名壯漢抬了一頭碩大的烤全牛來到臺上，一整頭牛烤得紅通通的香氣四溢，楊浩舉手笑道：「大哥，我五兄弟以大哥為長，這道重頭菜，就請大哥執牛耳，下這第一刀。」

折御勳倒是真有心下這第一刀，但他躍躍欲試一番，想到楊浩迄今似乎仍未完全展示出來的強大實力，終於放棄，拋鬚笑道：「今日之宴，老三是地主，客隨主便，還是你來吧。」

「長幼有序，還是該大哥動手。」

二人一番謙讓，明裡只是客氣禮貌，實則是用這種委婉的方式在試探對方在今後合作中的態度，決定今後新三藩、鐵三角的同盟關係中以誰為主導，這個意向不但臺下的文武官員們看得清楚，就連赤邦松也明白在這樣的隆重場合誰下第一刀絕不只是吃一口牛肉那麼簡單，所以只是鼓著眼睛一旁看著，並不插嘴。

二人謙讓良久，楊崇訓哈哈笑道：「這頭牛烤得肉香四溢，我老楊早已饞涎欲滴了，你們這般歉讓不休的，旁人可都無法下嘴了，豈不教人急死？不管誰來下這頭一刀，只要這頭肥牛入了咱們的肚子，又有什麼區別呢？依我之見，老三是蘆嶺州地主，還是你還下這頭一刀吧。」

楊浩推托不過，只好笑吟吟地說道：「如此，承讓了，那我就來下這第一刀。」說著自腰間拔出專門割肉用的小刀走上前去。

范思棋在側席看了，微微皺了皺眉，擔憂地道：「折楊兩帥如此恭維，未必全是善意。豈不聞木秀於林，風必摧之，節帥何必搶這分風光？」

林朋羽含笑道：「范老弟擔憂過甚了，折楊兩帥久為西北一藩，根基深厚，威名遠播，我家節帥今日雖大顯兵威，論聲勢地位終究不能與他們相比，如果能成為三藩領袖，固然要承擔無盡凶險，卻也能迅速闖下節帥的威名，在西北這個地方，誰的拳頭硬，誰就是老大，四方英雄才會望風景從，節帥此舉，未必吃虧。」

范思棋自知以自己的見識本領，料理內政、打點經濟還算行家裡手，至於這些方面遠不如林朋羽這老傢伙精，所以便不再言語。

楊浩親手割下牛耳，呈盤端送到折御勳面前，又撿肥嫩的後臀肉親手為老二、老四、老五割取了一塊，然後就由旁人來分割整牛，那廚子解牛只使手中一柄薄薄的小刀，不劈不砍，運刀如飛，下邊有丫鬟使盤接著，一塊塊肥腴鮮嫩、色澤鮮紅、香氣撲鼻的烤牛肉便紛落盤中，再分送到一桌桌酒席上。

待分罷了烤全牛，折御勳、楊崇訓、楊浩這五位剛剛結拜的兄弟，一起舉杯沿石階而下，逐席向三方僚屬官員敬酒。一輪酒敬罷，楊浩酒力最淺，已是滿臉紅潮，醉眼矇矓了。

回到席上稍坐片刻，楊浩便站起身來，向眾兄弟告一聲罪，自去後邊方便。赤邦松嗜酒如命，根本不須人勸，杯來酒乾，如同牛飲一般，這時也覺腹脹不已，忙嚷道：「三哥等等赤邦松也去。」

赤邦松跳起來陪著楊浩一同離去，小野可兒眼珠一轉，笑道：「大哥二哥，小弟不勝酒力，也去方便一下，去去就回。」說著跳起身來也追著去了。

一見周圍已無旁人，楊崇訓向折御勳微微一側身，低聲說道：「世隆兄，今日楊浩所展示的武力，令人大吃一驚啊。只是，蘆嶺州初建不過兩年，根基尚淺，你以為……他與夏州可有分庭抗禮的力量？」

折御勳撫鬚道：「仲聞吶，夏州之強悍，你我合力與之抗衡多年，應該算是瞭如指掌了，就算吐蕃、回紇與之征戰不休，似乎不勝不負，但是你我若於此時參戰，傾我全部兵力，頂多仍是一個不勝不負的局面，為何？只因如今夏州與吐蕃、回紇之戰，不但党項八氏中有七氏部落袖手旁觀，就連拓跋氏貴族，也有許多不曾為夏州出力，夏州武力之強悍可想而知。如今之西北，實乃党項之天下，這一點，你我承認也好，不承認也罷，都改變不了這種事實。別看他們內部常起爭戰，如果我們出兵，夏州有傾滅之險，党項諸部必然襄助於夏州，然而楊浩卻不同了……」

他抿了口酒，淡笑道：「兩年又如何？當年張義潮以一介布衣扯旗造反，一鳥飛騰，百鳥影從，僅一年工夫就風捲殘雲一般占領了瓜、沙十一州，成為西北王，無他，時運相濟而已，如今兩甲子過去了，這西北時運……已然著落在楊浩身上，有希望與夏州一較長短的，唯有楊浩，此乃天命所歸。」

楊崇訓目光一閃，機警地問道：「為什麼我們出手，党項諸部會襄助夏州，而楊浩出手就沒有這個顧忌？」

折御勳哈哈笑道：「來來，喝酒，喝酒。」

楊崇訓不悅地道：「世隆兄，你我兄弟相交多年，向來同進同進、禍福與共，有什麼事你還要瞞著我不成？」

折御勳乜著眼看他，嘿嘿笑道：「仲聞這話從何說起？喔……你這一說，我倒想起來了，咱們來的時候，可沒說要跟楊浩結拜啊，仲聞與我向來同進同退、禍福與共，怎麼卻突兀生此念頭，鬧了為兄一個措手不及？」

楊崇訓老臉一紅，訕訕地道：「這個……實是臨時起意，未及與世隆兄商議，其實我的意思本就是我三人結拜，並不曾想把你世隆兄排除在外呀。」

折御勳哈哈笑道：「如此說來，那是老折誤會了你了，來來來，喝酒，喝酒。」一杯酒下肚，折御勳伸了伸鬍子，忽地想起了什麼，抬頭問道：「唉，仲聞，你那幼妹……已經嫁了吧？」

「啊？」

楊崇訓茫然抬頭：「嫁了啊，前年秋天成的親，你不是還隨了份厚禮嗎？怎麼今日忽又問起？」

折御勳眉開眼笑：「嫁了好，嫁了好，對了，你那女兒……今年幾歲？」

楊崇訓更是莫名其妙：「小女今年方只七歲，怎麼……你不是想與我攀親家吧？你家老三今年有十七了吧？年紀大了些，老四好像與小女同歲，倒還匹配……」

折御勳哈哈大笑，興高采烈地道：「才只七歲？那就不用擔心了，還早得很，來來來，喝酒、喝酒。」

楊崇訓莫名其妙地舉起碗來，又灌了一大碗糊塗酒，於是更糊塗了。

折御勳卻是洋洋得意，一碗酒喝罷，下意識地向階下望去，卻見小妹原本站立的地方已是空空如也，不由一怔：「這麼一會兒工夫，子渝去了哪裡？」

＊　＊　＊

楊浩正解著手，赤邦松在一旁鬼頭鬼腦地看他，楊浩一扭頭，奇道：「老五，你做什麼？」

赤邦松連忙擺手：「沒什麼沒什麼嘿嘿……」

楊浩笑道：「為兄不勝酒力，老五卻是海量，一會兒你陪老大、老二他們多喝幾杯，替三哥勸勸酒。」

「使得使得。」

赤邦松忙不迭答應著，楊浩向門口一呶嘴道：「那個木桶裡的水可以淨手，你先去吧。」

「好好好。」

赤邦松連忙跑到茅房門口，掀開木桶蓋，淨了淨手，便張著雙手跑了出去，剛繞過一叢丁香花，就見小野可兒急急跑來，赤邦松迎上前去一把抓住了他，興奮地叫道：「老四老三老二老大了。」

「啥？」

小野可兒根本沒聽懂他在說什麼，忽見他溼淋淋一雙手，小野可兒登時怪叫著跳了起來：「哇！你小子喝了多少酒啊，怎麼都撒在手上了？」

赤邦松憨笑道：「這是水，不是尿，剛剛淨了手。」

小野可兒這才放心，揮手道：「那你去前邊陪陪老大、老二，我去方便一下。」

小野可兒說罷，就往茅房那邊走去，赤邦松撓了撓頭，嘟囔著走到月亮門口，四下看看沒人，他往自己襠下看了看，又是慚愧又是羨慕地道：「跟老三比我怎麼就差了這麼多呢，明明比他身體強壯這裡可遠不及他那般壯碩，師傅說人不可貌相當真是至理名言哇。」

赤邦松話音剛落，竹韻姑娘就跟隻鬼似地冒了出來，笑吟吟地問道：「什麼東西那般壯碩？」

赤邦松嚇了一跳，怪叫一聲道：「鬼呀。」

竹韻姑娘惱了，抬腿照他屁股上就是一腳：「鬼你個頭啊，楊太尉可在裡邊？」

赤邦松嚇得臉都白了，仔細看看，眼前這位姑娘眉目如畫，身姿裊裊，果然不像一隻惡鬼，再說這光天化日的……這才驚魂稍定地道：「是……是呀，老……老三在裡面。」

赤邦松話音剛落，竹韻姑娘嗖地一下又不見了，赤邦松呆了一呆，忽地一蹦三尺，大叫道：「真的有鬼啊！」說著邁開大步飛也似地逃了。

小野可兒繞過丁香樹叢，正碰上楊浩甩著手從裡邊出來，小野可兒一個箭步迎上去，匆匆叫道：「少主！」

楊浩一見是他，微笑著拍了拍他的肩膀道：「老四，你我既然結拜，就是異姓兄弟，叫我少主，不如叫我三哥聽著親切，以後不管人前人後，你我只以兄弟相稱便是。」

小野可兒一看，自己肩頭又是一個溼淋淋的大手印子，這一趟過來自己的袍子成了他們的擦手巾了，著實有些吃虧，可他這時也無暇顧及，只是追問道：「三哥，這一番又要打銀州了嗎？」

楊浩頷首道：「不錯，事有輕重緩急，夏州現在騰不出手來對付我，我也不忙著去對付他。慶王之子耶律文是死在我的手上，就算我不去尋慶王晦氣，只要知道我回了蘆嶺州，他也一定會來對付我，如果我先與夏州一戰，恐怕反被慶王抄了老家。況且，狡兔尚有三窟，欲與夏州爭戰，這根基之地怎能只有一座蘆嶺州？銀州城池險峻，易守難攻，如果能被我得到，便沒有後顧之憂了，當務之急，必得先取銀州。」

小野可兒摩拳擦掌地道：「既然如此，這一番少主……三哥一定得讓小野可兒去打頭陣。」

楊浩凝注著他笑道：「怎麼？你現在心甘情願奉我號令了嗎？」

小野可兒臉兒一紅，卻挺起胸膛，大聲說道：「不是現在，當初三哥明修棧道，暗渡陳倉，連拔銀州七座大寨，襲殺李繼遷父子，攪起夏州與吐蕃、回紇大戰時，小野可兒對三哥就心服口服了，你才是有勇有謀、能屈能伸的大英雄，小野可兒……就像諶沫兒說的，只是有勇無謀的一介匹夫罷了，能為馬前卒，難當將帥之才。」

楊浩哈哈笑道：「你也不必妄自菲薄，什麼東西都是練出來的，今日的馬前卒，安知來日不是一方統帥？」

小野可兒喜道：「這麼說，三哥是同意了？」

楊浩點了點頭：「你放心，仗有得你打，不過不是現在，現在，我蘆嶺州按兵不動，先讓它銀州草木皆兵一番再說。對了……你與諶沫兒……還未成親嗎？」

小野可兒聽說有仗可打，心中大悅，搓著手笑道：「已經成親了，她還給我生了一個女兒。」

楊浩喜道：「哈哈，你小子動作倒快，恭喜，恭喜。」

小野可兒靦腆地笑道：「嘿嘿，生了一個丫頭，有什麼好恭喜的？等她給我生個大胖兒子，再請三哥來喝喜酒。」

楊浩呵呵笑道：「一言為定！領兵掛帥的事，你不要急，暫且不動聲色，這一回打銀州，党項七氏的人馬我是要動用的，銀州城一打下來，咱們就亮明棋號，跟夏州明刀明槍地幹啦。」

小野可兒興奮得滿面通紅，只是連連點頭，楊浩笑道：「這一下你安心了吧？好啦，我先回前面去。」

楊浩繞過丁香樹叢，忽地左側林中啪地一響，楊浩警覺地向聲響處看去，恰見一塊樹皮掉落到地上，楊浩信步走去，甫入林中，一身青衣的竹韻姑娘就像一片落葉似地從樹上飄了下來……

四百十七　隨風潛入夜

竹韻飄身落地，抱拳道：「太尉。」

楊浩淡笑道：「有何所見所聞？」

竹韻道：「府州所屬的官員一直安安靜靜地喝酒，倒還規矩，只是太尉執牛耳，隱然有三藩之首的意思，府州官員大多面有不豫不忿之色，私下裡也少不了發些牢騷，不過看起來折御勳馭下甚嚴，他們雖有微詞，卻也無人敢鬧事。」

楊浩頷首道：「意料中事，最難收服的不是城池與土地，而是人心，慢慢來，不著急。麟州呢？」

竹韻道：「你那本家兄弟的屬僚官員們可不及府州所屬地道，臺上楊崇訓和你親親熱熱二哥、三哥地叫著，他們在下面卻絞盡腦汁不斷地盤你的底，太尉今日亮出來的武器裝備，他們非常感興趣，尤其是大食駿馬和那種眼睛上只留一道縫的全身甲，麟州官員們旁敲側擊多方打聽它們的來路，看那樣子恨不得蒙上臉去劫個士兵，帶回去一套好好研究一番。」

楊浩又是微微一笑，折家有無孔不入的祕探組織「隨風」，隨風潛入夜，潤物細無聲，強大的偵伺能力在西北十分有名，府州官員們對「隨風」很有信心，自然無需在酒宴上向蘆嶺州所屬探問什麼，而麟州不同，麟州一直唯府州馬首是瞻，府州進則進，府州退則退，就連情報消息也與府州共享，自己就算也有情報機構，基本上也是扮演著「隨風」分支的角色，如今麟州官員有這樣的表現，這是好事，說明自己一股剛剛立州兩年的勢力，不但有實力與府州分庭抗禮，而且隱然還凌駕其上的事，真正地刺激到了麟州官員，他們也不甘心繼續這樣依附於他人羽翼之下。

就算是親兄弟，也不能給他沒有限制的權力，既要充分地利用它，又要確保它能在自己的控制之下，最好的辦法不是壓制，而是扶持另一股勢力來約束它，帝王心術，制衡之道，古今皆然。既然麟州有這個心思那就好辦了，以前他與府州關係密切，與麟州的關係都是透過府州來進行的，不妨伺機向麟州提供一些先進武器，在兩州之間建立直接聯繫。

楊浩自然不會把這種心思向竹韻說明，他哈哈一笑道：「由得他們去打聽，他們越弄不明白，心中便越生畏懼，如今我蘆嶺州尚未彰顯強大的武力，這種表面光鮮嘛，震懾力還是有限的，總要他們感覺莫測高深，那才鎮得住他們，否則我剛剛崛起的蘆嶺州安能讓這些驕兵悍將低頭？還有嗎？」

竹韻笑道：「還有一件事，著實有些奇怪。在綵臺下面的府州侍衛中，有一個小鬍子校尉是個假貨，折御勳造訪太尉，還帶了個女人來，扮作男子，鬼鬼祟祟的，你說奇不奇怪？」

楊浩一怔：「假貨？女人？」隨即他便反應過來，嘴角悄然露出一絲玩味的笑意。

竹韻道：「這個女子的易容手法在我看來十分拙劣，不過混在軍士中，倒也不需要多麼高明的易容術，誰會逐個打量那些士卒，若不是她說了幾句話，恰被我聽到聲音，我也不會去注意她，被我看破身分之後，她已躲避開了，我正使人盯著她，對此人要不要嚴密監視一切行蹤？」

楊浩笑道：「不必、不必，叫妳的人不必理會她，除非她探到了後山祕窟的消息，想去那裡一探究竟才可以阻止她，其他地方嘛，她想去哪兒就由她去哪兒，任其出入，概不阻攔。」

竹韻眸中異彩一閃，細細的眉兒微微一挑，微笑道：「任何地方……都可以嗎？」

楊浩道：「不錯，任何地方，哪怕是本官的寢室，她要做賊，那也任她登堂入室，不得阻攔。」

竹韻嘆了一口氣道：「我明白了。」

楊浩問道：「妳明白什麼了？」

竹韻身形一閃，已翩然消失在灌木叢中，她的聲音此時才從遠處幽幽傳來：「不過是痴情女子負心郎的故事罷了，還能有什麼呢？」

「什麼」兩字裊裊地傳到楊浩耳中時，從她聲音判斷，身形已掠出十餘丈外，身法端地快速。

楊浩嘴角卻溢出一絲詭異的笑意：「雕蟲小技！」

楊浩猛一旋身，五指箕張，屈如鷹爪，猛地扣向身後一棵合抱粗的大樹。

「啊！」

那大樹猛地發出一聲尖叫，樹影一動，斑斕的樹皮出現人形，似有雙臂向前撐拒，尖叫道：「不許抓！」

楊浩陡地縮手，腰桿一擰，單足旋踢過去。

那大樹又是一聲驚叫：「不許踢！」

與此同時，樹幹動了一下，似乎產生了一個虛影，虛影脫離了樹幹，急急向前逃去。可楊浩這一腳快逾旋風，那影子閃得雖快，還是被楊浩踢中了。

只聽那虛影「哎喲」一聲嬌呼，向前飄出兩丈多遠，攸地立定，雙臂一揚，現出一身青衣的婀娜身姿，正是剛剛離去的竹韻姑娘，她正迅速收起原本披在身上的一塊褐黃斑斕的布料。

竹韻捣著屁股，又羞又氣地大發嬌嗔道：「太尉既然發現了我的行跡，指出來便是了，何必戲弄於我？」

楊浩似笑非笑地道：「很抱歉，我還沒有練成奔星迅電之眼，只知妳大概藏身之處，哪裡分得清上下左右？不過我勸妳不要再試我了，妳的遁術是瞞不過我耳目的，今番我是明知是妳，才只踢一腳，要是一劍揮去，姑娘香消玉殞，死的可不冤枉？」

楊浩綿裡藏針，竹韻聽出他的警告，俏臉不由微微變色，但是聽他說及「奔星迅電之眼」，雙眸又不由一亮，脫口道：「天眼通？太尉大人習練的這門道家功法中有修習天眼通的法門？」

楊浩微笑道：「不錯，妳還想試試嗎？」

竹韻連忙擺手道：「不試了、不試了，我以後不再暗中跟蹤你就是了。」

她嘟囔道：「也不知有多少見不得人的事要做，這般怕人看見。」

她猶豫了一下，期期艾艾地道：「竹韻答應大人，為大人訓練飛羽祕探，教授他們五行祕法，可不曾向大人討過一絲好處，太尉大人，你說是吧？」

楊浩眨眨眼道：「怎麼沒有好處？一旦本官一統西北，這數不盡的牛羊、馬匹，運進來的茶葉、布疋、鐵器，打通西域商道後與天竺、波斯、大食乃至更西方國家的生意往來，那是何等龐大的財富？」

竹韻皺了皺鼻子，嗔道：「可是本姑娘卻不曾沾得半點好處。」

楊浩笑道：「似乎……有些道理，那妳想跟本太尉討些什麼好處？」

竹韻的眼神熱切起來，陪著討好的笑臉道：「太尉大人……可肯將這天眼通的祕術傳授於我嗎？」

一見楊浩露出古怪神色，竹韻趕緊又接了一句：「竹韻一身所學乃是家傳，並不曾拜過師傅，如果太尉恪於師門規矩，不便外傳的話，那……竹韻便拜在你門下也是可以的。」

她說到這兒，把酥胸一挺，驕傲地道：「帶藝拜師者中，像我這麼有成就的徒兒可不多見，太尉開宗立派，這開山大弟子一進門就是個武藝高強的人物，還不給你臉上增光？」

楊浩苦笑兩聲，搖頭道：「可惜……我這功法，妳學不得。」

竹韻不忿地道：「我怎麼就學不得？若論學武的天分，恐怕我比太尉還要高明幾份，太尉這是藉詞推托嗎？」

楊浩作仰天長嘆狀，說道：「說起我這一身功夫，我便很是苦惱，將來有了女兒，固然不能教她，若是有了兒子，我這當老子的也不知該如何啟齒，唉……實在煩惱……」

竹韻奇道：「學武有什麼難以啟齒的？」

楊浩負手而行，看似輕徐如風，可是只兩三步間，身形頻閃，已遁跡於花草樹木叢中，他的聲音自花木之外傳過來：「道家有門功夫叫作雙修祕法，姑娘如果真的要學，那就來吧，本太尉就辛苦一些……哈哈，哈哈……」

最後兩個「哈哈」裊裊傳來時，聽那聲音，他的身形已到了十餘丈外。

竹韻騰地滿臉紅暈，輕啐一口，站在那兒想了半晌，這才自言自語道：「原來如此，唉……那塊榆木疙瘩學什麼密宗大手印，如果他肯改學楊太尉這門雙修功法多好……」

說到這兒，她不禁一臉羞意，心虛地四處看看，林中寂寂，空無一人，這才芳心略安……

* * *

楊浩在客房與折御勳、楊崇訓等人品茗敘話，高談闊論，直至明月高升，這才告辭離去。

折楊兩藩出於利益所需，扶持蘆嶺州與夏州抗衡，本在他意料之中，可是西北政局重新洗牌，自己表現出來的實力又大出他們預料之外，這兩位老朋友必然要斟酌商量一番，這也在楊浩預料之中，總得給他們留些時間，消化得來的消息，重新做出決定。

夏日酷熱，但是夜晚的風卻涼爽了許多，楊浩踏著一地清風月色，悄悄回到後宅居處，逕直拐進了冬兒的臥室。燈光下，冬兒正坐在桌前一針一線地縫製著衣裳，衣裳是嬰兒穿的冬裝，虎頭鞋、虎頭帽已經做好，就擺在桌上打開的包袱中，小小的虎頭鞋，鞋口露著白絨絨的兔毛，虎頭帽上用黑色的絲線密密縫了一個「王」字，看著十分可愛。

衣服是百家衣，是向蘆嶺州子女俱全的人家一塊一塊討來的布料，這個時代的嬰兒夭折率高，就以大宋開國皇帝趙匡胤來說，他本有四子六女，夭折了兩個兒子、三個女兒，活下來的恰好是半數。帝王之間對皇子皇女照料得無微不至，尚且如此結果，民間新生兒的夭折率可想而知，因此民間有新生兒穿百家衣的習慣，借點人氣，希望孩子能健康成長。

這樣的習俗，但凡有了子女，不管什麼樣的人家，都不敢忽略了這樣的吉利事，不過衣料出自百家，誰知上面有沒有什麼病菌，楊浩便吩咐人把布片用沸水狠狠地煮過，然後又在烈日下曝晒，這才拿來使用。那些布片已經縫補成衣裳，料子裡邊則襯著潔白如銀的棉花，那時棉花還是珍稀之物，十分昂貴，中原少有種植，就連皇家都是從在西域小國的貢品中才能得到一些棉花，而眼下這些棉花卻是從回紇商人那兒買來的。

燈光下，冬兒專注地運著針線，一雙寶石似的眸子熠熠發亮，秀美的臉龐上帶著幸福、安詳的笑容，一個秀美婉盈的大姑娘，此時看來，依稀已經有了些慈母的風采了。

賢妻良母，正是男兒佳配，楊浩看在眼裡，心裡也不禁湧起一股暖流，他躡手躡腳地走過去，輕輕自後面環住了冬兒的腰肢。

冬兒扭頭一看，見是自家夫君，不禁甜甜一笑，將頭倚在他肩上，兩人依偎在一起，耳鬢廝磨了一番，享受了無聲的溫馨交流，冬兒才柔聲道：「客人們都安頓下了？」

「嗯，都安置好了，天色已晚，早些睡了吧。這些針線活兒，讓窅娘、杏兒她們做就好了，她們的女紅功夫挺不賴的，如今在府中又沒什麼事做，妳現在正是易困乏的時候，莫要累壞了身子。」

冬兒搖搖頭，撫摸著小腹，溫柔地道：「這可是咱們的孩子，奴家這當娘的，怎能不為自己的孩兒親自做身衣裳？冬兒做著這些事，心裡高興。」

楊浩呵呵一笑，把她拉了起來，說道：「妳呀，天生的勞碌命，算了，明天再接著做吧，寶貝出生，恐怕得等到大雪紛飛時節，時候還早得很呢，做衣裳也不忙於一時。」

冬兒甜蜜地一笑，依言收起了針線。

燈熄了，月光朦朧透窗而入，蟋蟀和織娘的鳴叫聲中，夫妻兩人並肩躺在床上，在靜謐中絮絮低語。

冬兒望著窗口那迷人的月色，甜甜地道：「冬兒是冬天生的，算算日子，這孩子也該是冬天出生，奴家在想，到時給他起個什麼名兒好呢？」

楊浩打了個哈欠，輕笑道：「娘也是冬，兒也是冬，那就叫鼕鼕好了。」

冬兒嗔道：「取名兒哪有這麼隨便的？」

她側著頭想想，認真地道：「若是當成乳名倒也無所謂，若當作大號嘛，男孩子叫這名兒不合適，要是個女孩子，這名字也不配你太尉府大小姐的身分，名字可是相隨一生的，官人不要敷衍呀……」

楊浩懶洋洋地打個哈欠，說道：「嗯，那我就不去費這個神了，咱們家裡才女一籮筐，有清吟小築主人，有唐門大小姐，有飽讀詩書的冬兒小才女，就連妙妙，那也是詩詞歌賦的大行家，綠葉榜上的俏花魁，真要論起來，我這個一家之主肚子裡的墨水是最少的，何必現那個醜呢，實在不行的，就讓林老他們去琢磨琢磨了……」

「你呀，當爹當得如此漫不經心，自家孩兒的名字也不肯上心。」

冬兒環住了他的脖子，柔聲道：「在霸州的時候，冬兒本以為這一輩子都要活在冬天裡了，自從有了官人……冬兒才覺得自己是個女人，是一個幸福的女人。」

楊浩故意咳了一聲，說道：「這話聽著可有歧義，小心寶貝大發抗議。」

冬兒醒悟過來，忍不住吃吃一笑，楊浩聽著她的嬌笑，不禁情動，忽地抱住她道：

「再過些時日，就要有個小傢伙來跟他老子搶食了，不甘心，實在不甘心，來，先讓官人吃上兩口。」

「啊……不要……」冬兒嬌呼著，卻沒有阻止，任他拉開衣襟，露出那兩團明月，在楊浩溫柔的輕吻下，紅暈漸漸上臉，星眸漸至迷離，她忍不住攬緊了楊浩寬厚結實的脊背，動情地說道：「有了官人的憐愛，冬兒才是一個幸福的女人。有了咱們親生的骨肉，冬兒才覺得做為一個女人，這一生算是圓滿了。只要能守著官人和咱們的孩子，冬兒就知足了。官人，你喜歡小孩子嗎？這是咱們第一個孩子，不管生男生女，官人都莫要失望好嗎？」

「喜歡，當然喜歡。」

楊浩身形上移，輕輕摟住她尚未顯懷的柔軟腰肢，在她脣上溫柔地一吻，低笑道：「官人喜歡孩子，不管男孩、女孩，早說了教妳不要擔心，妳呀，就是放心不下。」

他頓了頓，又壞笑道：「不過……官人更喜歡和冬兒一起製造孩子，等到小傢伙出生了，咱們再接再勵，生他一個子孫滿堂……」

「官人……」

冬兒一雙星眸閃閃發亮，她仰起下巴，滿心歡喜地回吻了楊浩一下，然後像隻剛剛吃了條肥魚似的小貓，心滿意足地舔舔櫻脣，輕輕伏在楊浩的胸口，用他的胸膛摩挲著自己柔嫩的臉頰，柔柔地道：「冬兒是官人的，官人想怎麼樣，冬兒都依著官人……」

楊浩把她又摟緊了些，輕輕撫摸著她那柔滑靚麗、披散如瀑的長髮，抬眼望向窗外那輪皎潔的明月，心神忽然飄到了天際：「第一個孩子……唉，那第一個孩子的母親，也會像冬兒這般快樂嗎？」

此時，上京月華宮內，風塵僕僕的彎刀小六和鐵牛已然出現在蕭綽面前，蕭綽頭戴黑紗飾鳳的帽子，身穿百子衣，弧形琵琶袖，嬌美寂寞的芳容像一朵慵懶盛開的牡丹，雲淡風輕地問道：「楊浩……今已回返西北了嗎？」

四百十八　袖裡乾坤

小六恭聲答道：「回娘娘，我家大人此時應該已經到了蘆嶺州。」

蕭綽黛眉微蹙，惱道：「什麼叫應該？你家大人身在何處你都不曉得？」

這位容顏嬌美卻威嚴自生的皇后似乎有些惱了，可是輕怨薄嗔的語氣，反而……不那麼令人緊張了。

小六忙彎了彎腰，答道：「娘娘，小六隨大人返回開封不久，大人就下令由小六和鐵牛護送夫人急返蘆嶺州，我們離開汴梁次日，就聽說趙官家駕崩，等我們返回蘆嶺州不久，又得到消息，說皇弟登基，我家大人受先皇遺命，被朝廷封為橫山節度使、檢校太尉，以使相身分知蘆嶺州府事，我們兄弟兩個很是歡喜，可我們在蘆嶺州還沒等到大人，就收到大人送回的這口箱子，因我二人久居契丹，言語、地形比較熟悉，著令我二人親自送來，我們離開時，我家大人剛到絳州，從時間上看，現在應是已經到了蘆嶺州了。」

蕭綽詫異地挑了挑嫵媚的雙眉，說道：「把箱子呈來給朕。」

彎刀小六從身邊提起一口箱子，雙手呈遞向前，蕭綽身邊一名女衛立即上前接過，然後要提到殿角几案上去打開檢查一番，蕭綽不耐煩地道：「無須提防，把它拿來給朕。」

女衛聽命把箱子提到御案上輕輕放下，蕭綽凝神看向那口半尺多厚、兩尺見方的箱子，見上面的封條和火漆仍完好無損，顯見不曾被人動過手腳，她舉手撫摸著箱子，心頭一隻小鹿忽然怦怦地跳了起來。

箱裡會有些什麼？按照當初兩人的計議，當前要配合她消滅慶王，今後在三方鼎立的格局下還要與契丹有所合作，這口箱子裡理所當然，應該有合攻銀州、擒取慶王的計畫，除此之外呢？他……他會不會贈我些私人之物？否則何必做得這般嚴密，連他的兩個義弟也要瞞著。

一時間，蕭綽竟有些緊張、羞怯和期待起來，從叱吒風雲的一國帝后，恢復了一個小女子的情態。

趙匡胤駕崩、趙光義繼位、楊浩受封節度的消息，她已經從自己的消息管道獲悉了，她可深深明白這兩個官職意味著什麼。楊浩年紀輕輕，短短兩年間便位極人臣，而且開府建衙，順理成章地成為一方諸侯，這種陞遷速度真是聞所未聞，使得籠罩在這個男人身上的謎團越來越多，她越想看個清楚，越覺得他籠罩在迷霧之中，教她看不清楚。

宋廷一直不遺餘力地削弱節度使的勢力，集權於朝廷，竟會放他一個有實權的節度使？這件不合情理的事更令冰雪聰明的蕭綽百思不得其解，聯想到趙匡胤的突然暴斃，她甚至大膽地想像，會不會楊浩與趙光義有所勾結，趙匡胤之死是一樁天大的陰謀，所以楊浩才獲得豐厚的回報，得任節度……

可是儘管汴梁發生的事情透著詭譎蹊蹺的味道，僅憑一些蛛絲馬跡她也無法判斷當時的真相，一面要念著宋國政局變化對她契丹的影響，一面又不可避免地想著那個教她割捨不下的男人，這些日子在上京，無論意氣風發地處理朝政，還是低眉信手在御園賞花，一絲情念中總是惦記著他，這時真的得到了他的消息，蕭綽這樣的女中豪傑竟也不由生起一種「近鄉情怯」的感覺來。

摸索良久，她才撕下封條，打開兩個扣環，將那箱子輕輕地開啟。

箱子打開，蕭綽便眼前一亮，她什麼都想過了，唯獨沒有想到箱中竟是一片泥，一片膠泥。箱底固定著一塊木板，板上竟然是一幅沙盤，那沙盤以膠泥塑成了山川、河流、城池的形狀，唯妙唯肖，十分逼真。

蕭綽最大的心腹之患就是慶王，這些日子沒少琢磨銀州形勢，她只輕輕掃了一眼，便看出這沙盤塑的正是銀州地形，蕭綽柳腰輕折，專注地看著這幅新穎別緻的地圖。

契丹人征戰沙場，統兵大將有時也會聚沙石為圖，演示雙方兵力部署，與部將討論兵事、研究對策，但是很少製作如此精細、詳細的沙盤。這具沙盤在手，如同自空中俯視銀州，將那裡的山川形勢盡展眼中。

蕭綽見箱蓋內層還黏著一封信，便取下來在燈下展開看了起來。信無收信人、書信人的名頭，沒頭沒尾，開宗明義地便講解雙方如何用兵，如何南北夾攻，謀取銀州，整篇信看罷，又翻過來掉過去仔細打量，再也沒有旁的東西了，蕭綽臉色漸漸落寞下來。她摺起書信，抬眼望向彎刀小六，淡淡地問道：「就這些？楊浩沒有再交代你什麼？」

彎刀小六還未答話，鐵牛已搖搖頭，憨笑道：「娘娘，我們連大人的面都沒見著，就被打發到契丹來了，哪有可能還得到大人的什麼吩咐？不瞞娘娘，這箱中是什麼東西，我們兄弟倆都不知道，大人把它送來時，就已是封好了的。」

蕭綽的眸光黯淡下來，冷淡地道：「朕知道了，你們回館驛歇息，候朕的回信便是。」

小六和鐵牛面面相覷，不知皇后娘娘何以忽然露出不悅之色，二人也不知楊浩信中都說了些什麼，只得告退而出。

蕭綽吁了口氣，仰身往椅上一靠，揮了揮手，幾名女衛便也躬身退了出去。殿中頓時靜了下來，半晌，蕭綽張開眼睛，看著眼前那幅精緻的沙盤，眸中漸漸流露出一抹幽怨：「那個薄情寡義的男人，和我之間，就只有互相利用的關係嗎？」

從醉意朦朧中被他占有，再到含羞忍辱主動挑逗，直至最後被他粗暴地……

蕭綽的臉頰有些發燙，一雙明眸也瀲灩起一抹誘人的迷離。不可否認，當她第一次與楊浩成就孽緣的時候，她是又羞又憤，恨不得把楊浩千刀萬剮的，哪怕後來主動挑逗他，也只是把他當成一件工具。

可是夜夜燕好，不可避免地從她的生理影響到了她的心理，讓她漸漸對楊浩產生了一種微妙的感情，只是她清醒地認識到，一旦利用價值消失，這個男人就必須從人世間消失，所以她冷靜地控制著自己的理智，不讓自己對這個男人真的動情，成為一個情欲和感情的俘虜。

然而儘管百般戒備，心防重重，這個男人最終還是走進了她的心裡，當楊浩以一個她動動小指就可以取他性命的死囚身分掌握了主動，把她一個手握生殺大權的攝政皇后擺布於股掌之上的時候，當他強悍地把她按倒在牢房裡，像野蠻的契丹牧主粗暴地占有自己的女奴一般進入她身體的時候，由身到心，那個男人都在她身上牢牢地烙下了他的印記，一生一世揮之不去。

她是一個女人，在楊浩身上，她頭一次體驗到了做為一個女人最大的羞辱，卻也體驗到了一個女人最大的快樂；她是世上武力最強大的帝國女皇，可是卻被自己的一個囚徒掐住了她的要害，讓她無從抵抗地體驗到了任人擺布的弱者滋味，這個男人……還是她未出世的孩兒的親生父親，如此種種，讓她如何相忘？

每日裡，她有數不清的奏章要看，要處理朝政、要發展民生、要絞盡腦汁地平衡各部落間的矛盾，要小心翼翼地應對女真、室韋等部族的試探和挑釁，可是不管她忙碌還是清閒，心底裡總有一絲割捨不斷的悸動，那是一個女人的溫存與憂傷。

可他是怎麼對她的呢？他派人回來了，只是冷冷淡淡地告訴她，他已做好了準備，可以發兵攻打銀州了，還很市儈地強調了一番，慶王交給她處理，銀州一定要交到他的手中，除此，再也沒有什麼了。

「罷了，我本不該心懷痴念的。自從爹爹把我扶上這皇后的寶座，我就注定只能在這條權力的道路上孤獨地走下去，再也沒有回頭路，回頭就是懸崖峭壁，足以讓我和我的家族粉身碎骨的懸崖峭壁。走在這條路上，我就注定一生與謀略和權力為伍，做一個四大皆空的孤家寡人，何必如此執迷不悟，想他做什麼！」

楊浩的一瓢冷水把她潑醒了，蕭綽迷茫、憂傷的眼神重又恢復了銳利和精明，她折腰而起，俯身向前，冷靜地看向那幅山川地理圖，腦海中回想著楊浩信中提及的一切，對照眼前這幅極其詳盡、標誌著銀州內外所有重要兵驛和山川、水流的沙盤，思索著出兵的事情。

銀州千里迢迢，戰場瞬息萬變，慶王不可能按照他們的設計出招，所以楊浩這封信也並沒有詳細的作戰計畫，他只是提出了針對銀州城的地形，雙方聯合出兵、應對種種變化的可能做出的提議，以及戰利品的分配，至於具體如何配合作戰，還要看雙方主將到了戰場上的默契程度。

對銀州，不管是楊浩還是蕭綽都勢必一戰、而且是勢在必得的一戰。楊浩急於奪取銀州，不止是為了樹立蘆嶺州兵威，也是為了讓他這個橫山節度名副其實，澈底掌握橫山山脈這處西域與中原之間的戰略要地的需要。同樣地，除掉慶王這個招搖在外的叛逆，也是蕭綽穩定契丹政權的迫切需要，兩個人各取所需，正是一拍即合。

至於戰利品的分配，慶王無論生死，一定要交到蕭綽手上，而銀州城，則歸楊浩所有。其實……如果可能，蕭綽絕不介意摟草打兔子，在除掉慶王的同時占據銀州，為契丹勢力繼續向西擴張鋪墊道路，可是正如崔大郎當初分析的那樣，大宋正與契丹對峙，兩虎隔山咆哮，暫時都騰不出手來對付這隻西北狼，如今只要確保西北不落在對方手中就好，他們任何一方都不想輕易增加一個敵人，哪怕這個敵人相對弱小，所以這銀州就算被她的人打下來，如今她也只能交到楊浩手上。

「派誰去呢……耶律休哥肯定不成，女真、室韋正蠢蠢欲動，六十多個屬國朝貢無常，上京需要這員虎將鎮著，況且……他與楊浩一直有些芥蒂，此去難說他會不會頭腦一熱，趁勢再與楊浩挑起事端，破壞了自己穩住西北、牽制中原、平息內亂、重振國力的長遠計畫。

「那樣……就只有派耶律斜軫去了，他是南院大王，可以就近調兵，而且耶律斜軫聰慧穩重，足堪重任。如果令南院大王耶律斜軫率精銳的迭剌六院部五萬精兵西征銀州，使樞密使郭襲、宰相耶律賢適留守南院，調部族軍、京州軍、屬國軍加強對宋國的戒備，我北院則按兵不動，宋國勢必不會輕舉妄動，如果趙光義真敢於此時悍然出兵，則可令耶律斜軫迅速回師，與我北院兵馬成鉗勢夾擊宋軍，慶王那裡有楊浩牽制，當不致引兵追來……

「就這麼辦！」

方才偶露兒女情態的蕭綽重又變成了那位殺伐決斷的女中巾幗，她提起朱筆，抽過一卷紙來，正欲下詔，瞧見桌上那一箱泥，本已冷靜下來的情緒突然又不受控制地暴怒起來，她伸手一推，便將那口箱子拂到了地上，沙盤立即摔得粉碎，蕭綽冷笑一聲，就像摔得粉身碎骨的是那個無情無義的男人，只冷冷地瞥了一眼，便要坐到椅上，開始起草對南院的詔書，忽地，眼前光亮一閃，似乎有什麼東西，蕭綽不由一怔。

殿外的女衛聽到裡面的動靜，按著刀便衝了出來，見蕭娘娘掌著燈，正彎腰看著什麼，女衛頭領急叫道：「娘娘，出了什麼事？」

蕭綽頭也不抬，淡淡地道：「沒什麼事，妳們都出去，未得傳喚，不得進入。」

「是！」幾名女衛又急急退了出去，蕭綽蹲到地上，拿起一塊泥巴看了看，中空的，再往地上看看，蕭綽從一地泥巴中拾起一枝半捲在紙中的釵子，造型簡單的一個雙尖，沒有如何地名貴與華麗，只是那鏤空的靈動教人歡喜。

「怎麼……會有這種東西？」蕭綽有些驚訝、有些歡喜，臉上冷肅的線條漸漸柔和起來，她展開那裹著釵子的紙來正要丟掉，忽見上邊似有字跡，急忙移過燈來仔細一看，只見上面寫著一行字：「何以慰別離？耳後玳瑁釵。」

蕭綽鼻子一酸，眼中不爭氣地湧起一團霧氣，她吸了吸鼻子，趕緊在那堆泥巴中又搜索起來，很快又找到一個小小的紙團，打開一看，是一枚造型別緻的銀戒指，蕭綽趕緊看那紙團，只見上邊果然也有一句詩：「何以道殷勤？約指一雙銀。」

蕭綽嫵媚的嘴角微微牽起，似乎想要露出笑容，但她抿了抿嘴角，很矜持地忍住，她是誰？萬里江山在手，豈會被這麼一件東西打動？

蕭綽「很不屑、很不屑」地撇了撇嘴，拈起那枚戒指仔細地端詳著，忽地發現內側隱有痕跡，仔細看看，竟是一串年月日的數字，而且用的是契丹的年號，蕭綽終於忍不住露出了笑意：「這個可惡的傢伙，難不成是在我上京街市上隨便買了些頭面首飾，如今又拿來糊弄我？」

「好像做出來沒多久啊，這個日期……這個日期……」

蕭綽忽然像燙了手，那枚戒指叮的一聲掉到地上，蕭綽頰生暈彩，眼波盈盈，終於恢復了一個十七、八歲小女子該有的情態：羞澀、歡喜、欲拒還迎……

「那個傢伙，好生無賴，那一天……那一天……他竟鐫刻在這枚戒指上，著實羞人……」

蕭綽咬了咬脣，忽然飛快地拾起那枚戒指，兜在裙子裡，然後繼續在泥巴裡玩起了尋寶遊戲。

手鐲、耳環、「銀州城」中包裹密密的玉珮……

何以致契闊？繞腕雙跳脫……

何以結恩情？美玉綴羅纓……

何以致區區？耳中雙明珠……

那些膠泥塑就的山川河流全被蕭綽敲得粉碎，每一件用最情濃意重的詩包裹著的首飾都像一杯醇濃的美酒，讓她醺醺欲醉了。

殿中異樣的聲響令外面的女衛放心不下，一個侍衛統領壯著膽子悄悄向殿中探頭看了一眼，就見那位平素尊貴威嚴、母儀天下的皇后娘娘蹲在地上，左手掌著一盞燈，右手握著一堆紙團，低頭看著膝上裙中圍著的什麼東西，像一個「笑脫紅裙裹鴨兒」的小姑娘一般天真、爛漫。

笑得好不得意……

*　　*　　*

此時，銀州城一片肅殺。

城禁、宵禁，兵丁四布，巡弋的士兵穿行在大街小巷，夜色中只有他們流動的燈火和沉重的腳步聲。

東門吊橋吱呀呀地放下去了，城門洞開，一行十餘名騎士直馳入城，經過城門洞時，馬蹄踏著青石的路面，蹄聲如雷。

一員契丹將領迎了上去，在馬上抱拳見禮，高聲叫道：「劉將軍，你終於到了。」

來騎猛地一勒馬韁，戰馬人立而起，希聿聿一聲長嘶，馬上的將軍將迎風吹起的披風一攬，大聲說道：「為避蘆嶺州耳目，晝伏夜行，專抄小路，是故來得晚了一些。」

那員契丹將領道：「將軍一路辛苦，慶王早為將軍安置了館驛，且請前去歇息，明日一早……」

來人沉聲道：「不，軍情緊急，早一刻安排便搶一分先機。」

他回首喚道：「延朗、延浦。」

身後兩名二十出頭、英氣勃勃的小將提馬上前，大聲應道：「爹。」

那人道：「你二人與侍衛們先去館驛。」

回首又對那契丹將領道：「將軍，請馬上帶我去見慶王！」

四百十九　一將難求

慶王府中燈火通明，慶王耶律盛尚未就寢，此時正與一眾心腹討論軍機大事，將領們分坐兩側，牆壁上掛著一幅山河地理圖，耶律盛蹙眉指著地圖，正向手下將領們講解著銀州目前的局勢。一個穿月白衫的美貌少婦姍姍走進廳來，向慶王襝衽一禮，身後相隨的侍婢們便將一碗碗消夜分送到諸位將領們面前，耶律盛語聲一頓，說道：「好了，大家先歇一歇，吃點東西。」

正襟危坐的將領們頓時放鬆下來，有些人一雙大眼盡在那些體態曼妙、姿容清秀的婢女們身上打轉，有的還趁她們奉上粥茶的時候偷偷摸摸她們的小手，只要將領們在他面前不做太過出格的事情，耶律盛只作未見。那穿月白衫的美貌少婦親手端了香粳米粥來，送到他的面前，耶律盛含笑點了點頭。

耶律盛的這座慶王府就是原來的銀州防禦使府。就連那穿月白衫的美少婦，都是原銀州防禦使李光霽的侍妾，被他占據銀州之後一股腦兒接收過來。他自己原來的妻妾，早就丟在逃亡路上了。

慶王耶律盛一路西逃，只帶出四萬族人，其中傷病不能作戰者除外，能戰之士只有三萬，他們沒有糧草輜重，一路全靠劫掠州府村寨維持，後面又有耶律休哥苦苦追趕，如果就這麼一路逃下去，就算不被耶律休哥殲滅，勢必也要軍心渙散，出現大量逃兵，於是到了銀州附近時，慶王不想再跑了，他必須要找一個立足之地，而這個立足之地只有銀州城。

銀州城在李氏多年經營下，家底十分殷實，多年蓄積下來，城中糧草無數，又有活水，就算守上十年也不成問題，正宜做為他的根基之地。但銀州雖然因為周圍局勢的原因，主力放在外線禦敵，銀州城也比不得上京城那般險峻難攀，但他後有追兵，可沒有工夫打上一年半載，再加上他的人馬善於草原上馳騁作戰，並不擅長攻取城池，也沒有相應的攻城器械，要奪銀州城便只有行險使計。

耶律盛定下了謀奪銀州的計畫，卻苦無沒有良策謀城，便向心腹們問計，耶律盛手下也不乏文臣武將、一時才俊，其中有一個謀士叫隆興翼竭思苦慮一番，便向慶王獻上了一計，慶王耶律盛一聽大妙，立即依計行事。他指揮大軍過銀州而不入，倉皇西去，做出繼續逃命的模樣，同時使一心腹大將羊丹墨帶兩千名死士脫離大隊，向銀州投降。

那羊丹墨也是智勇雙全之士，他得隆興翼面授機宜，又進行了一番補充，向耶律盛額外討取了一千多名士兵，這些士兵不要生龍活虎、猶能力戰的，只要傷殘老弱、奄奄一息的，耶律盛若非部下中不乏隨他造反的其他諸部族人馬，不肯做出捨棄傷兵大失人心的事來，早就把這些累贅拋棄了，一聽羊丹墨補充的計畫，頓時大喜，馬上應允下來。

於是羊丹墨便率領這兩千人馬趕往銀州，他先使那一千勁卒埋伏在五羊坡，然後親自率領剩下那一千老弱病卒，帶著耶律盛交予他的大批金銀珠寶趕往銀州。距銀州還有十里路處，便是銀州設在北路的一座軍驛，叫五羊驛。羊丹墨叩關乞降，獻上大批金銀細軟，只說自己不想繼續跟著耶律盛繼續逃竄，又不敢回到契丹受死，因此獻上金銀，乞求接納。

那守關將領施爾桀本是新任銀州防禦使李光霽府上一個家將，因為李光霽是從眾多堂兄弟中競爭出來，幸運地被夏州李光睿指定為防禦使的人選，為了坐穩這個位置，打擊堂兄弟們的氣焰，李光霽大肆任用私人，府中的人雞犬升天，俱都委了官職，這個叫施爾桀的家將便撈到了五羊驛鎮關將領的位置。

施爾桀見到羊丹墨奉上的金銀珠寶，便已被那珠光寶氣迷花了雙眼，又見他帶來的確實是老的老、小的小、殘的殘，登時戒意大消，慷慨地答應把他們接納下來。這時羊丹墨便又進言，說另外一支部落也已帶著本族的全部財寶、牛羊、馬匹和女人離開了慶王，只不過這支部落以前曾經參與過契丹對銀州的攻擊，他們的族長頭人擔心受到銀州的懲罰，所以不敢前來歸降，準備逃到吐蕃人的地方去。如果施爾桀大人有意招納，他願代為引見，消除那一個部落的戒心。同時他還很關切地告訴施爾粲，那個部落尚保留著三百多人的武裝，有一定的戰鬥力。

施爾粲聽說那支部落攜帶了大批牛羊、財寶還有女人，登時兩眼放光，他本一介家奴，目光短淺，此時滿腦子都是黃澄澄的金子和白花花的肉體，口水都快流下來了，哪裡還有什麼戒心？這一去何止求財啊，銀州正與吐蕃人征戰，如果把本想投靠吐蕃人的部落拉過來，那還是大功一件呢，所以他馬上迫不及待地答應下來，然後率領八百精兵，讓羊丹墨帶路，去招降那支契丹部落。

這件事，他並沒有向銀州方面報告，因為一旦報告上去，由銀州方面派出使者，第一，要分他的功；第二，要分他的財；第三，要分他的女人。施爾粲只想事成之後，再親自去向李光霽報告，於是興沖沖地上路了。

當日傍晚，這支隊伍就回來了，領頭的還是施爾粲，施爾粲一進五羊驛，他帶回來的人馬便大肆燒殺起來，已先進城的那些老弱殘兵也奮起餘力竭死配合，將整座五羊驛順利占據，隨後他們片刻不停，便押著施爾粲「逃」向銀州城。

銀州城頭早已望見五羊驛大火沖天，及見潰兵逃來，連忙向城下探問消息，施爾粲在羊丹墨利刃逼迫之下，只得謊稱契丹慶王潰兵攻五羊驛奪糧，他兵微將寡抵敵不住，要逃回城來向李光霽討救兵。

燈頭打下燈光來，見城下站的確實都是五羊驛的兵馬，最前頭施爾粲穿著一套小衣，旁邊還站著五、六個披頭散髮的侍妾，那城上守軍不禁暗罵，可他雖恨施爾粲是個廢物，但這個官畢竟是新任防禦使大人的心腹，還不能得罪了他，只得沒好氣地令人放吊橋，開城門，叫他進來。

若非銀州城多少年來都不曾有敵人摸到近邊來，而且慶王大隊人馬確實已經穿越銀州一帶，繼續向西逃去了，這位守城官也不會如此大意，如今他這城門一開，可就闖下了彌天大禍，那些「傷兵殘兵」一進了城，發一聲喊，便向四下措手不及的銀州兵攻去，迅速占領了北城門。

當李光霽聞訊揮軍奪門的時候，城外一條火龍遠遠馳來，慶王耶律盛帶領大軍迂迴繞了一個圈子，然後又以最快的速度殺了個回馬槍，兩千名敢死之士浴血護門，用他們的血肉保衛著他們這條唯一的生路。

銀州主力正在外線與吐蕃、回紇部落作戰，銀州城中只有守軍一萬多人，這些兵力倚仗地利，對付十萬大軍也能支撐一個多月，可是城門一破，他們就不堪一擊了，到了天光大亮時，慶王已殺死李光霽，鳩占鵲巢，完全控制了銀州城。

銀州守軍死的死、降的降，正在外線作戰的銀州軍隊得知根基已失，立即作鳥獸散，有的率兵去投夏州，有的家眷族人都在銀州城中，又受慶王利誘，便乾脆投降了慶王，慶王耶律盛就此成了銀州之主。

因為此時夏州李氏正受吐蕃、回紇牽制，雖知銀州有失，一時半晌也顧及不了銀州，而德王耶律三明在上京也起了異心，迫使皇后蕭綽急急調耶律休哥回師，這就給了耶律盛可乘之機。他占據銀州之後，立即加固城牆、重修銀州附近的軍驛險隘，在戰略要地部署兵力，把整個銀州牢牢控制在自己手中。

然而，他雖以突襲手段占據了銀州，殺死了李光霽，卻不敢說這位子就坐得穩當。契丹蕭后不會放過他，一旦讓她騰出手來，必會揮師西進，除去他這個叛逆，所以耶律盛極為重視交好左近的吐蕃部落、回紇部落和橫山羌人，同時加固城池，招兵買馬，不但要應變，還希望有朝一日能殺回上京。

所以他需要不斷地增強實力，瘋狂地積蓄實力，才有與蕭后一決雌雄的本錢，銀州一萬多精兵的歸附，使他嘗到了甜頭，如果能繼續擴充實力，蕭后又不可能以傾國之兵來與他作戰，他在銀州就能穩若泰山。

近在咫尺的吐蕃、回紇、橫山羌人的主意暫時打不得，他們的勢力太鬆散了，如今耶律盛正在穩固銀州防務，根本不能東征西討，得罪這麼多令人頭疼的鄰居，於是他便把主意打到了國已不國的漢國頭上。

漢國如今雖如風中的一片殘葉，凋零得很，可是蚊子再小也是肉啊，於是耶律盛派了一位使者去見漢國新上任才一年多的皇帝劉繼元，慷慨地許諾只要漢國與自己結盟，他願意傾力助漢，建立攻守同盟。

劉繼元被契丹拋棄之後，整天擔驚受怕，就怕宋國會派兵打過來，果不其然，契丹這邊的絕交書送到不過一個多月，宋國就真的派兵來了，皇長子德昭親自掛帥，五路大軍殺氣騰騰，對漢國擺出了志在必得的架勢。

劉繼元正心驚肉跳的當頭，從天上掉下來慶王這麼一位仁義大哥，像一根稻草似地飄呀飄，飄到了他這個溺水之人的面前，劉繼元大喜，這對難兄難弟一拍即合，立即訂立了攻守同盟。耶律盛馬上派出一萬五千精兵星夜馳援漢國，履行了自己的諾言。

其實慶王這麼做，只是看準了劉繼元實力不濟，在宋國的進攻下，根本守不住他的天下，慶王也根本沒有打算派自己的人馬去幫他守城，他只是想在勢危的時候，把劉繼元裹挾到銀州來。劉繼元一來，他的兵馬就得跟著，到時候在自己的地盤上，就能漸漸吞併劉繼元的殘部，到時勢必大大壯大自己的實力。

有劉繼元在手，說不定那時還能用他這個廢物皇帝與宋國做筆交易，可他萬沒想到趙匡胤突然駕崩，宋軍潮水一般湧來，又潮水一般退去，他這個拾海人連根海帶都沒撿著，只得怏怏退兵。緊接著，宋國新任皇帝又派來一位橫山節度使，他的銀州就在橫山範圍之內，這位橫山節度使當然來者不善。

況且，就算楊浩沒有攻打銀州的意思，他又豈能放過楊浩？那可是他的殺子仇人啊。然而若論在橫山羌人中的影響，他這個新來乍到的契丹慶王可遠不及已經和橫山羌人打了兩年交道的蘆嶺州，要他貿然出兵，穿過橫山羌人聚居地去攻打蘆嶺州，他可放心不下。可若不盡快解決蘆嶺州這顆眼中釘，一旦來日蕭皇后騰出手來，再度揮軍討伐，楊浩也見機來攻，銀州勢必腹背受敵，陷入兩面作戰的困境，是以耶律盛一面使人向漢國求援，希望漢國出兵合力攻打蘆嶺州，一面召集各路將領，日夜商討解除威脅的種種辦法。

耶律盛一邊吃著消夜，一邊思索著心中的難題，正沉吟間，一個小校忽地搶進廳中，大聲稟報道：「啟稟慶王，漢國侍衛都虞候劉繼業到了，正在前廳等候召見。」

耶律盛大喜，霍地站了起來：「劉繼業帶來了多少人馬？」

小校恭聲說道：「劉繼業主從一共十三騎，未見大隊兵馬相隨。」

慶王皺了皺眉，隨即釋然笑道：「是了，劉無敵用兵向來謹慎，自然不會招搖而來，我去見他。」

劉繼業坐在廳中，雙眉微鎖，正低頭盤算著面見慶王耶律盛之後的說詞。

漢國有難，慶王慷慨出兵相助，如今慶王有意攻打蘆嶺州，向漢國借兵，劉繼元實在沒有理由拒絕。可是宋國出兵伐漢時，劉斷元恨不得跟耶律盛穿同一條褲子才能體現他兄弟的親密，但宋國一退兵他就後悔了，他現在國將不國，手中兵馬有限，哪肯蹚那個渾水，派人來供慶王耶律盛揮霍？

可是慶王剛剛出兵助他，他不出兵，未免失了道義。再者，慶王守住銀州對他有益無害，如果慶王坐大，他就有了靠山，如果契丹或宋國想要攻打銀州，說不定就會與他媾和，那時自己就能效仿蘆嶺州，待價而沽，左右逢源。於是劉繼元左思右想，終於還是派了人來，只不過他派來的人少了點，只有劉繼業一行十三人。

「這麼點人，慶王必然大失所望，我要如何說，才能維繫住雙方的盟約，不致得罪了他呢？」

劉繼業雖是巧婦，苦於無米，也唯有苦笑不已。

劉繼業看模樣只有四十出頭，他本姓楊，是麟州節度使楊崇訓的胞兄，因扶保了漢國，並得漢主寵信，賜姓為劉，就此改名為劉繼業。劉繼業白面微鬚，眉目清朗，十分儒雅，若不是他那挺拔的腰桿、正襟危坐的軍姿，實難教人相信他就是那個在財力、兵力、武器、軍餉都嚴重匱乏之下，仍然一手支撐著北漢國在大宋的強勢之中搖而不倒的那位漢國柱石，無敵將軍。

廳外響起一陣爽朗的笑聲，慶王耶律盛大步走入，哈哈笑道：「本王一封書信，想不到貴國皇帝陛下這麼快就派了將軍來，本王甚是歡喜啊。」

劉繼業急忙站了起來，趨前一步，叉手施禮道：「漢國侍衛都虞候劉繼業，見過慶王。」

耶律盛連忙上前相扶，滿面春風地道：「劉將軍免禮，本王久仰劉將軍赫赫軍威，如雷貫耳啊，想不到今日有相緣相見，真是榮幸之至。哈哈，劉將軍一路辛苦了，只不知貴國皇帝陛下這次派來了多少人馬，還請將軍告知本王，本王好著人準備牛羊美酒，明日一早親自去犒賞三軍。」

劉繼業微微露出尷尬神色道：「慶王，實不相瞞，這一次來，只有劉繼業和十餘名小校而已。」

耶律盛一怔，臉色頓時沉了下來：「只有將軍一人？本王欲得貴國之助，合力圖謀蘆嶺州，何以將軍一人隻身前來，將軍號稱無敵，難道就可以將軍一人之力，抵得數萬大軍嗎？」

劉繼業被慶王一說，臉色微紅，神色更顯尷尬，他吸了一口氣，沉聲問道：「慶王甫得銀州，立即出兵伐蘆嶺州，途經諸多羌人部落，不無凶險，為何如此迫不及待？」

耶律盛怒道：「本王信中說的難道還不明白？若本王受蘆嶺州和蕭后南北夾擊，如何守得銀州？先取蘆嶺州，方無後顧之憂。貴國皇帝不肯出兵相助，可知我銀州若亡，你那漢國沒了外援，在宋國大軍鐵蹄下，頃刻間便要灰飛煙滅？」

劉繼業道：「慶王息怒，非是官家不肯出兵，實是宋國大軍滯留邊境久久不退，我漢國兵微將寡，再也抽不得人馬前來助陣。蘆嶺州雖只一府之地，卻受麟府兩州支持，麟府兩州絕不會容得慶王染指蘆嶺州，與他們比鄰而居，這一戰若是麟府兩州插手，以慶王虎賁之師，也未必就能如願。慶王所慮者，不過是擔心蘆嶺州與契丹蕭后彼此呼應，讓銀州首尾難顧。劉某奉官家所命趕來蘆嶺州，便是為慶王解憂來了。」

耶律盛哂笑道：「哈哈，就憑將軍一人？」

劉繼業笑了笑道：「不錯，就憑我一人！」

耶律盛目光一凝，沉聲問道：「將軍一人，如何解我危局？」

劉繼業道：「銀州本有守軍一萬，慶王西來時手中有可戰之兵三萬餘，若不詐城，能打下銀州嗎？」

耶律盛搖頭道：「不能！」

劉繼業又問：「若容慶王從容準備，備齊了各種攻城器械，又有充足的糧草供應，可能打下銀州嗎？」

耶律盛沉吟良久，徐徐說道：「若給我一年時間，或許……可以打下銀州，只是……那時我的人馬也已損耗一空，得了一座銀州城又有何用？」

劉繼業微微一笑，說道：「慶王是草原上的英雄，慣於遊騎作戰，本不擅攻守之術，一年便打下銀州，已是難能可貴。銀州這些年來雖然征戰不斷，但戰事多發生在外線，所以實外而虛內，銀州防禦並不緊密，並非不可攻克，若是備齊了攻城器械，又有充足糧草供應，由劉某來攻城，最多只須半個月，銀州就要易主。」

耶律盛雙目一張，凜然道：「劉將軍這是威脅本王嗎？」

劉繼業搖頭道：「非也，劉某只是想說，同樣的兵力、同樣的武備，由不同的人來指揮調度，發生的作用就會截然不同。劉某善攻城，更擅守城，此番我國主雖只派來我一人，可是若得我協助慶王部署銀州防禦，銀州將成銅牆鐵壁，契丹便出二十萬大軍，給他三年時間，亦難攻下銀州城。他們……能出二十萬大軍，能打上三年嗎？」

耶律盛雙目炯炯，緊緊盯著劉繼業，目中漸漸放出光來。漢國有什麼？既無地利之險，又無威武之師，可是趙匡胤一代雄主，不管征討「蜀道難，難於上青天」的蜀國，還是守著長江天塹的江南李煜，都是手到擒來，他御駕親征的只有一個國家：漢國。可是卻數度前來，鎩羽而歸，雖說這其中有契丹出兵相助的原因，可是契丹出兵前，宋軍早就圍攻漢國許久了，若是守城的是蜀軍、是唐軍，漢國早已插上了宋旗，漢國國力遠不及蜀唐，何以能在趙匡胤的御鞭親揮之下支撐下來？因為這裡有個劉繼業。

劉繼業的本領便是在契丹也是極負盛名的，當初契丹與漢國尚是盟友的時候，契丹部族軍也常常冒充馬賊往漢國打草穀，這劉繼業兵微將寡，可是與之交戰中卻是勝多敗少，屢建奇功，他那「無敵」的稱號，就是契丹人送給他的，莫非此人真有化腐朽為神奇的本領？

劉繼業臉上帶著自信的笑容，一字字說道：「慶王豈不聞……千軍易得，一將難求？」

四百二十　銀州，我一定要打！

小六和鐵牛走進月華宮，只見蕭后一襲白衣，靜靜地坐在御案後面，體態輕盈，不著修飾，卻自有一種雍容華貴的氣派，風姿幽雅、儀態裊娜，宛若一朵含苞欲放的百合花，靜謐、潔白、幽雅、高貴，一塵不染。

「你們今天就可以回去了，朕的大軍很快就會出發，西征銀州的事，朕與楊浩早有約定，朕會囑咐統兵大將配合蘆嶺州，準時抵達！」

蕭綽一見他們，便淡淡地道：「這口箱子，你們交給楊浩。」

「是！」

小六答應一聲，接過了女衛遞過來的那口箱子，箱子已重新貼上了封條火漆，不過似乎比原來輕了許多。

蕭綽往箱子上又看了一眼，眸中不經意地露出一絲笑意，那含笑的眸子微微垂下，便看到了面前的書案，青玉紙鎮下面，壓著一張紙，紙上墨跡淋漓：

我做這幅沙盤的時候，一直在想，見了這幅沙盤，綽兒會怎麼想呢？用這樣隱蔽的方法，妳大概根本不會發現吧。不過，當初妳那一碗藥酒，可是著實讓我吃了一頓鐵拳的苦頭，不用這個方法，萬一是我自作多情，綽兒心中根本無我，豈不難堪？男人都是很在乎自己面子的，妳說是不是？

如果妳根本不曾把我放在心上，這封信，就讓它永遠鎖在沙盤下面吧。如果妳會念著妳我之間的一分情意，那妳見我遣人遠來卻只與妳議及公事，妳必會恨我無情。以妳的脾氣秉性，睹物思人，恐怕殺了我的心都是有的，本山人掐指一算，這幅沙盤，此刻必已代我粉身碎骨了，那麼我到底心意如何，想必妳也心中了然了。

那妳到底看到這封信沒有呢？女兒心，海底針，真的不好判斷啊。如果妳正在看這封信，那妳一定是摔過沙盤了，也就證明……妳的心裡是惦記著我的，對吧？呵呵，這回怒氣全消了嗎？應該已露出嬌羞的笑容了吧？妳可要記得，現在的妳，可不宜喜怒無常。

蕭綽忍不住又是「嗤」的一聲笑，美人一笑，百合花開。

「貧嘴……」

那一聲薄嗔，由這位高權重、一向威嚴莊重的美人口中說出來，自有一種纏綿悱惻的味道，令人蕩氣迴腸。

綽兒……信上那刻意的暱稱，略去了彼此地位的差距，除了未嫁前父母雙親和姐姐這般稱呼過她，再也沒有旁人，蕭綽心中不禁湧起一陣異樣的感覺：「如果，我不是這樣的地位、這樣的身分，只是一個普普通通的小婦人……不想了、不想了，萬萬不能被這個禍水給迷惑……」

薄唇輕噬，一抹女兒風情不經意間已然悄悄爬上了她的眉梢眼角……

這些首飾，並不如何名貴，也非華麗之物，我知道，妳不喜歡一身珠光寶氣，平素也少著飾物，不過這幾件小飾物都很素雅莊重，希望妳會……為我戴上它，雖然我看不到妳佩上它們後是怎樣地嫵媚。但是當小六和鐵牛回來後，我會問他們，娘娘遣他們回來時，是怎樣的打扮，佩戴了什麼首飾，然後……我就會想像得到了。

蕭綽螓首微側，眸中露出一絲頑皮的笑意，天然去雕飾，清水出芙蓉，她那元寶般精緻的耳朵、天鵝般優雅的頸項，還有修長的青蔥玉指上，什麼首飾都沒戴。你讓我戴，我便戴嗎？憑什麼要聽你的吩咐？她輕輕地皺了皺鼻子，就像一湖春水，蕩起了一片漣漪……

最後，有兩件事對妳說，一：這封信是用墨魚汁寫的，雖說封在沙盤中會保留久一些，不過一個多月之後，它也會完全消失的，如果妳不曾看過它，那麼妳永遠也不會看到了，我也不會再寫第二封信：二：有句話，以前一直沒有機會對妳說，現在不妨告訴妳，妳很美麗，前世今生，在我見過的所有美女中，綽兒……一定名列三甲。

「名列三甲？為什麼不是唯一？哪有這麼恭維人的？名列三甲……那另兩個是誰？」

那雙嫵媚的眉又輕輕地鎖了起來；這個問題，恐怕要永遠縈繞在這位高傲自負、智慧與美貌並重的契丹皇后心頭，再也揮之不去了，除非……有朝一日她能再見到楊浩，從他那裡得到答案。

她不斷地告誡自己：「不要去想，這是那個無賴的詭計，他就是想要我時時刻刻地想著他，我才不要上當！」可是，她還是禁不住地去想：「那兩個女人，到底是誰？」

*　　*　　*

劉繼業與慶王耶律盛一夜長談之後，銀州改變戰略，開始收縮兵力，鞏固現在統治的領地，積極備戰了。

沒有人知道這些年來在契丹有「劉無敵」之稱的漢國侍衛都虞候劉繼業到了銀州，

這件事已被耶律盛列為最高機密，只有他的心腹將領們知道。其他人只知道慶王遍訪名士，拜了一位軍師，這位軍師現在全面負責銀州軍事部署，一項項工程在他的部署下開始進行……

銀州城開始加固城牆，拓寬護城壕，建築各種工事，投降慶王的一萬多銀州兵和從銀州城各家各戶抽調的壯丁日以繼夜地忙碌起來，銀州城四城城牆遍設守具，慶王嫡系軍隊以百步法分兵備御，這些習慣了馬上馳騁、雙腿都有點彎了的戰士開始日夜操練，演習他們從小到大都不熟悉的守城戰法。

修敵樓、掛壇、安炮座、設弩床、運磚石、垂檑木、備火油，凡防禦之具，無不畢備。銀州在李氏多年經營下，儲藏了大批武備從不曾用過，如今俱都從塵封的武庫中移出來，安放到了四城城牆之上，光是守城利器「車弩」就多達二百二十具，遠及七百步，箭矢如矛，可洞穿人體，如施放普通箭矢，可一弩齊射數十箭，殺傷力十分恐怖。

劉繼業萬沒想到銀州竟有如此殷實的家底，想起漢國一國僅據數縣之地，車弩不足二十具的寒酸，真是感慨萬千。他帶著兩個兒子巡視在城頭，一大批工匠頭兒趨身相隨，城牆、城門、甕城、馬面、鐘樓、鼓樓、望樓、弩臺、敵樓……劉繼業指點一處，就有一個工匠頭兒畢恭畢敬地上前問清詳細情況，立即著手修繕。

城頭上正在安置夜叉檑，安裝好的夜叉檑拋出城去，然後又用鐵索絞車收回，做著最後的測試，城下則在挖掘與城牆同向的地溝，每隔百步安置一口大甕，倒扣半埋於地上，用來探聽地下動靜，以防守城大軍掘地潛入。

城外正在用夯土和石塊修築甕城，拓寬護城壕的、修建羊馬城的工匠和銀州壯丁往來不息，負責修築這處甕城的卻是一支抽調回來負責工程的銀州軍隊。

銀州軍本來都是些作威作福的老爺兵，上陣廝殺他們不落人後，可是這種擔土扛錘、修建城牆的力氣活兒向來都是他們當監工，督促民壯百姓幹活的，如今可好，慶王一來，他們成了契丹兵的輔兵，由於工程量巨大，民壯不敷使用，他們也被迫幹起了這粗鄙下賤的活兒，士兵們怨聲載道，幹起活來懶洋洋的，提不起精神。

「快點快點，把這幾塊條石抬上去。」

因為天熱，穿的不多，平素沒有幹活經驗，肩頭又沒墊厚布，扛條石的幾個銀州兵肩頭都磨得紅腫一片，痛楚難當，搖搖晃晃地扛到了已初見雛形的甕城下時，一個士兵實在捱不住，脫手將條石扔到了地上，一下子摔成了兩半。正提著馬鞭吆五喝六地督工的契丹兵見了大怒，衝過去沒頭沒腦就是一頓鞭子：「混帳東西，打仗不行，幹活也不行，你們這些廢物還有什麼用？」

那個被打的銀州兵火了，咆哮著衝了上去，大叫道：「老子是橫山嶺上出來的漢子，弓馬騎射，哪一樣比你遜色？來來來，咱們兩個較量較量，看看誰是廢物？」

那契丹兵沒防備他敢反抗，加上腳步泥土鬆軟，吃他一撞，仰面便摔倒在地，惹得那些正在幹活的銀州兵一陣奚落的大笑，被打的銀州兵輕蔑地罵道：「你個狗娘養的，要不是你們使奸計詐了銀州城，我家大人被迫投降，如今你們還是被契丹蕭后追得上氣不接下氣的喪家犬呢，也敢跟老子耀武揚威。」

「砰！」一隻大腳踹在他的後腰上，銀州兵一個跟頭跌到前邊一個坑裡，泥土紛下，身上鋪了一層，那銀州兵大怒，爬起來罵道：「哪個狗娘養的背後傷人？」

一個契丹都監站在上面，沉著臉，森然喝道：「慶王嚴令，日夜趕工，以最快的速度建造各種守城兵事，上下人等誰敢不遵，你敢鬧事？」

那銀州兵見是一個都監，怒氣稍有收斂，辯解道：「我吃餉當兵是要上陣打仗的，這樣的活兒誰幹得來？一個上午都扛了上百根條石，也不讓人歇歇，就是鐵打的身子也受不了啊。」

那都監譏笑道：「上陣打仗是要流血死人的，肩頭磨腫了就受不了了，還想上陣打仗？奶奶的，你倒是長了一副小姐身子，可惜卻是丫鬟的命，老老實實幹活，要是再敢牢騷滿腹亂我軍心，老子就把你活埋在這甕城下面。」

那人還要再說，一個大鬍子的銀州兵喝道：「就管不住你那張臭嘴？爬起來，乖乖幹活去。」

契丹兵都監看了看那大鬍子，展顏笑道：「李指揮是個明白人，該知道這些東西修好了，我銀州才難以撼動，大家也會少些辛苦，管好你的人，不要再惹事生非，否則你李指揮的面子，本都監也是不給的。」

大鬍子嘿了一聲，轉身行去，坑裡那銀州兵不敢再說，乖乖從坑裡爬出來，隨著那大鬍子行去，走不多遠，他憤憤然地道：「大人，那個契丹人不過是個小小的廊都監，也敢在你這兵馬指揮面前擺威風，這口氣……」

他還沒說完，那大鬍子已轉過身來，給他一個大嘴巴，搧得他一個趔趄，惡狠狠罵道：「滾！給我老老實實修築兵事去。」

那銀州兵一見指揮大人火了，忙捂著臉逃開了去，李指揮怨毒地瞥了那個廊都監的背影一眼，冷笑著離去。

這一幕，已落在城頭的劉延朗眼中，他的眉頭不禁皺了一皺。

劉繼業剛剛向一名工匠頭兒交代完，在城外正面那塊開闊地上哪裡布設蒺藜和鹿角木、哪裡布設地澀和謅蹄，護城河中如何布設鐵菱角，哪裡需挖設陷馬坑、在坑裡插布鹿角槍和竹籤，回過頭來見兒子正望著城下若有所思，便走過來問道：「延朗，有何所見？」

劉延朗回頭看了眼那群工匠頭兒，對劉繼業低聲道：「爹，契丹人對歸附的銀州兵過於苛薄了。爹常說，壯大寡而小弱眾、城廓大而兵士少、糧草寡而守者眾、蓄貨積於外、豪強不用命，守具不足、軍餉不供，則城不可守，雖有高牆險城也要棄守。如今銀州守軍不能上下相親、嚴刑賞重，兒擔心……就算爹爹把這銀州城布置成銅牆鐵壁，水潑不入、針插不得，恐怕也有大患。」

劉繼業苦笑道：「這一點，我對慶王說過了，可是慶王部下各有族屬，慶王欲籠絡人心，對他們就不能不予優容。契丹人對降兵，怎能做到一視同仁？他雖下過命令，可是下邊的人陽奉陰違，我們又能如何？」

他輕輕撫著鬍鬚，抬起頭來望向天際，自信地道：「延朗也不必過於擔心，不管是契丹蕭后還是蘆嶺州楊浩，都不擅長城池攻守，這銀州就算不是盡善盡美，他們也得鎩羽而歸！」

＊　　＊　　＊

「銀州，我志在必得！」

蘆嶺州，白虎節堂。楊浩端坐帥椅之上，眉宇間一派肅殺，擲地有聲地喝道。

這是楊浩第二次聚文武於節堂之內，第一次是新官上任，以節度使身分與蘆嶺州官員們正式見個面，而這一次，卻是要確定蘆嶺州今後的方向、並且調兵遣將，籌備他開衙建府後的第一場大戰。

李光岑和丁承宗分坐楊浩左右，其他官員依文武序列站立堂上，楊浩聲音朗朗，開宗明義地道：「本帥受封為橫山節度，朝廷對本帥寄予厚望，銀州如今為契丹人占據，不管是慶王坐大，抑或是引來契丹國兵馬，都是我蘆嶺州腹心之患，為了蘆嶺州百姓安危，為了橫山百姓免受契丹兵戈，銀州，我一定要打！

「諸位都知道，我蘆嶺州是怎麼建立的，這處地方，本是四戰之地，城池看似雄奇，實則四面受敵。麟府兩藩，因懼夏州之勢，所以才容許我們在此立足，引我為奧援。而夏州，一旦從與吐蕃、回紇的糾葛之中騰出手來，必取我蘆嶺州。夏州鐵騎，早晚必至蘆嶺州，蘆嶺州進無可進、退無可退，一地失而全府滅，必得銀州，南北一線，貫通橫山，我等方有迴旋餘地，所以，銀州，我一定要打！

「夏州是我蘆嶺州大敵，如果銀州慶王不除，一旦引來契丹兵馬，從此長駐銀州，那我蘆嶺州就是前門有虎，後門有狼，除非就此棄甲投降，否則便連一個安穩覺都不可得。眼下，已是我們最後的機會，夏州正受吐蕃、回紇糾纏，契丹內亂方止，暫無餘力大舉南下、西進，侵我宋土，還有比這更危急、也更有希望的時刻嗎？所以，銀州，我一定要打。

「夏州李氏坐擁五州之地，夏、銀、綏、宥、靜，而契丹慶王今只銀州一地。夏州李氏經營西北歷百餘年，契丹慶王初來乍到，立足未穩，孰強孰弱一目瞭然，所以，銀州，我一定要打。

「銀州慶王是我們的敵人，夏州李氏更是我們的敵人。夏、銀、綏、宥、靜五州之中，夏州橫於山西、銀州橫於山東，綏、宥、靜三州皆距銀州近而離夏州遠，我們若攻下銀州，一通南北，方可與夏州分庭抗禮，大有希望將綏、宥、靜諸州納於轄下，弱夏州而利蘆嶺州，所以，銀州，我一定要打。」

這番話，不但現在要說，而且回頭還要對朝廷說，趙光義對他楊浩很反感，可是對不王而王、實際上的夏州之主李光睿則更反感，趙光義早晚得發兵攻打西北，將這裡完全納入朝廷治下，如果聽說他楊浩到了西北，沒有與夏州、麟州、府州三大藩沆瀣一氣、攏起手來對抗朝廷，反而先來個窩裡反，自不量力地跑去與夏州搶地盤，他是一定會樂觀其成，坐望西北狼煙起，等著四藩四敗俱傷的。

丁承宗沉聲道：「諸位，夏州就是個狼窩子，為了誰做狼王，諸部之間總是征戰不休，可是折楊兩藩如果有意於夏州，他們就會攏起手來一致對外。而我家大人不同，我家大人既得折楊兩藩支持，與和夏州素來不合的党項七氏又有千絲萬縷的關係，唯有我家大人興兵，才有一呼百應，與夏州一較長短的本錢。我蘆嶺州初立，地域僅止於蘆嶺州，軍民不過六萬有餘，折楊兩藩為何要在我家大人開衙建府時親來祝賀，義結金蘭？原因就在於此了。」

眾將都被鼓舞起來，楊浩口口聲聲主上、官家，那不過是扯虎皮做大旗，求個出師有名罷了，廳中這些人誰都明白蘆嶺州兩年生聚，圖的是什麼。如今宋立國未久，又常年征戰，在北國俯視之下，一時半晌沒有有力的藉口，絕不會對名義上還馴服於宋的西北用兵，把他們硬推到契丹懷抱中的道理。而契丹蕭后掌權不久，內政不穩，內鬥不斷，又受宋國牽制，一時也無力西進，吐蕃、諸羌、回鶻四分五裂，一盤散沙，如果大帥能抵消夏州李氏在諸羌中的無上威望，動搖他諸羌之主的地位，那麼西北雜胡、大小部落與其說是敵人，不如說是一頓大餐更為合適，一旦消化了他們，蘆嶺州將是一種什麼局面可想而知。

丁宗承舔了舔嘴唇，眼神有些熾熱地道：「如果我家節帥大人貫穿蘆銀兩州，再取夏、綏、靜、宥四州，便可威加党項八氏、西掠吐蕃健馬、北收回紇精兵、東得橫山諸羌之勇，那時……嘿嘿！」

他沒有再說下去，那時如何？往西去？到千里荒無人煙的沙漠、戈壁中去？恐怕沒有一個腦袋裡缺根弦的人會跟著楊大帥去野遊，楊大帥怕也沒有那個興致，唯一的可能就是長驅南下，奪取中原的花花世界，到那世上最繁華、最文明之地去，眾將領的野心都被他煽動起來，一個個目光炯炯、殺氣騰騰。

楊浩道：「所以，銀州，我一定要打，而且志在必得。如果我們連一個銀州都打不下來，什麼雄心壯志都是空談。大家不如現在就收拾收拾，各奔東西去罷，本帥也帶些金銀細軟，攜嬌妻美妾，掛印封冠，隱姓瞞名，周遊天下，尋幽訪勝去也。大家怎麼說？」

眾文武齊齊轟諾：「打銀州！必取銀州！」

眾將高呼三聲，楊浩臉上露出一絲笑容，他高抬雙手，緩緩下壓，廳中頓時一靜：「兵家有言，知己知彼，百戰不殆。下面就由丁司馬向諸位介紹一下如今我蘆嶺州與銀州各項實力的對比情形。兵馬未動，糧草先行，有關各種糧秣、輜重、軍械的準備，也要由丁大人一一介紹。丁司馬，請。」

行軍司馬，就是參謀長了，乃是軍中有實權的人物，丁承宗向楊浩抱拳應一聲是，推動輪車徐徐向前，羽扇綸巾，神態從容，頗有諸葛武侯的風采。

「西北民風尚武，河套之地產馬，欲建大軍既不缺兵源，也不缺馬匹。但我蘆嶺州地域狹小，以工商為本，農牧欠缺，受限於此，甫一開始，走的便是精兵之道，如今我蘆嶺州共有步騎精兵一萬。」

他說到這兒，微微一笑道：「憑此兵力，若是野戰，以我軍訓練之有素、裝備之齊全，未嘗不可以少勝多，然而敵據地利，欲謀銀州便嫌不足，況且我軍亦少有演練攻城之法，不過……諸位毋須擔心，正所謂得道多助，我家節帥兵發銀州，去時雖只一萬，到時必聚十萬之眾，至少十萬之眾，因內涉極大機密，此時不宜宣之於眾，諸位將軍心中有數即可，所以兵力方面，毋須擔心。」

眾將心道：「恐怕不是與折楊兩家聯兵，就是與野亂氏部落或者亞隴覺部落借兵了，但是……九萬大軍啊，如果折楊兩家、再加上野亂氏、亞隴覺部落齊來相助，出動九萬大軍，幾乎也是傾其所有了，四方並不太平，他們敢冒天大風險，如此相助嗎？」

眾將心中雖有疑慮，只是疑惑這兵馬從何而來，卻並不懷疑丁承宗所說的話，這不是說給對手聽的，明明只有二十萬大軍，也可以吹噓成八十萬大軍，以收震懾之效，對自己人，萬萬沒有如此誑言的道理，如果是八萬硬說成十萬還成，一萬人馬無論如何也變不了十萬大軍，誰也別想瞞得過去。

丁承宗道：「兵力方面不成問題，倒是糧草和武備方面，需要立即著手準備。攻打銀州，絕非旬日可以見功的事情，消耗絕不會小。糧食、衣物、鍬鋤斧鎬、鑼鼓樂器，已有專人四下採購，不日就將源源不絕運來蘆嶺州。備有的刀斧、槍矛、弓弦、箭矢、帳篷，我蘆嶺州工匠正日夜趕工製作，同時為了減少糧食的運輸消耗，而且將士用命，體力消耗甚大，所以我們正從党項七氏部落購買大批牛羊隨軍驅趕，備作肉畜。

「至於戰馬，只吃青草必然氣力衰減，難久馳騁，尤其是我們購來的大食寶馬，更需精心培養，再加上馬匹的食糧消耗更甚於士卒，哪怕只需萬匹戰馬，其耗費也極驚人，好在此去是攻城，十萬大軍旌旗所至，慶王最好的選擇就是據城自守，主動出城擾戰的機會不大，因此，本司馬與節帥商議，此戰以步卒為主，只攜一支重甲騎兵，一則在實戰中使他們得以錘鍊，二則可以收震懾敵人軍心之效。」

輕騎兵最大的優點就是速度，可以長途奔襲，收奇兵之效。但是輕騎兵又需慎用，因為一旦他們執行遠離本陣的特殊任務，就意味著他們需要拋棄輜重、遠離大隊，一旦不能收奇兵之效，既無援軍、又無後勤，一旦不能迅速脫離戰場，後果可想而知，而這一戰中，主要是城池攻防戰，絕少會出現雙方調兵遣將，在原野上迂迴包抄、奔襲衝撞的場面，在兵種搭配上，它們就不列入考慮範圍了。

丁承宗又道：「這一戰，以攻城為主。我們不擅攻城，可銀州，同樣不善守城，我們有最好的能工巧匠，可以製作大量精巧、齊備的攻城器械，再加上兵力優勢，我們的勝算至少占了七成。不過大批糧草以及攻城器械的運輸，必然會使我軍行速緩慢，這也是我們不需要大批戰馬，步卒只需隨行驢騾牛車緩步的原因，因此便需早早上路，以便準時與盟軍會合。」

軍隊所需非戰鬥人員各國軍隊配屬的多少不同，比如斯巴達軍一人需要七名軍奴，希臘軍隊一般一名重步兵僅有一名軍奴、羅馬軍隊也有大量軍奴、歐洲騎士還有專門背盔甲的奴僕……此外，還有帶著隨軍商販、軍妓的，不過一般來說，隨軍非戰鬥人員越多，消耗越大、軍隊的機動性越差、戰鬥力也大受影響，而中國古代軍隊基本上沒有非戰鬥人員，一些雜務多由士兵完成，蘆嶺州一來無處徵調那麼多的民役，二來也是考慮到城池攻守戰中消耗已然巨大，所以這糧草和攻城器械的運輸，直接由士兵們自己完成了。

丁承宗有條不紊地介紹完了蘆嶺州這邊的情形，又道：「銀州方面，我們本來早有細作密探部署，可是銀州突被契丹慶王陷奪，如今就連歸順慶王的銀州軍都淪作了雜役，我們事先安插的棋子都失去了作用，迄今已然無法聯繫上他們，也無法得到銀州附近的詳細情形，我們只能從前些日子從銀州逃出來的難民那兒，大略了解一下銀州的兵力和部署……」

丁承宗一一說罷，楊浩扶案而起：「從現在起，各部兵馬要抓緊操練，節度副使木岑將留守蘆嶺州，知節度事，行軍司馬丁承宗輔之。七月初七日，本帥將親統大軍，直取銀州！」

四百二二　七夕

太華山巔，洞中，一縷斜月淡射而入，形成一根清冷的光柱。

扶搖子頭戴莊子巾，身穿月白色斜襟道袍，側臥石上，以手托腮，壽眉長垂，呼吸細細綿綿，若不細聞，簡直要讓人以為他已經沒了氣息。

對面，一個髫齡女孩頭戴逍遙巾，穿一襲月白色對襟繡花洞衣，下身一件燈籠褲也是月白色的，學著陳摶的模樣，托著粉嫩嫩的香腮，微微闔著雙目，稚氣中透著可愛。

忽然，她長睫下的眼皮翕動了幾下，悄悄地張開一線，往對面的扶搖子看了看，陳摶呼吸如常，平穩悠然，小道童吐了吐舌頭，然後躡手躡腳地爬了起來，一雙穿著高統白襪的小腳丫悄悄探向地上那雙麻鞋。

「嗯……咳！」陳摶忽然咳嗽了一聲，小道童飛快地躺下去，小手一把香腮，雙眼緊緊閉上，只是那雙腿來不及抽回來恢復原狀，乾脆一平放一蜷起，另一隻手捏個法訣搭在膝蓋上，反正陳摶一脈的道法講究隨意自然，並不要求一定正襟危坐，這樣也說得過去。

屏息候了片刻，小道童再次張開眼睛，只見陳摶竟已翻了個身，朝石壁而睡了，不禁慶幸地拍了拍小胸口，重又爬了起來，小心地穿上鞋子，像隻偷東西的小猴子似地躡手躡腳地溜出洞去，到了洞外，站在青石階上望望天上那一天星月、燦爛銀河，小道童調皮地一笑，忽然健步如飛地向山下奔去。

半山腰道觀旁有一處石屋，小道童到了門口，輕輕叩了叩房門，小聲喚道：「娘。」

馬大嫂開了房門，歡喜地道：「狗兒，師傅放妳下山了？」

小童眨眨眼，很乖巧地道：「是呀，明天是七夕，師傅說狗兒這兩天不必練得那麼辛苦，可以抽空回家一趟。」

馬大嫂忙道：「進來，進來。」

她拉著女兒進了屋，憐惜地道：「唉，說是不必那般辛苦，還不是這麼晚才回來？娘這兩日向入觀進香的女客們兜售瓜果，家中還剩些桂圓、紅棗、榛子，妳這丫頭打小嘴饞，快來嘗嘗。」

狗兒脆生生地答應一聲，馬大嫂歡歡喜喜去壁上摘籃子，狗兒卻跑到窗口，從罈罈罐罐中小心地捧出一個小罐子，仔細看了看，咭咭地笑了起來，雀躍道：「娘啊，娘啊，妳快來看，開始結網了呢。」

七夕時候，各地百姓慶祝七夕的方法各有不同，狗兒這種方法，就是在小罈中放一隻喜蛛，待到七夕之夜，由牠結出的蛛網形狀來判斷吉利與否，眼看那喜蛛已在鐔中忙碌起來，狗兒真是歡喜不勝。

馬大嫂忍俊不禁地道：「還用妳說，娘早就看到了，看把妳高興的，才不過十歲年紀，急著乞什麼巧啊？來，嘗嘗這棗子，可是脆著的呢。」

狗兒抓了把棗子，丟進嘴裡一顆，含糊不清地抗議道：「才不是，狗兒十一了。」

馬大嫂道：「哪有十一？我生的女兒，我會不知道？」

狗兒不服氣地道：「我正月生日，生日大，如今算著，離十一更近。」

馬大嫂哭笑不得，搖頭道：「成成成，妳說十一就十一好了。」

這時房門響了幾聲，門外一個清麗的聲音喚道：「馬大嫂。」

「喔？是秀兒姐姐。」

狗兒嗖地一下閃到了門邊，拉開門來，喜笑顏開地道：「秀兒姐姐。」

鄧秀兒見她在房中，欣然施禮道：「秀兒見過小師叔祖。」

「哎呀，不是說了，私下相見，不用這麼叫我的嗎？」狗兒笑嘻嘻地把她拉進門，見她懷中捧著的東西，奇道：「這是什麼？」

秀兒笑道：「這是磨喝樂，七夕將至，這是我送給小師叔祖的禮物。」

那磨喝樂是七夕節幼兒稚女的玩物，是一對穿荷葉半壁衣裙，手持荷味，笑容可掬的泥娃娃，磨喝樂大的高至三尺，小的盈於掌心，秀兒送給狗兒的這對磨喝樂有一尺大小，抱在懷裡十分可愛。狗兒雖日日盼著自己長大成人，可畢竟還是孩子心性，一見這樣禮物，登時愛不釋手。

馬大嫂道：「鄧姑娘，這一對磨喝樂怕是得不少錢，讓妳破費了。」

鄧秀兒含笑道：「大嫂不必客氣，在這山上，秀兒只小師叔祖一個聊得來的朋友，七夕將至，送件小小禮物，算不得什麼的。」

馬大嫂這件小屋並不甚大，就連杌子都只有一張，狗兒戀戀不捨地把玩了一陣磨喝樂，便挎起籃子，對鄧秀兒道：「秀兒姐姐，屋中狹小，有些悶熱，咱們去院中吃棗子聊天。」

「好。」鄧秀兒欣然答應一聲，向馬大嫂告一聲罪，隨著狗兒到了院中，在一塊青石上坐下。

佇靈匹於星期，眷神姿於月夕。晴朗的夏秋之夜，天上繁星閃耀，一道白茫茫的銀河橫貫南北，在河的東西兩岸，各有一顆閃亮的星星，隔河相望，遙遙相對，兩個女孩托著下巴，望著天上那美麗的景象，不由得痴了。

「時間過得真快啊，明天就是七夕了。」鄧秀兒幽幽發出一聲長嘆。

狗兒雙手托著下巴，卻嘆了口氣道：「我倒覺得時間過得好慢啊，這麼久才一個七夕，也不知道幾時才能長大？」

鄧秀兒想起與家人一起過七夕的情節，正滿腔淒楚，被她一說，卻忍不住笑了出來：「小師叔祖根骨極佳，是學武的奇才，要不然祖師爺現在也不會這般在意小師叔祖的武功進境了。可是武功上面，小師叔祖可以一日千里，這年紀，卻只能一天一天長大的，想快也快不了，小師叔祖何必對年齡耿耿於懷呢？要知道，孩童自有孩童的快樂，一旦長大了，想再回到過去也不可能了。」

狗兒有些忸怩，不過她的心事可不想說給任何人聽，只道：「都說了，私下相見的時候，秀兒姐姐只叫我名字就好，不用一口一個師叔祖的。」

鄧秀兒道：「禮不可廢，否則我師父知道了必會責罰我的，再說我蒙小師叔祖指點劍藝，就憑這點，也不可有半點不恭的。」

狗兒嘻笑道：「要是這般算的話，我還要叫妳一聲師傅，我雖教妳劍術，不是還向妳學習詩詞歌賦、針織女紅嗎？」

鄧秀兒搖頭一嘆，淡淡地道：「詩詞歌賦、針織女紅，濟得什麼事情？」

她望著天上美麗的銀河兩端那兩顆最亮的星，低聲說道：「又是一年七夕至，想起上一次與家人過七夕，好像已經是很久很久以前的事了，那時的天河，也如今夜一般美麗，可是那時的人，卻已離我好遠好遠……」

狗兒把頭連點，大為贊同，那一回看著天上的月亮，和今夜並沒有什麼不同，可是那時陪在自己身邊的人，如今卻像是遠在天涯海角，整日住在這高高的太華山上，沒有他的一點消息。大叔，狗兒好想你……

她還記得，那一晚篝火叢叢，她瘦瘦小小的身子被楊大叔抱著，大叔的胸膛好寬好寬，他的臂膀好有力氣，趴在他的懷裡，那裡就是天底下最安全的地方。

難道不是嗎？當她被人遺棄在荒原上的時候，兩旁是一眼望不到邊的大軍，他們只要衝上來，片刻間就能把她稚弱的身子踩成爛泥。天上是刺目的陽光，她連爬起來都不敢，那時候，就是大叔突然出現在她的面前，熾烈得讓人無處藏身的太陽、殺氣騰騰的千軍萬馬，都不及大叔那一聲喊，被他抱起來時，她那無助的心才一下子找到了依托，就此一生一世……

那一晚，月色也像今夜一般，在同樣的月色下，大叔告訴她，在大地的東方有一座不夜城，在那裡，儘管是夜晚，她也不會再孤單。那一晚，大叔還在皎潔的月光下給她取了個名字，叫馬燚……

月光灑在她們的臉上，發出瑩潤的光，兩人的神情一個落寞淒楚，一個卻是滿懷希冀。

鄧秀兒在心中默默祈禱：「七月七，拜七姐，七姐心靈手巧，看在我一片孝悌赤忱的分上，賜我如小師叔祖一般的悟性和根骨吧，我要早一日學成武藝，下山為我那被害的爹爹、自盡的娘親……報仇！」

狗兒睜著一雙黑寶石般的大眼睛，也在望著天空中那顆星，天真地想：「七姐姐好慘，她有一個自以為是對她好的娘親，不許她與凡人成親，一年才許他們見一次面。我比七姐姐還慘，我的師父爺爺和王母娘娘一樣可惡，其實只要讓我一年見一次大叔我就知足了，他都不肯，說什麼只有我能繼承他的衣缽，可我想要的只是守在大叔身邊，那才快活，七姐姐心地善良，一定會同情比她還悲慘的小狗兒的，但願七姐保佑，讓我早日見到楊浩大叔，哪怕……像七姐一樣，一年見一回……」

* * *

「一年見一回？哈哈哈哈……」

楊浩笑得前仰後合，玉婷，別聽妳四嫂瞎說，那都是天上的神仙騙我們這些凡夫俗子的。」

院子裡好多人，除了冬兒、焰焰、娃娃、妙妙和丁承宗、丁玉落，還有丁庭訓的幾房妾室和他的次女玉婷。杏兒、小源等人忙忙碌碌的，在庭院中陳以瓜果酒宴，一家人在此祭牛女二星。

本來，明晚才是正式的日子，可明天一早楊浩就要領兵出征了，七夕不止是愛情的節日，也是親情的節日，這是一家人團聚的重大日子，所以一家人商量了一下，就把時間挪到了今晚，反正子夜已過，此時已經算是七夕了。

玉婷年紀還小，過了子時便有些睏了，妙妙便把她拉到身邊，講牛郎織女的故事給她聽，聽得玉婷如痴如醉，酒意正酣的楊浩卻忍不住大笑起來。

妙妙不服氣地道：「故老相傳，本來就是這麼說的嘛，我說的有什麼不對？」

楊浩忍住笑道：「喜鵲搭橋，天河相會，是吧？」

「是呀。」

「多久一次？」

「一年一次呀。」

「那就對了，」楊浩一本正經地道，「天上一日，地上一年，咱們這兒一年一度七夕，天上可不就是日日相見嗎？」

玉婷恍然大悟，稚氣地道：「哇，仔細一想，真的是這樣呢，二叔好厲害，連神仙的詭計都看得穿。」

她這童言童語一出，不但幾個女子盡皆失笑，就連丁承宗都忍俊不禁，原本嚴肅的臉上露出了一絲笑意。

冬兒嗔道：「好好一個七夕，讓你一說，全沒了味道，真是的，姐妹們不要理他，子時已過，我們拜月乞巧吧。」

眾女子齊齊響應，對著朗朗明月，庭前一張香案，案上擺著時令瓜果和一具香爐，香煙裊裊升起，眾女翩躚上前，望月祭拜，楊浩和丁承宗是男人，這種乞巧的事跟他們沒關係，兩人相視一笑，很默契地舉起杯來，各飲一杯酒。

眾女默默祝禱一番，便在月下以五色線穿九孔針，能在清輝下以五色線順利穿過九孔針的，便是得了七姐賜巧。這些女子們俱都心靈手巧，可要在月下穿這九孔針也不是一件易事，過了一會兒，冬兒喜道：「我穿過去了。」

楊浩大喜，上前探驗一番，杏兒早已乖巧地捧過燈燭，楊浩仔細一看，那五色線果然一孔不落，穿過了針上九孔，焰焰、妙妙等人這時也紛紛說道：「我穿過去了。」

楊浩一一檢驗，笑吟吟地道：「想不到這心靈手巧的女子，都會聚到咱們家來了，呵呵，冬兒現在飲不得酒，妳們卻不妨事，來來，一人一杯酒，慶祝一下，小婷，妳喝杯果汁代酒吧。」

眾女雀躍著走向酒席，楊浩與冬兒相視一笑，柔聲道：「諸人之中，冬兒最是心靈手巧。」

冬兒輕輕皺了皺鼻子，悄聲道：「才不是呢，大家都在讓我罷了。」

楊浩一聽，忍不住失笑道：「如此說來，更無需七姐賜巧了，我府中女子，可個個都是機靈無比。」

冬兒吃吃一笑，瞟了瞟正在酒桌前笑語盈盈的焰焰、娃娃和妙妙，低聲道：「今夜拜月，她們才不在乎這穿針乞巧呢。她們呀，都在泡巧呢，明兒晚上才真的拿出來在月下探看。」

楊浩奇道：「何為泡巧？」

冬兒瞟了她們一眼，小聲道：「她們在小木板上敷一層土，播下粟米的種子，讓它生出嫩苗來，再擺一些泥塑紙糊的茅屋、花木在上面，做成田舍人家模樣，稱為『種生』，待到七夕之夜，誰的嫩苗生得最好，自然大吉大利。」

楊浩笑道：「她們倒有耐心玩這把戲，真正侍弄過家活的，怕是只有妳了，也不知她們會種成什麼模樣，這是乞的什麼巧？」

冬兒嫣然笑道：「這個啊，叫種生求子，乞的可不是巧。」

楊浩聽了一呆，冬兒含笑道：「這怕是她們如今最大的心願了，官人明日便要出兵，今夜也算是一個吉期，官人今夜去她們房中宿下吧。」

楊浩搖頭道：「不妥、不妥，今夜去誰那裡，其他兩個恐怕都要滿懷幽怨了。」

冬兒俏皮地道：「那就……讓她們三個一起侍寢啊。」

楊浩把頭搖得跟撥浪鼓似的，義正詞嚴地拒絕道：「那怎麼成？太荒唐了，我怎麼能那麼做？」

冬兒瞟著他，似笑非笑地道：「官人今天轉了性嗎？我怎麼聽說，我家大官人曾經荒唐得很呢？」

楊浩老臉一紅，吃吃地道：「不是吧？這……這種事她們也說給妳聽，是焰焰說的，還是娃娃說的？我可饒不了她們。」

冬兒笑道：「你不用管是誰說的，反正……我是答應了的，去不去，官人自己決定。」

楊浩乾笑道：「走走走，喝酒，喝酒。」

冬兒道：「我怎喝得了酒？」

楊浩指著自己鼻子笑道：「妳那一份，官人替妳喝了就是。」

晚風拂面，楊浩突然覺得這樣的夜晚其實真的很浪漫，一天風月、一榻風月，內中滋味，銷魂蝕骨。一杯水酒下肚，他便咳嗽一聲，做出睡眼矇矓的樣子道：「好啦、好啦，天色晚了，大家各自散去，早早歇息了吧……」

* * *

府谷大商賈李玉昌住處，以前唐焰焰住的地方如今入住了一位新的女主人：折子渝。

夜色已深，她還沒有睡，坐在燈下，正在仔細地看著什麼。看了半晌，折子渝取下燈罩，將那信札湊近燭火引燃，臉上露出一副似笑非笑的神情：「我們『隨風』的人，完全打聽不到銀州城的消息？」

面前一個黑衣大漢恭聲說道：「五公子，我們已經盡了最大的力，可是銀州不知因為什麼，突然變得風聲鶴唳，士兵重重封鎖，遠在銀州城三十里外就紮下營盤，禁絕一切人等靠近，不，準確地說，是許進不許出。就連他們向吐蕃、回紇和橫山羌人購買牛羊等東西，也都派出人來，遠出城池三十里來交易，自行帶著貨物回去。所以，我們費盡心機，也得不到他們的準確消息，只不過，我們曾冒險派人越過外線防禦潛近了些去，發現銀州似乎正在大興土木，只是……因為防範太嚴，無法靠得更近，那個探子險些被巡弋兵士利箭射死。」

折子渝若有所思地道：「如果我所料不差，楊浩就算真有本事借來十萬大軍，這一去恐怕也要踢上一塊鐵板了，你回去，繼續盡力打探消息。」

「是，一俟有了消息，還是送回蘆嶺州來嗎？」

「不，」折子渝淡淡說道，「我會隨楊浩一同往銀州去，你若有了緊要消息，往柯團練營中來尋我便是。」

那黑衣大漢一驚，說道：「卑下收到的消息，柯團練已然向楊浩效忠，不肯為我們所用了，這件事，楊太尉曾向我家大帥當場提出，大帥答應了的。」

折子渝蛾眉一挑，冷哼道：「這我當然知道，不過……就算我逕直去他的中軍又怎麼樣？」

那口細白整齊的牙齒輕輕地咬緊了，心中恨恨地想：「那個傢伙，真不知道我在這裡？你既然裝著不知情，那就只管裝下去好了。」

四百二一　路襲

長空中傳來一聲鷹嘯，一隻蒼鷹穿雲而出，在天空盤旋一周，認出了楊浩車頂特定的標誌，忽然斂翼投射下來。車輪轆轆，大隊人馬仍在魚貫而行，楊浩取下繫在鷹足上的竹筒，拔下塞子，從裡邊倒出一卷紙條，展開來仔細看了一遍，順手取過一塊炭條，在紙條上回覆了幾個字，重又塞入竹筒，繫在鷹足上，振臂一揮，那鷹便展翅飛去。

楊浩這才扭頭對車畔策馬而行的木恩道：「契丹南院大王耶律斜軫已然出兵，大軍將在兩天後趕到銀州城下。」

木恩大喜，欣然道：「他們出兵了？不知耶律斜軫此番統兵多少？」

楊浩道：「耶律斜軫率迭剌六院部精兵五萬，另有兩萬輔兵押運著各種攻城器械尾隨其後。」

「迭剌六院部啊……」

木恩撫摸著虯鬚，微笑道：「契丹兵馬由宮帳軍、大首領部族軍、部族軍、五京鄉丁和屬國軍幾部分組成，其中最精銳的就是宮帳軍，而宮帳軍中又以迭剌五院部、迭剌六院部最為精銳，如今迭剌五院部兵馬正在拱衛上京，蕭娘娘派出了南院諸軍中最精銳的迭剌六院部，果然如節帥所料，契丹蕭娘娘是不肯予慶王喘息之機，讓他有機會坐大的，這根眼中刺，她是迫不及待地要拔了去。」

楊浩微微一笑道：「我們現在可以加快行程了，傳令三軍，加快速度，爭取兩日後與耶律斜軫於銀州城下會合。」

「遵命！」木恩抱拳稱諾一聲，剛欲傳下令去，天空中一聲尖嘯，忽有一枝鳴鏑射來，帶著淒厲的嘯音破空而過，楊浩不由挺起身來，訝然道：「前方遇敵？」

三軍立即停止前進，中軍原地駐紮，施放障礙，擺布陣形，一路軍自後殺出探向左翼，另一路軍探向右翼，呈鶴翼狀與中軍相互呼應，這是攻守兼備的一種陣形，後面運送糧草和攻城器械的車隊則以車輛器物為障礙，開始布設半圓陣，與之呼應，整個隊伍迅速從行軍狀態轉變為戰鬥狀態。

不一會兒，前方一騎飛至，到了楊浩車前勒韁停住，在馬上抱拳大呼道：「報……節帥，前方突有大隊人馬殺至，打的是銀州旗號。」

楊浩問道：「有多少人馬？距此還有多遠？」

那探馬道：「至少不下兩萬人，距此還有二十里路。」

楊浩擺手道：「再探！」

那探子上馬離去，楊浩眉頭一挑，說道：「這個慶王，我還真是小覷了他，重兵壓境，他竟還敢主動出擊，派出一半的兵馬來阻截我。」

這時柯鎮惡和木魁等幾員大將都策騎圍攏了來，木恩急道：「敵騎兩萬，兵力一倍於我，我軍又有這許多輜重拖累，恐難力敵，節帥……」

柯鎮惡道：「此處西去十五里，有一處山坳，我等何不移轉大軍，背山固守？敵軍突襲，當不致久耽。」

木魁則道：「我等多是步卒，又有大批車馬，速度緩慢，恐怕不等趕到山口，就被敵軍追上了。節帥，不如給我一支人馬，我去前邊拚死堵住他們，節帥再護輜重尋地利處紮營。」

「冷靜，一定要冷靜。」

這是楊浩第一次率領軍隊和善騎戰的正規軍隊作戰，心中不無忐忑，他強自鎮定下來，仔細思量一番。坦率而言，他現在的指揮調度只能說是中規中矩，他並不是一個經驗豐富的戰將，以前從史料中知道的雜七雜八的一些古代戰術特點不足為恃，更不可能讓他成為軍神，後代學者能知道的東西，當時與敵人浴血奮戰的軍人們真的不知道嗎？他們比任何人都更明白，但明白是一回事，能否破解又是另一回事，臨戰經驗、機變能力他可遠遠不夠，這次出兵，他本來是抱著全攻對全守的態度，實未料到在這種情況下，慶王還有魄力主動出兵，他的兵有七成是新兵，裝備精良、久經訓練，但毫無實戰經驗，這頭一仗，一旦指揮失誤或者落了下風，後果不堪設想。

想到這裡，他努力保持著平靜的心態，思索著兵書中的撤退要點，吩咐道：「好，木指揮領一支兵馬前去攔截，柯團練護衛輜重西撤，本帥領中軍從中策應，交替撤退，不得慌張。」

「末將遵命！」兩員大將各自領命，方欲策馬馳去，楊浩一轉頭看到天上的太陽，心中忽地一動，急忙揮手道：「且慢！」

眾將都向楊浩望來，楊浩用劍鞘擊打著車轅，沉吟良久，徐徐說道：「銀州守軍此時方出動襲擊，是因為我們離銀州已經近了，橫山諸羌、草原諸部落多聽我蘆嶺州號令，所以他們不敢遠離根基來攻擊我們。」

眾將不知楊浩此言何意，俱都面面相覷，楊浩又道：「銀州出動一半的精兵，下了偌大的本錢，目的不外乎是想擊潰我們，避免兩面受敵，至不濟也要重挫我軍銳氣，毀掉我們的輜重。可是，契丹大軍正在迫近，數萬大軍行進，銀州方面不會探聽不到消息，他們如今派出一半的人馬，銀州城中必然空虛，相對來說，當然是根基重要，所以慶王這支人馬必須得在契丹兵馬趕到之前返回銀州守城，現在已經是午後了，他們只有一擊的機會，只是一擊的話，他們的優勢未必發揮得出來，我們或有一戰之力。」

柯鎮惡道：「節帥，他們快馬趕回的話，從明早開始返程就來得及，就算我們撐過了這個下午，如果夜戰，我們護著輜重移動不便那就更加吃虧，為穩妥起見，節帥還是該率輜重車馬先尋地利處占據，才好自守。」

這時又一騎快馬飛奔而至，高聲稟報道：「節帥，敵騎已至十八里外。」

楊浩問道：「他們可曾加快速度？」

那探馬道：「敵騎仍是緩緩而行，不過他們應該已經掌握了我軍所在，陣形漸有衝陣變化。」

楊浩聽了，越發堅信自己的判斷，說道：「他們不會在晚上進攻的，柯團練，這可不是率領幾十個獵戶，夜間偷偷上山挖陷坑、設絆索那麼簡單，夜間作戰，唯憑樂器指揮，就算是訓練有素的軍隊，夜戰也容易潰散，何況敵人皆是騎兵，來去迅速，主將指揮調度更不方便。這一戰，我們輸了，他們還有耶律斜軫這個強敵，他們若輸了，只憑兩萬人守銀州就要吃力得多，他們不敢冒這個險。」

他霍地站起身來，大聲道：「傳令，三軍結陣自守，原地待敵！」

眾將轟諾一聲，各自趕回本陣。待到陣形剛剛鋪就，大地就開始震顫起來，銀州騎兵已展開攻擊陣形，速度越來越快，向結陣自守的楊浩所部俯壓過來，一時塵土漫天，騎兵們像決堤的洪水般湧來，伴隨著響徹雲霄的吶叫聲，當真是驚心動魄。

「契丹慶王，並非平庸之輩呀。」

望著那密集的衝擊隊形，一身普通校尉打扮的折子渝蹙著眉頭道：「這個時候，慶王竟敢出動一半人馬搶先攻擊，實在是出人意料。楊浩所擕多是步卒，就算他以騎兵為主，有這麼多的輜重需要照料，也難以避其鋒芒，發揮遊騎優勢，唯有以硬碰硬。敵軍之數倍於他，這一戰又是蘆嶺州成軍以來第一場戰，如果吃了大虧，軍心士氣再難收拾了。」

在她身旁，一個校尉打扮的年輕人，赫然正是折惟正，他卻讚賞地道：「正因有這許多輜重拖累，所部又多是步卒，如果楊太尉真的留一部人馬阻敵，大隊人馬避向險隘，那就太冒險了。敵騎緩轡而來，固然是為了節省馬力，恐怕更大的目的是為了恫嚇楊太尉的人馬，楊太尉若真想帶著大批輜避敵鋒銳，陣腳自亂，那時銀州兵馬疾馳而來，先吞掉他派去阻截的軍隊，抑或使一軍與之纏鬥，主力繞行直逼後軍，那時首尾不得兼顧，便是十分凶險了。

「楊太尉的軍隊大部分都是新軍，新軍有利有弊，利者，初生牛犢，銳氣十足，弊者，不曾吃過敗仗，一旦失敗，兵敗如山倒，只憑他那身經百戰的三千精銳，到時是發揮不了作用的。如今楊太尉結陣拒敵，便可揚己所長、避己所短。若論戰力，蘆嶺州人馬不會弱於銀州鐵騎，若論裝備，蘆嶺州人馬更是強了不止一籌半籌，蘆嶺州兵馬那可都是用錢堆出來的啊，還怕撐不過這半天的工夫嗎？須知，楊太尉的弱點是大批輜重，而銀州兵馬的弱點卻是只有不到半天的作戰時間，無論是勝是敗，他們都必須離去，戀戰不得。」

折子渝回首看向已用輜重車輛結成半圓陣的後隊，淡淡地道：「你說的對，楊浩的負累就是他的輜重，如今楊浩沒有上當，擺出攻守兼備的陣勢要拖延時間，可惜他的指揮雖然中規中矩，還是有一個極大的破綻，他以少迎多，不敢分兵，主力都在前面，騎兵所長，正是發現敵陣虛弱之處，迅速移動攻擊，如果這支銀州兵馬稍有頭腦，前陣攻擊受挫，便繞襲他的後路，焚燬糧草器械，自後陣殺入……」

折惟正眼珠一轉，摸著下巴道：「小姑姑，要不要提醒他一下？」

折子渝揚起下巴，不屑地道：「楊浩不過是打過幾座羌寨，就目高於頂，自以為是個百戰百勝的大將軍了，建衙開府，兵威赫赫，連你爹和楊崇訓都趕著要巴結他，人家這麼大的能耐，還需要咱們為他出謀畫策嗎？」

折惟正嗅著，總覺得面前好像放著一大罈老陳醋，他乾笑兩聲道：「是是是，楊浩不識好歹，妄自尊大，是該受些教訓的，不過……咳咳，如果敵騎破陣，我們難免也要受到牽累，姪兒不是幫他，是為咱們自己著想。讓他吃虧嘛，以後有的是機會，小姑姑妳說是不是？」

折子渝冷哼一聲，把臉扭向一邊不再搭理他，折惟正詭笑兩聲，便拔足奔去……

整個大地都震顫起來，從最初的緩行，到輕馳、猛衝，數萬匹戰馬使得整個大地都在牠們腳下震顫，楊浩的陣營巋然不動，放在中軍的兩千人馬是李光岑的嫡系，他們久經殺陣，自然不把這種威勢放在眼中。

楊浩把他們放在中軍正面迎向敵軍，也是出於這種考慮，他手下的兵說是精兵，只是裝備精良，進行了大量的正規訓練，但是沒有經過戰場血與火的洗禮，終究還不是一支成熟的軍隊。雖然說勝敗乃兵家常事，可楊浩現在不能敗，旁的軍隊都是老兵占多數，老兵帶新兵，楊浩這支軍隊可是新兵占多數，這第一戰絕不能亂、絕不能敗，正是出於這種考慮，他才拒絕了逃避，有序地撤退是百戰老兵才能辦得到的事，否則很可能被銀州鐵騎像趕羊一般屠殺殆盡。

* * *

敵軍來勢洶洶，兩翼軍隊雖非正面承受他們的衝撞，還是在那種無形的威壓下有些騷動，可是中軍的穩定給了他們極大的信心，那面高高飄揚的帥旗使得他們很快穩定下來，眼看敵騎越來越近，中軍突然推出數十輛連弩車，八百步、七百步，敵騎還不到六百步遠的距離，木魁手中大槍狠狠向前一指，機括連發，一桿桿投矛般粗細的巨箭便呼嘯而出，帶著震破耳膜般的尖利呼嘯撲向敵群，疾馳而來的衝陣戰馬立即人仰馬翻。

前方的騎兵栽倒在地，後面的騎兵剎不住，便狠狠地踐踏上去，不少人跌落馬下，鍥形的攻擊陣形為之一頓，來敵立即擴散了陣形，無論是橫向、還是縱向，騎士之間都散開了距離，這支銀州騎兵也是久經戰陣，衝擊速度絲毫不減，弩車仍然在發射，但是殺傷效果已經不像方才那麼明顯了。

中軍大旗又是一揮，中軍連著兩翼的弓弩手們立即取下弓弩，他們使用的是一品弓，射程遠在普通弓箭之上，普通弓箭發射在兩輪到三輪之間，敵騎便能衝到面前，轉而進行肉搏戰，而使用一品弓，即便弓馬不夠嫻熟的戰士，至少也能增加一輪射擊的機會，弓弦嘈切如雨，箭矢無需瞄準，密集的攻擊使得敵騎紛紛落馬，尚未靠近，他們便付出了更大程度的損耗，最重要的是，經過車弩和弓弩的連番打擊，他們的衝擊銳氣已然大受影響。

銀州鐵騎萬沒想到楊浩軍中的弓弩竟然這般厲害，這片刻工夫已使他們付出了巨大代價，不過同伴們的犧牲是值得的，他們越來越近了，弓弩馬上就要失去作用，只要讓他們的輕騎兵衝過來，那就是一邊倒的屠殺場面，當他們的鐵騎洪流從楊浩軍中蹚過去時，留下的將是一地殘肢斷臂。

眼見敵騎裹挾著沖霄的殺氣疾衝而至，中軍陣營似乎被撼動了，弩車被倉皇推向兩邊，士卒們開始紛紛後退，銀州鐵騎獰笑著，嗜血的雙眼緊緊盯著眼前的敵人，手中的鋼刀齊刷刷地舉了起來。

忽然，前面的蘆嶺州士兵用更快的速度向後退卻，與此同時，卻有一批士卒穩穩地從他們中間穿插過來，一步步向前邁進，他們的打扮與普通士兵不同，方才的弓弩手只著一件皮甲，他們卻穿著全身鐵甲，魁梧的身材、沉重的腳步，儘管大地在震顫著，他們的步伐卻穩定而凝重，很快，他們就肩並肩地排成了一行，緊接著是第二行、第三行……

「重甲步兵？重甲步兵就可以阻擋我們的腳步嗎？」

契丹兵沒有絲毫畏懼，反而更興奮地握緊了掌中刀，臀部稍稍離開馬背，準備在衝撞和劈砍中給蘆嶺州軍一點顏色看看。

這時，那支重甲步兵忽然齊刷刷沉聲一喝，揚起了手中的大刀。

「這是什麼？」

「唰！」

一排大刀豎立如牆，耀眼的陽光從刀片上映射過來，刺人雙目。衝在最前面的契丹兵驚駭地瞪大了眼睛，與眼前那一排恐怖的大刀比起來，他們手中的彎刀簡直成了可笑的玩具。來不及有多餘的想法，戰馬仍在向前狂衝，一片耀眼的刀光便迎面劈了下來。

迅猛的衝撞還是產生了效果，第一排重甲陌刀兵雖然劈中了對手，也被強大的衝力撞得向後跌去，有的肺腑劇震，噴出了鮮血，但是整個隊形沒有亂，他們被第二排士兵緊緊地抵住，而衝過來的敵騎也被刀兵硬生生劈得人仰馬翻，阻住了他們後續鐵騎的衝刺步伐。

陌刀手們開始隨著戰鼓的節奏一步步向前邁進，揮刀、劈落、踏步，再揮刀……

這支輕騎兵本來是要突出敵陣，似一柄尖刀穿陣而過，打亂防禦的陣形，把蘆嶺州兵馬切裂開來，可是失去了衝擊優勢的輕騎兵在這無可抵禦的刀陣面前已經完全失去了銳氣，陌刀手們如牆而進，所向披靡，敵騎遇者人馬俱碎。與此同時，兩翼士兵抄起了長槍戰斧，上刺敵兵、下砍馬腿，開始向中間壓縮……

折惟正看得血脈賁張，他雙拳緊握，緊緊盯著那一面倒的屠殺場面，熱切地道：「太犀利了，當真是當者披靡，如果我府州也有這樣一支陌刀隊該多好！」

「華而不實！」

折子渝成了專業挑毛病的，這一路下來，似乎不找楊浩一點毛病她就不舒服，她冷冷地道：「重裝陌刀兵擁有極高的防禦力和攻擊力，但是他們缺乏持續作戰力，如果是在開闊的陣地上和騎兵作戰，他們只有跟在人家屁股後面吃灰的分，騎兵拖也能活活地拖死你。

「陌刀陣適於陣地戰，需要弓手、步卒、輕騎兵的配合，在關鍵時刻強力一擊，瓦解敵方的衝擊陣勢和士氣，給其他人馬製造更好的衝陣機會，但是養一千人的陌刀隊所耗費的錢財和時間足以招募訓練一支上萬人的軍隊了，上萬人的軍隊難道還不足以抵消一支千人陌刀陣的威力？

「楊浩是因為蘆嶺州地域有限，兵力有限，不得已才耗巨資練什麼陌刀陣，如果他的地盤再大一些，麾下的軍民再多一些，從最實際的角度考慮，相信他也不會組建什麼陌刀隊了。陌刀陣只能贏取一時一地的勝利，戰場上，誰的反應最快，誰能用最快的速度彌補自己的漏洞，發現並攻擊敵人的漏洞，牽著敵人的鼻子走，誰才能掌握戰場的主動，誰掌握了戰場主動，哪怕一時吃些虧，也能取得最後的勝利，想跟塞外游牧部族為敵，最終的制勝法寶只有一個，以騎制騎，而不是陌刀陣。」

折惟正輕輕嘆了一口氣，喃喃自語道：「養陌刀陣，只要有錢就行了，養騎兵，馬從何來？西套善養馬處，俱在党項、吐蕃手中，如何以騎制騎？」

鮮血恣意橫流，殘肢斷臂拋撒了一地，陌刀手們損失了約有百餘人，可是死在他們刀下的至少不下千餘騎，但楊浩看在眼中，還是心疼不已，一比十的損失率，這戰績夠輝煌了，尤其這是他的陌刀手初次上陣迎敵，可是他的本錢有限，尤其陌刀手培養不易，經不起如此揮霍呀。

本來，陌刀手的這種進攻，作用是迅速瓦解敵軍的衝勢，如果能輔以輕騎兵，在對方潰退如潮、陣形大亂時趁勢追擊，將可以最大程度地擴大戰果，可惜楊浩如今手中的兵力捉襟見肘，僅有的一萬兵馬全部調來參與銀州攻城戰了，根本沒有帶來消耗巨大，又需撥付大量人力照料，在攻城戰中又發揮不了絲毫作用的戰馬，於是當銀州鐵騎調頭突圍時，陌刀兵便停止了追擊，只由弓弩手追射了一陣，使得敵騎又撂下幾百具死屍。

敵騎並沒有就此逃離，攜帶著大批輜重就是楊浩所部最大的弱點，漫說他沒有大量輕騎在手，就算有，也不能撇下輜重放步狂追，所以雖然在蘆嶺州陌刀陣面前吃了一個大虧，但是銀州騎兵仍可以從容撤退，他們退到三箭地外，開始清理傷員、整理隊形。

一戰大勝，而且是以步勝騎，一下子把蘆嶺州軍隊的士氣提升到了巔峰，儘管己方也有傷亡，可是看著銀州騎兵拋下的兩千多具屍體，每個士兵都興奮莫名，他們開始有條不紊地打掃著戰場，熱血沸騰地等待著敵騎下一波的衝鋒。

大約半個時辰之後，敵騎突然向左翼發起了衝鋒，經過方才的一場混戰，他們也發現了楊浩的中軍是最難啃的一塊骨頭，而左右兩翼的戰士對戰機的捕捉、臨戰的經驗明顯欠缺一些，這一次，他們取出了懸掛在馬身上的小圓盾，沿著一條弧形襲向左翼，有機會就使小股騎兵逼近肉搏，沒有機會就快馬馳過，飛騎疾射，這一番對射，遊騎隊形又顯疏散，儘管楊浩一方仗著弩箭及遠，也沒有占著絲毫便宜。

「他們這般襲擾，是為了打亂咱們的陣腳，須防右翼進攻。」

折子渝觀戰片刻，忽地霍然領悟，此時熟諳塞外遊騎戰術的木恩也已發覺有詐，揮動令旗向右翼示警。果然，正前方仍在休整的敵軍，在蘆嶺州三軍注意力全被吸引到左翼的時候，突然又向右翼發動了進攻。

這番進攻，大有實則虛之、虛則實之的意味，左右兩翼都在發起進攻，哪一面陣腳先亂，原本稍沾即離的襲擾進攻都會變成實攻，笨重的車弩和移動緩慢的陌刀陣在這種稍沾即離、移動速度極快的交鋒中，是無法及時調動應敵的，大吃苦頭的銀州騎兵已經找到了應變之法，只要不能把他們逼入決戰圈，他們就可以利用遊騎優勢，避開那可怕的殺人機器。

「收縮兵力，結圓陣防禦。」

楊浩很快發現了銀州騎兵的意圖，立即下達了命令，陣腳在銀州騎兵攻擊下已然有些鬆動的兩翼部隊開始逐步收縮，後陣射箭，前陣以刀斧禦敵，中軍擺出接應陣勢，鶴翼陣漸漸收縮，與後部依托車輛器械擺成的半圓鍥合起來，漸漸形成了一個方圓陣的雛形。

初戰告捷，既提升了己方的士氣，又拖延了時間，太陽已經西斜，只要挫敗敵人這次陰謀，就已達到了自己的戰略目的，楊浩還沒有得意忘形到稍有小勝，就妄想消滅一支人數占優、可進可退的騎兵隊伍，現在收縮隊伍，加強防禦，就是保留了勝利果實。

銀州騎兵發覺了楊浩的意圖，開始焦急起來，佯攻開始變成不顧一切的猛烈進攻，試圖打消防禦圓陣的形成，敵我雙方正在膠著苦戰，敵軍後陣突然分出一支五千人的隊伍，像狂風一般疾撲楊浩所部的後陣，迅速向防禦力最脆弱的、由車仗器械組成的後方陣地撲去。

這是楊浩所部最脆弱的地方，如果讓他們撕開一個口子，像一柄尖刀似地掏進去，防禦陣形馬上就會潰散，楊浩所部主力正在前方苦戰，在密集的防禦陣形中，即便正面之敵立即後退，他們也來不及趕到後陣赴援了，但是……這支本該立下大功，一舉殲滅楊浩所部，從此把蘆嶺州再次從歷史地圖上泯滅的騎兵，遇上了比那支遭遇陌刀陣的戰友還要倒楣的局面，蘆嶺州的老爺兵出馬了。

老爺兵，是蘆嶺州軍中對那支曾令折御勳和楊崇訓眼饞不已的重甲騎兵的稱呼。

他們人嬌貴，馬也嬌貴，他們自己一個人披掛很費勁，披掛之後上不了馬，上了馬又下不來，他們行軍的時候得用車子載著他們和馬匹的披掛，一旦開始戰鬥，他們就得在其他戰士奮勇廝殺的當頭慢吞吞地披掛，慢吞吞地上馬，因為衝擊力太大，剎不住衝陣步伐的話就會自相殘踏，所以他們還得慢吞吞地排好隊形……

離開了步兵或者輕騎兵的保護，他們什麼也幹不了，而且他們雖然是騎兵，卻還不如步兵的奔襲距離遠，他們不能跑太遠，否則戰馬會累死，不能戰鬥太久，否則人也會累死，不能上山道、下溼地、進沙漠、入森林……不能碰見絆馬索、鹿角刺和拒馬坑……

蘆嶺州軍中，對這樣一支既燒錢又不實用，似乎只有擺列儀仗時充充門面的重甲騎兵一直頗有微詞，當折御勳和楊崇訓看著這支鐵甲怪物眼熱不已時，自認為對這支隊伍十分了解的蘆嶺州兵馬，卻認為這支重甲騎兵根本就是一隊廢物兵、老爺兵，但是今日一戰之後，所有的人都閉上了嘴巴。

一身盔甲，就連高大的阿拉伯馬身上也是全身披掛的鋼鐵怪物們轟隆隆地向迎面而來的五千騎兵衝了過去。他們手中握著長矛，利箭迎面飛來，叮叮噹噹地射在他們身上，然後又稀里嘩啦地掉在地上，馬上的騎士就像鋼鑄雕塑的戰神般巋然不動，整排的騎士就像一面鋼鐵鑄就的城牆，目中無人地迎了上去，輕易地撕裂了銀州騎兵的衝鋒陣形，呼嘯著碾壓而過，所過之處一片凋零……

恐怖的長矛直接將敵人的身體洞穿了，敵人連反抗的機會都沒有，鋼鐵洪流呼嘯而過，倖存者剛剛心有餘悸地抬起頭來，第二波重甲騎兵又到了，僥倖活下來的人不得不驚恐地迎向一尊尊新的殺神，繼續徒勞地揮動他們根本無法觸及對方身軀，也完全無法和那種巨大力量碰撞的武器……

重甲騎兵轟隆隆地碾過去了，他們絕不會停下來肉搏，停下來就是找死，一旦停下，他們就會從生殺予奪的死神變成一個人人都可以蹂躪他的廢物，但是當他還在馳騁的時候，他們就是一具具人肉坦克，他們就是陸戰之王，除了結成密集陣形的步兵槍陣能在陣勢嚴整的情況下正面對抗這種可怕的鐵甲騎兵之外，再沒有任何人能與之匹敵。面前這些銀州騎兵根本不曾見過這樣可怕的重甲騎兵，他們用最快的速度衝上來，本來是想把蘆嶺州兵馬的防禦陣地撕開一道口子，結果卻是迫不及待地衝上去，成為這隊鋼鐵死神收割的莊稼。

一番對衝，這一支重甲騎兵強大的殺傷力造成的殺戮結果，比前方陣地方才一戰殲敵數量的總和還多，倖存的銀州騎兵們已經嚇破了膽，慌不擇路地四散奔逃，原地留下了許多無主的戰馬悲嘶長嘯。

楊浩暗道可惜，如果他這時還有一支步卒或輕騎的預備隊，適時配合重甲騎兵出戰，這支初次遭逢重甲騎兵戰術以致驚慌失措的敵軍很可能一個都逃不出去，經此一戰，雖然重騎兵的強大威力仍然不是他們能夠破解的，但是沒有了出其不意的效果，想要再取得這樣一個完勝戰果的機會可就難了。

不過雖有一些遺憾，但見識到了它的強大威力，楊浩還是十分滿足。他當然知道重裝騎兵在戰場上有著太多太多的限制，但是當他有了得天獨厚的條件，可以建造這樣一個兵種的時候，他還是毫不猶豫地耗費巨資打造了這樣的一支軍隊。

他們衝鋒破陣的能力實在是太強大了，楊浩曾親眼目睹過子午谷口宋國和契丹各擁十萬大軍的那一場惡戰，趙匡胤指揮下的大宋軍隊排布成了一個個大大小小的戰陣：先鋒陣、策先鋒陣、大陣、前陣、東西拐子馬陣、無地分馬、拒後陣、策殿後陣……

那一座座各具功用的小軍陣就像無數的鑿、斧、鋸、銼、錐、鉗，組成一臺精密的殺人機器，契合得無比精巧，哪怕千百人的隊伍一旦陷進去，也會在頃刻間被他們絞殺粉碎，這樣精密的配合，宋軍十萬步卒竟使得對面契丹十萬騎兵束手無策，如果不能衝亂宋軍陣勢，他們就不敢傾力出擊。

然而重甲騎兵正是破陣的最佳利器，如果說騎兵相對於步兵就相當於陸軍中的坦克，那麼重甲騎兵就是坦克中的坦克。當時契丹一方若有這樣一支重甲騎兵，利用他們強大的動能，一定可以衝破對方的戰陣。在冷兵器時代，軍隊之所以不同於烏合之眾，就在於他們嚴明的紀律和配合的默契，而這一切，又依賴於穩固的陣形，一旦擊破對方的陣形，就會打亂他們的配合、打擊他們的士氣，所以，這燒錢的重騎兵唯一的表演機會就是衝鋒。但是，養這樣一支平素毫無用處的軍隊絕對值得，養兵千日，用兵一時，養重甲騎兵，何嘗不是用於一時？

兩軍再度進入膠著狀態，夕陽西下，殘紅如血，戰場上折戟沉沙，血腥遍野，暮色漸漸降臨，遠處傳來馬兒悲涼的長嘶。銀州兵馬不知道對面這座穩固的方圓陣中還會殺出些什麼稀奇古怪的東西，戰局開始處於僵持階段。

夜深了，一輪微缺的明月悄悄爬上了天空，折子渝叼著一截草莖，仰臥在糧車上，枕臂望著天上的明月若有所思。

折惟正伏在地上，以地聽之法傾聽良久，興沖沖地爬上車子：「小姑姑，銀州兵馬退了。」

折子渝「唔」了一聲，沉默半晌，取下草梗，問道：「方才那支重甲騎兵，你也看到了，如果你來領兵，如何對付它？」

「嗯？」折惟正仔細想了想，回答道：「避其鋒芒，迂迴散擊，利用弓箭和騎速，拖垮它。」

「如果對方輕騎配合，步卒策應，使之行雷霆一擊，你何以當之？」

折惟正沉思半晌，訕訕笑道：「那只好尋不適宜重騎馳騁的地方決戰了，要不然……據城自守，再不然……就只好用人命堆了……」

折子渝冷哼一聲，又蹙眉沉思起來，折惟正卻不以為然地翻了個白眼，暗自腹誹：「唉！女人啊，真是得罪不得，為什麼一定要想個破解之法呢？就為了顯示妳高他一頭嗎？我折家又不想爭天下做皇帝，要是彼此能成為一家，那不就不戰而屈人之兵了？不戰而屈人之兵，那才是王道啊……」

四百二三　臨陣拜將

「轟……隆隆……」

震撼天地的一聲巨雷，震得窗櫺簌簌地一陣發抖，也打斷了殿中兩個人的談話。

趙光義抬起頭來，狠狠地一捶御案，拔足走到窗邊，推開窗子向外看去，窗外黑沉沉的，廊下雖有宮燈，卻不能視於十步之外，宮闕俱在風雨之中，待一道閃電亮起，只見宮苑中白茫茫一片，暴雨如注，地面上雨水流瀉，已經看不到一片不曾積水的路面，趙光義焦躁地道：「這賊老天，暴雨傾盆，下個沒完，時斷時續地都下了七天了，也不知幾時才是個頭，司天監那群廢物也說不出個所以然來。」

王繼恩趨身笑道：「官家，今年的雨水雖然特別多了一些，不過河道年年疏理、河道年年加固，料無大礙的，有司衙門的人正在河上日夜看著吶，一旦有什麼凶險，哪會不報進宮來？」

趙光義吁了口氣，砰的一聲關上窗子，沉著臉走回桌邊，又道：「你再等兩天吧，等大雨稍住便立即上路。這一次，放你做這河北道刺史，兼任河北西路採訪使，固然是朕依前約予你封賞，同時，也是有一樁大事交給你去辦，辦得好，就是一件大功。」

王繼恩連忙趨前一步，腰桿又往下彎了彎，仔細傾聽趙光義的吩咐：「朕把你委去河北西路，是因為那裡距漢國最近，如今契丹雖已答應放棄漢國，兩國休兵，但蠻夷之人，豈可輕信？待日後契丹國內回穩，蕭后未必不會出爾反爾。況且……朕登基之後，總要開疆拓土，立一番大大的功業，方不讓先帝專美於前。這漢國，必須得栽在朕的手中，你此去河北道，要謹守備、遠斥候、聚軍實、蓄武威、積糧草……配合郭進，經營地方，為朕御駕親征做好諸般準備。」

王繼恩躬身道：「奴婢明白，奴婢這兩天就把手上的事都交接清楚，專心去辦這件大事，三天之後莫說還在下大雨，就算下刀子，奴婢也一定立即上路，為官家去辦這件大事，蘆嶺州那邊的奏疏……」

趙光義冷笑一聲，適時一道閃電，映得他的臉色青滲滲、陰惻惻的，隨即又是一道驚雷，震得窗櫺一陣抖瑟。

趙光義抿了抿嘴脣，緩緩說道：「此人心性狡詐，朕萬萬沒有想到，他竟早有準備，結交了些江湖異士，倚仗他們相助，安然逃出了朕的掌心，不過……普天之下，莫非王土；率土之濱，莫非王臣。他逃得了一時，逃得了一世嗎？他返回蘆嶺州後大耀兵威，自不量力地想要討伐銀州。如此忠心，朕能不成全他？

「由得他去，打不下銀州，蘆嶺州損兵折將，自耗實力，朕再欲征之，易如反掌。

他若真能打下銀州……銀州本是夏州李氏故地，夏州能容他占據自己的根基嗎？」

趙光義陰陰一笑，又道：「他奏疏上披肝瀝膽，慷慨陳詞，要領蘆嶺州兵馬為朕收復失地，如此忠心耿耿，大節大義，朕豈有不允之理？明日朕就下詔，宣明旨，載之邸報，曉諭天下，表彰他的這番忠心，如果他能收復銀州，朕就封他為河西隴右兵馬大元帥。他是忠肝義膽的能臣，朕當然要做一個賞罰分明的國君了，哈哈哈……」

王繼恩遲疑道：「這……不是說府州折御勳、麟州楊崇訓，還有党項羌人一部、吐蕃族人一部的頭人與他義結金蘭嗎？如有這些人相助，他萬一真能打下銀州……」

趙光義一攬鬍鬚，笑吟吟地睨著他道：「朕金口玉言，豈能失信？他若真打得下銀州，朕就真封他個河西隴右兵馬大元帥，那又如何？」

「啊……啊……奴婢明白了，官家英明。」王繼恩心悅誠服地躬下身去。

官家這是要把楊浩架在火上烤啊，以前楊浩在京裡做官，官雖然做得大，始終沒有什麼實權，而且京中兩大利益集團，趙普垮臺，他那一派正偃旗息鼓急求自保，另一派是南衙，而楊浩就是打著南衙的招牌在外面招搖的，所以也不曾有人去彈劾觸動他。這一回卻不成了，他去的地方本就是天高皇帝遠的所在，周圍都是草頭王。

雖說這河西隴右兵馬大元帥只是一個虛名，就像吳越王錢俶那個天下兵馬大元帥一樣，除了他的本部兵馬，誰也指揮不動，並不能真正節制河西隴右諸藩，可就是這個名義上的大元帥，試問桀驁不馴的西北諸藩，誰能接受？一個外來戶，三拳兩腳就想爬到自己頭上去？

二桃殺三士啊，就算本想聯合楊浩，共抗夏州的府州折御勳、麟州楊崇訓及其一眾部將，怕也不甘讓這毛頭小子對他們頤指氣使，這枚桃子，很有可能瓦解三方的聯盟，就算麟府兩節度高瞻遠矚，不肯上當，無法破壞他們三方的聯盟，卻也一定可以讓夏州把楊浩列為必除的死敵。

楊浩趁著夏州與吐蕃、回紇鏖戰，占了他的祖宗之地，又撼動了夏州實際上的西北第一藩的地位，更是火上澆油，夏州一旦騰出手來，不馬上對蘆嶺州用兵才怪，一個虛名，就輕輕鬆鬆給他樹下一個不死不休的強敵，這筆買賣當然划算。

趙光義矜然一笑，剛欲開口再說些什麼，殿門忽然被推開了，趙光義勃然大怒，未得他的允許，誰敢擅闖他的宮殿！王繼恩也急忙扭身往門口看去，適時一道閃電劈下，就見一個白袍人站在門下，閃電劈下，映得他的身子青滲滲的，這人披頭散髮，連五官都看不清，彷彿一個厲鬼，緊跟著又是一聲驚雷炸響，饒是王繼恩膽量不小，還是嚇得一個哆嗦。

趙光義卻不畏懼，拍案大喝道：「未得朕的允許，誰敢擅敢禁宮？」

「爹，是孩兒，孩兒有事向爹爹請教。」

門口那披頭散髮的白袍人說話了，一聽聲音，是自己的長子趙德崇，趙光義不由一怔，臉上的怒氣斂去，緩和了聲音道：「是德崇嗎？這麼晚了，你還不休息，冒著大雨跑到這兒幹什麼？」

白袍人走了進來，只見他一襲白袍都淋得溼透了，雨水順著袍子淌到地上，他的頭髮也都披散著，溼漉漉地貼在頰上、頸上，兩隻眼睛在髮絲間幽幽發亮，看得王繼恩發怵，他連忙向趙德崇躬身施禮：「奴婢王繼恩，見過皇子。」

趙光義擺手道：「繼恩，你先下去。」

「是。」

王繼恩答應一聲，趕緊倒退著出了大殿，又給他們關上宮門，扭頭就見幾個小太監慌慌張張地正向廊下跑來，手裡提著簑衣，肋下夾著雨傘，一個個淋得跟落湯雞似的，到了宮廊下，一見王繼恩正臉色陰沉地站在那兒，這幾個小太監慌忙上前行禮：「見過總管。」

王繼恩陰森森地喝道：「你們是怎麼侍候皇長子的？這麼大雨天，若是淋壞了皇長子的身子，砍了你們的頭，賠得起嗎？」

殿門一關，把那一天風雨和王繼恩的喝斥都隔在了門外，殿中清靜了許多。

趙光義看看兒子的樣子，不由皺了皺眉，急忙回身自屏風旁取過一件袍子，關切地道：「過來，先換了爹的衣衫，免得著了風寒，這麼大雨的天，有什麼事非要見爹，急得連把傘都不撐？你呀，這都多大的人了……」

趙德崇是趙光義和正室李妃所生的兒子，是他的長子，一表人才，聰穎機悟，而且非常孝順，如今趙光義其他的子女都還幼小，只有這麼一個比較大的孩子，按規矩本該在宮外另闢府邸，不過趙光義卻不在宮外置府，而在東華門旁單獨給他闢了一處宮殿，儼然是東宮太子的地位，對他的寵愛由此可見一斑。

「爹，我有一件很重要的事想問你，希望爹爹能據實告訴孩兒。」

趙光義有些詫異，凝神看了兒子半晌，方才露出笑容道：「好吧，你問，有什麼事，值得你這般莽撞？」

趙德崇長長地吸了口氣，走近兩步，沉聲問道：「爹，伯父他……真的是暴病而卒嗎？」

「什麼？」

趙光義手指一顫，指尖的袍子應聲滑向地面，他的雙眼霍地張開，迸射出凌厲的寒芒：「德崇，你在說什麼？」

「孩兒是問爹爹，伯父他……真的是暴病身亡的嗎？」

趙光義臉色鐵青，扭曲著面孔，森然喝道：「你聽說了些什麼？」

趙德崇抗聲道：「孩兒聽說，伯父不是因病駕崩，而是為人謀害。孩兒還聽說，伯父本有意立德昭哥哥為儲君，並不想傳位於爹爹；孩兒聽說伯父駕崩當晚，爹爹曾夜入皇宮，孩兒還聽說，那一夜南衙中戒備森……」

他一句話沒說完，趙光義已欺身近前，揚手一記耳光，搧得趙德崇一個趔趄：「畜牲，這是你對父親說的話？」

趙德崇嘴角流出一道鮮血，卻毫不畏懼，嘶聲叫道：「爹爹為什麼不回答我，這其中是不是真的有什麼陰謀？是不是爹爹謀朝篡位？是不是爹爹弒君犯上？是不是……」

「逆子！」

趙光義火冒三丈，他一把揪住趙德崇的衣領，大手揚在空中，但是一眼瞥見兒子慘白的頰上五道凜凜發紫的指痕，心中不由一軟，順手向前一送，將趙德崇摔倒在地，大喝道：「這樣大逆不道的話，你也問得出來？說這番話的若不是你，爹爹今日早就把他碎屍萬段了，」

趙德崇不依不饒地追問道：「爹爹，孩兒只問你，這些傳言是不是真的？孩兒只想知道真相，只想知道我的爹爹不是那樣卑鄙陰險的小人，爹爹不敢回答孩兒嗎？」

「不是，當然不是！」

趙光義咆哮道：「因唐末以來政權更迭頻起頻落，先帝引以為戒，擔心我趙氏江山初定，一旦身去，立幼子而成主弱臣強之局面，使我趙宋江山不穩，這才決意傳弟不傳子，以鞏固我趙家的江山，何來篡位謀逆之舉？」

趙德崇狐疑地道：「爹爹說的是實話嗎？」

趙光義暴跳如雷：「混帳東西，難道還要爹向天賭咒發誓的你才相信？」

趙德崇霍地爬起身道：「好，我今天就相信爹爹說的話，這暴雨傾盆，是天也悲，可這暴雨再猛，洗不去一身罪惡！兒不敢欺父，更不敢欺君，兒不欲做一個不孝子，卻更不想做一個不忠的臣，如果有朝一日讓兒子知道爹爹欺騙了孩兒，孩兒寧死也不隨爹爹做一個亂臣賊子！」

趙光義被一向孝順聽話的兒子這番渾話氣得渾身哆嗦，他抓起茶杯向地上擲去，茶杯落地啪的一聲摔得粉碎，趙德崇卻犯了倔性，他擦了一把口角鮮血，轉身就走。趙光義大喝道：「站住，你是從哪兒聽來的風言風語？此等妖言惑眾者，其心可誅！」

趙德崇停步昂首道：「清者自清，濁者自濁，既是風言風語，日久自然散去，爹爹想要以殺止謗，不怕坐實了這弒君的罪名？」

趙光義怒極，大喝道：「逆子，滾出去！」

趙德崇拔腿就走，門外站著王繼恩，向趙德崇彎了彎腰，趙德崇目不斜視，逕直穿進雨幕中去了，那幾個小太監慌忙追上去，披簑衣的披簑衣，撐傘的撐傘，護著趙德崇蹚著積水深一腳淺一腳地去了。

「這個小畜牲、這個小畜牲……」

趙光義氣得拍案大罵，卻也無可奈何，他這個兒子聰穎仁孝，什麼都好，就是個性愚直，喜歡鑽牛角尖，碰上這麼個兒子，他這當爹的除了吹鬍子瞪眼，卻也無計可施。

趙德崇前腳剛走，王繼恩就像一隻耗子似地吱溜一下又鑽了進來，趙德光雙眼微瞇，獰聲喝問：「德崇衣衫不整，披頭散髮，看樣子是正欲入寢就跑來見朕了，這孩子外表文弱，內心剛烈，定是聽了什麼不堪的言語，這才……你可曾問過，方才有誰進入德崇的寢殿？」

王繼恩哈腰道：「官家，都這個時候了，誰會去皇子住處呢？奴婢問過了，一整天的都在下雨，不曾有人去過皇長子宮。」

「哦？」趙光義看著王繼恩，那刀子一般刮來刮去的目光看得王繼恩一陣陣心頭發冷。

「繼恩，你把德崇身邊的人都換了，然後……唔，不成，換不得，若一換人，我兒恐更生疑心了，你安排幾個可靠的人過去照料德崇，誰敢胡言亂語，朕絕不輕饒。」

「是！」

「嗯……皇嫂那兒、德昭那裡，還有……永慶，包括小德芳，全都看緊了，拘於宮苑之中，不得出入，不許他們彼此相見。」

「是！」

「去吧，朕要安歇了。」

王繼恩點頭哈腰地退出殿去，趙光義頹然坐倒在書案旁，禁不住一陣心驚肉跳，這才發覺冷汗已沁透了衣衫。

「德崇從哪兒聽來的消息？兄皇暴死，弟繼其位，朝野多有疑慮，可是無憑無據的，縱然私下議論，誰敢對我兒提起？是因為連日暴雨，天雷震震，宮婢內侍們懼怕天威，胡言亂語時不慎被我兒聽到？還是……王繼恩此番放了外任，怕我過河拆橋，用對付楊浩的法子對付他，有意指使他在宮中的耳目散布消息向我示威？」

趙光義思來想去，始終想不出是哪裡出了岔子，他現在高居宮闈之中，不管什麼事，都得使人去辦，可這時心中生起戒備之心，又是人人要防，聽著蕭索的風雨聲，真的生起了一種孤家寡人的感覺。

就在這時，殿門又復被人敲響，趙光義騰地一下跳了起來，他真的惱了，這個時候誰生了天大的膽子，未得傳喚，又到他的寢殿？

一聲喝問，就聽門外一個小黃門的聲音道：「官家，宮外傳來急柬，奴婢不敢耽擱，驚擾官家歇息，死罪。」

「宮外急柬？」趙光義一驚，急忙道：「快快進來，給朕一看。」

自趙光義登基稱帝之後，他改革了宮中制度，以前宋廷宮禁根本不嚴，說是到了時辰要落鎖上鑰，其實十天裡倒有九天半是不禁宮門的，心腹大臣，包括像他這樣的皇族，但有什麼事，照樣來去自如，趙匡胤從來不制止。可他稱帝之後，卻改變了這懶散的習慣，到了時辰，宮禁九門一律上鎖，任何人不得出入，如果有十萬火急的大事，外臣也不得擅入宮中，只能將要陳稟的事情寫下來，封於小盒之內，從宮門上開啟的小洞中遞進來，如果不是要事，回頭是要受罰的，如今還是他登基之後第一次有外臣夜間呈報急柬，他焉能不緊張？

門開了，一個小黃門捧著個匣子急匆匆地走了進來，袍角都溼透了，緊緊黏在身上，趙光義打開錦匣，取出奏章一看，不由得臉色大變：黃河氾濫，水勢洶急，上游浚縣已有三次缺口幸被及時發現堵死。今日傍晚，提舉黃河堤岸的官員巡視至浚縣，發現縣令闞三道已攜家眷逃了，浚縣百姓扶老攜幼，連夜逃命，巡視官員正攔截壯丁、徵調軍隊加固河堤，請求陛下立即避離京城。

浚縣一旦決口，洪水傾瀉而下，整個開封城都要變成一片汪洋，那是何等凶險的局面？避離險地？如何避離險地？趙光義急得眼前發黑，無數錢糧都在開封，大宋十之七八的積蓄都在這兒，一旦這裡變成一片汪洋，他就算逃了出去還有什麼？逃出去，他逃得出去，開封百萬民眾如何逃得出去？如果開封被淹……

趙光義的臉已駭得一片慘白，他沒想到自己繼位之後的第一樁大危機不是來自契丹，也不是因為篡逆之舉來自朝野的攻訐，而是天災。以天子之威，在莫測高深的天災面前，又有多大的力量反抗？

避離險地、避離險地……如果開封受淹，再無一地不險了……就在幾個月前，先帝在洛陽提出遷都，其中一個重要理由就是開封易受水患，如今篡位的傳言在朝野傳揚，如果開封有失，所有的疑慮猜疑，匯合天下萬民的聲討，足以把他這皇帝硬生生拉下馬來，這個危機，他必須迎頭衝上去，絕對逃不得。

趙光義霍地抓緊了那封奏報，大吼道：「大開宮門，宣，立即宣兩府六部、滿朝公卿，四品以上所有官員俱到文德殿候駕。朕要率滿朝文武，親赴黃河守堤，堤在人在，堤亡人亡！」

*　　*　　*

銀州城下，利鏃穿骨，驚沙入面。主客相搏，山川震眩……

寬而溼的護城壕中填滿了屍體，無貴無賤，同為枯骨……夜風中撲面而來，猶有一陣陣血腥之氣，可見白天兩軍搏殺之慘烈。

楊浩萬萬沒有想到銀州城池的防禦居然如此牢固，如此不可撼動，處處都是殺人的陷阱，四面城牆，他只負責一面，而且是防守最薄弱的一面，饒是如此，十幾天大戰下來，他也損耗了兩成人馬，一萬兵馬損耗兩成，耶律斜軫的五萬大軍損失了多少？

楊浩不敢去想，可是整天流水般運往後方的屍體和傷兵他看得見，他的意志已經快要崩潰了，死了兩千，傷了三千，那麼多的傷亡，是他無法承受之重。在此之前，他把一切都想得太簡單了，可是血淋淋的現實，終於讓他認識到，爭霸天下，是多麼殘酷的戰爭。他的榮耀和權威，將建立在多少人的屍骨上。

銀州方面是怎麼把這座城池打造成一座死亡地獄的？楊浩知道自己的武器比對方犀利，攻城器械打造得無比完備，可是總有一種不能盡展其長的感覺，每一次，當他想要採取某種攻城戰術時，城中似乎總能提前一步做好相應的對策，讓他無從施展。

他才是攻的一方，可是每次出手，似乎總能被對方先找到他的弱點，先行反制回來，這支龐大的戰爭機器在高明的對手面前驅動起來，令他力不從心，一柄上百斤重的大錘，毫無疑問是能砸碎眼前這塊巨石，就算不能一下擊碎它，也能一塊一塊地把它削成碎片，可是舉起這柄重錘的是一個小孩子，漫說敲碎它，不砸傷自己的腳就不錯了。

明明銀州在守，他們在攻，楊浩卻有一種四面受敵的感覺。這一戰如果贏了，所有的損失都可以十倍、百倍地補償回來，可是當他拚光本錢的時候，如果還攻不下這座銀州城，那時怎麼辦？蘆嶺州將不攻自潰，他這個最有希望一統西域的人，將以最快的速度隕落。

天不冷，一天星月，只望星空，無比浪漫，楊浩卻是徹骨生寒。他知道這次攻城已不是他能進退自如的了，契丹根基深厚，消耗得起，他消耗不起，如果銀州攻不下來，就已是他最大的失敗。

他也知道自己最欠缺的是什麼了，憑著他的特殊身分和他的為人秉性，他能聚將、將將，但是他不擅將兵，他既沒有那麼高明的戰術、戰法，也欠缺看準時機，將全部兵力孤注一擲，為他成就一將功名的梟雄心腸。而他身邊缺少的就是文能安邦、武能定國的名臣良將，否則這一仗未必會打得這麼慘。

柯鎮惡輕輕走到他的身邊，楊浩雙手抱膝，仰望著浩瀚的星河，依舊不言不動。

「節帥，勝敗乃兵家常事，一時受挫而已，主動仍掌握在咱們手中，節帥何必氣餒？節帥乃我三軍統帥，如果節帥消沉不振，三軍士氣都要大受影響了。漢高祖劉邦立建一世霸業，可是他當初何等狼狽？為了逃命，連兩個兒子都推下車去；劉備逃來逃去，兵不滿千，將只關張，倉皇如喪家之犬，比起他們來，咱們現在的情形不是強得多了？至少，是我們在攻，只是攻城受挫，咱們還沒敗呢，節帥還有兩支暗伏的大軍沒有出動，未必沒有機會反敗為勝。」

楊浩輕輕搖了搖頭：「你不用勸我，這些道理……我都明白，可明白是一回事，能不能做到是另一回事。那一刀一槍、一條條性命，都像是戳在我的心上啊。」

「節帥心懷慈悲，這正是我們擁戴節帥的原因，可是戰場上往復廝殺，死傷總是難免的，節帥不必因此自責。我們這次主動來攻銀州並沒有錯，這是一個機會，一個有可能壯大自己、保護自己的機會，如果我們不來，就得坐等銀州坐大，來攻我蘆嶺州。蘆嶺州一旦城破，無數婦孺老幼都要死在他們的手中，那將不是兩千人的傷亡、一萬人的傷亡，我蘆嶺州六、七萬軍民，男兒都要被他們豬狗般屠戮殆盡，婦人們都要受盡淫辱，淪為卑奴了。」

「現在，有區別嗎……銀州怎麼可能有這樣強的防禦力？並不是他們的兵力占據優勢，據城自守的優勢也未必就能克制我們大量的攻城器械，我們此來之前是做過充分準備的，可是……臨戰之際，我們總是失了先機，城中……城中一定有一個守城高手，契丹慶王，草原上的漢子，他會如此精擅守城之法？」

說到這裡，楊浩目光一閃，忽地從迷惘中清醒過來，眼神恢復了幾分清明，他慢慢轉過頭，彷彿頭一次認識柯鎮惡似的，緩緩說道：「我一直只記得柯兄是山寨中的獵戶，倒忘了柯兄祖上也是大唐的將領，前次提醒我注意後陣，今日這番談吐……不知柯兄有何高見可以教我？」

柯鎮惡道：「慚愧得很，我家祖上雖是唐時將領，卻也不是什麼戰功赫赫的名將，傳到柯某這一代，祖上的本事繼承的更不足十之一二，不過……我軍中也未必就沒有熟讀兵書、善用兵法的人吶。」

「誰？」

柯鎮惡叉手彎下腰去：「折家五公子！」

四百二四　改弦更張

楊浩目光一抬，凜然問道：「是子渝使你來的？」

柯鎮惡振聲道：「節帥不計前嫌，仍肯留用柯某，柯某與拙荊商議，這條性命，今後就賣與節帥了，豈肯再受他人驅使？五公子此來蘆嶺州，但只不得進入後山祕窟外，蘆嶺州上下，盡其出入，這是節帥的吩咐，屬下怎敢抗命？當初五公子入我軍中，屬下也是馬上稟報了節帥的。

「如今屬下來見節帥，確是想要薦舉五公子，那是因為一路行來，屬下見過折姑娘與折少公子論兵，頗有獨到見地，將門世家，自幼熏陶，胸中所學自非我等草莽可以比擬，今又見節帥面對堅城進退兩難，這才有心為節帥分憂，並非受任何人指使。屬下這番話，天地可鑑！」

楊浩急忙站起身來，上前扶住柯鎮惡，慚愧地道：「楊某攻城受阻，火氣鬱結於心，所以焦躁了些，出言莽撞無禮，還望柯兄莫要見怪。」

柯鎮惡緩了顏色道：「屬下不敢，屬下只是向節帥進諫一語，至於是否請五公子相助，還須節帥來拿主意。」

楊浩點頭，目光越過他的肩膀，看著座座營盤中的點點燈火，說道：「柯兄一片金玉良言，本帥明日就去見她。」

話音剛落，就見一道流火如龍，四處金鼓齊鳴，廝殺吶喊聲遙遙地傳來，楊浩眉頭一皺道：「銀州守軍又來襲營了，白天我攻城，夜晚他襲營，當真是人困馬乏，無一刻消停，我們下山！」

天亮了，南城牆一角的營盤口一片狼藉，有人搬著抬屍體從旁走過，有人從搗碎的爐灶中拾出半片鐵鍋來，斜著架在石塊上，準備燒飯。被衝亂的鹿角木正被重新排布到營前並做加固，踏倒的營帳正在重新支起。昨夜的襲擾造成的損傷並不嚴重，城中守軍一直不敢大規模出城襲敵，每次動用的人數都不多，但是既然襲營，守軍就不敢掉以輕心，只使一支人馬迎敵，諸部安心睡大覺，以免為敵所乘，所以搞得精疲力盡。

如今天亮了，又該輪到他們攻擊了。

楊浩按劍巡視軍營，剛剛行至此處，一枚圓球從空中飛來，在不遠處落地，「砰」的一聲炸裂開來，小羽手急眼快，迅速攔到楊浩身前，背下盾牌一擋，「篤篤」兩聲，爆炸物的碎片四濺，彈到盾牌上竟未落下，而是黏在盾牌上冒起煙來，小羽急忙壓平盾牌，那煙霧吸入口鼻，小臉憋得通紅，忍不住咳嗽起來。

「今日暫緩攻城，調集拋石車、床弩，對城頭做壓制性不間斷的攻擊。」

楊浩大聲下著命令，又對小羽道：「快去清洗一下。」

這是城中發射的火藥球，此時火藥已應用於戰場，楊浩一方不缺能工巧匠，也製造了大量的火藥武器，完全可以用床弩遠遠射入城中進行反壓制。

城中發射的這種火藥球，是以硫黃、煙硝、炭末、瀝青、乾漆、竹茹、麻茹、桐油、小油、蠟、黃丹等成分構成的，其中硫黃、煙硝、炭末、竹茹、麻茹是構成火藥的主要原料，乾漆、黃丹燃燒製造毒氣，其餘則是飛濺時的黏著劑，沾在身上、甲帳上便緊緊黏住，十分討厭。

楊浩對火藥很感興趣，曾經仔細詢問過這時候的火藥生產，發現這時的黑火藥已經充分應用於戰爭，而且被能工巧匠們發展出了各具不同功用的多種配方，火藥匠人才是真正的行家裡手，比起楊浩這個只知三種基本配方成分的門外漢要強多了。

最接近標準黑火藥構成成分的比例配置的火藥單子，他們也有，不過這時的火藥純度不夠，生產出的顆粒也無法做到大小均勻，燃燒和爆炸效果還不是很理想，只生產這種爆炸力最強的火藥的話，投入產出根本不成正比，為了彌補缺陷，匠人們經過無數次的試驗，發明出了側重不同攻擊能力的多種火藥武器，這種毒氣彈就是銀州守軍使用的一種。

楊浩除了知道黑火藥三種基本成分的較標準配比，對如何解決火藥生產中硝的提煉、硫的提煉卻一無所知，如何製作顆粒均勻、燃燒充分的火藥之方法他同樣不知道，就連製作過程中的一些安全措施，他都不如工匠們了解，做為一個正常的普通人，他前世沒閒功夫去了解火藥的詳細製作工藝，尤其還是這種已被時代淘汰的黑火藥，所以也就搞不了大躍進，只能依仗這時工匠們的工藝和智慧。

楊浩一聲令下，就有士兵從中軍將一具具拋石機向前方推近，這是用來破壞城頭守禦措施的，而床弩也被抬了出來進行火力壓制，發射弩箭和火焰球。他們的毒氣彈中除了火藥成分還加了草烏頭、巴豆、狼毒、砒霜，燃燒起來更是中人欲嘔，煙霧一旦密集起來，足以使人口鼻流血，失去作戰能力。

今天沒有風，所以雙方不約而地使用上了火藥武器，射手們以溼巾蒙面，對城頭一陣發射，城頭很快便起火，瀰漫在一團毒煙之中……

楊浩回到中軍時，天光已經大亮，小羽為他端來一盆水，又去為他張羅飲食，楊浩解下盔甲，剛欲就盆洗臉，忽地望著水中的倒影不動了。

他站在木盆旁，往水裡仔細看了看，摸著自己的下巴琢磨片刻，轉身走到榻邊，又把盔甲重新披掛起來，沒有小羽幫忙，那盔甲穿著歪歪斜斜，楊浩走到水盆邊又仔細看了看，然後滿意地點點頭，抬腿就往外走。

小羽端著飯菜走回來，一見楊浩出帳，奇道：「大人，又要去哪兒？」

楊浩道：「我出去走走。」

小羽趕忙道：「大人等等，我隨大人……」

楊浩笑道：「你先吃飯肚子再說，不用陪著本帥。」一路說，他已揚長而去……

柯鎮惡所在的是左營，楊浩直入營盤，便到了柯鎮惡的軍帳左近，也不使人通報，繞過柯鎮惡的軍帳，趕到他軍帳後面的一頂氈帳外。

帳中，地上用劍畫了許多方的、圓的圖形，折子渝一身校尉裝扮，手拄著劍柄正望著地上錯綜複雜的圖形，口中念念有詞，也不知她在說些什麼。大帳一角，折惟正捧著一大碗飯菜正吃著稀里嘩啦的，根本不理會小姑姑在忙些什麼。

楊浩在帳外咳嗽一聲，朗聲道：「五公子，請問本帥可以進來嗎？」

「呃？」

折惟正含著一口飯抬起頭來，含糊不清地道：「楊太尉？」

折子渝慌忙用靴子將地上的圖形全都抹去，折惟正詫異地看著她，折子渝趕到他面前，看著地上一只空碗，奇道：「我的飯呢？」

折惟正支支吾吾地道：「小姑姑不是說沒胃口嗎？我……倒成一碗了……」

折子渝沒好氣地瞪了他一眼，斥道：「跟豬一樣，你倒能吃，端出去，別弄髒了我的帳子。」

「喔喔喔。」折惟正趕緊把空碗往飯碗上一扣，捧起來就走，出了門正碰見楊浩，折惟正乾笑兩聲道：「呃……小姪惟正……見過……三叔……」

雖說兩人年紀相差不多，可楊浩是他父親的結拜兄弟，這一聲三叔他是叫得的，楊浩點點頭，向帳中一指，折惟正也點點頭，然後便搖著頭、撇著嘴走到一邊去了。

折子渝抹去地上的痕跡，看看已無破綻，這才閃身坐到床邊，從懷裡掏出一個小布包，打開來，揣的竟是幾塊精緻的點心，折子渝拈起一塊，輕輕咬了一口，這才說道：「進來吧。」

楊浩舉步進了大帳，見她模樣，便道：「飯菜不可口嗎？妳是貴客，回頭我讓人單獨給妳送些菜蔬來吧。子渝，我……」

折子渝杏眼一瞪，嗔道：「又想討打不是？不是說過不許你喚我的名字嗎？」

「喔，五公子……」楊浩從善如流，馬上改口。

折子渝板著臉道：「楊太尉軍務繁忙，今日怎麼有空來看我？可有什麼事嗎？」

楊浩呵呵一笑，一點也不把自己當外人，他走過去，便挨著折子渝坐在了榻上，折子渝就像屁股底下安了個彈簧，騰地一下跳了起來，沒好氣地瞪他一眼，楊浩渾然未覺，微笑道：「我來，其實也沒什麼事，因軍務繁忙，一直無暇過來探望。昨夜我軍遭受敵襲，受襲的營盤距五公子的營帳太近了些，我實在放心不下，所以過來探望一下。」

「那可有勞楊太尉了。」

折子渝冷冷地道：「我折氏家主與楊太尉義結金蘭，攻守互助，彼此就是盟軍了。我府州當然也得對蘆嶺州軍力有所了解才行，是以，小女子才帶了自家姪兒隨軍至此，我們這次來，只帶了一雙眼睛，不會干預楊太尉的軍機大事，至於自保嘛，只要楊太尉的三軍不潰，料亦無礙，太尉有許多大事要做，就不必分心了。」

楊浩摸摸鼻子，訕笑道：「我當然……不會對妳有所猜忌，只是牽掛著妳的安危，如今見妳沒事，我自然也就放心了。」

折子渝乜了他一眼，見他盔歪甲斜，滿面風塵，不由得心中一動，再仔細看他，楊浩平時也算是注重儀表的，尤其是成為三軍統帥之後，可他此刻滿面塵土，那模樣好像是從戰場上下來就直接奔了她這兒，折子渝的語氣漸漸柔和起來，問道：「昨夜……傷損如何？」

楊浩搖搖頭道：「敵軍連番襲營，都是騷擾戰術，打一陣就跑，倒沒造成什麼大的損傷，可是要追也著實不易，城牆、城門、甕城、馬面、弩臺、敵樓……交叉形成的密集射擊網，我追兵一旦靠近，就成了活生生的靶子，夜間追敵急切，又動用不得大型器械蔽體，唉，真是讓人頭疼啊。」

楊浩輕輕嘆了口氣，沉重地道：「我本以為，自己能在朝堂上游刃有餘，在戰場上也一樣能夠勝任，可是到了這裡才知道，戰場上來不得半點虛假啊，那戰功，都是一刀一槍憑著真本事賺回來的。如何排兵布陣、如何調兵遣將、如何調動諸軍做最完美的配合作戰、如何準確及時地抓住戰機，這絕不是憑著一點小聰明就能做得來的，那是從無數前輩用生命寫就的兵書戰略中學來的，是戰場上親自經歷無數的成功與失敗換來的，我還差得太遠，可我蘆嶺州兵馬，經不起那樣巨大的消耗，來等著我成為一名調度有方的良將。」

他苦笑一聲道：「我現在是身心俱疲啊，唉！也就是在妳面前，我才肯說出這番心裡話。出了這個門……不說了，我現在是騎虎難下，無論如何，也得咬著牙撐下去。」

他起身說道：「手上的事情實在太多，妳既然沒事，我也就放心了。」

他走到帳口，忽又回頭囑咐道：「回頭妳搬去後陣吧，我給妳安排幾騎快馬，如果真有什麼不測，見機早些離開。」

折子渝凝視著他，他的臉明顯消瘦了許多，右頰上沾著幾滴鮮血，頷下的髫碴也沒刮乾淨，陽光側映在他的臉上，他的眼中充滿了血絲，卻不乏對她的關切，折子渝心中一軟，脫口說道：「現在知道自己做不了一方統帥了？你自己，包括你手下那些兵將，哪個是正經八百的將領？靠著這樣一群烏合之眾，裝備再好的武器，又怎能發揮所長？

虧你誓師之時還那般躊躇滿志。哼！如果由我來指揮，還是這些人，還是這些軍備，也比你高明得多。」

楊浩雙眼一亮，急忙問道：「當真？那……子渝可肯助我一臂之力嗎？」

折子渝負氣扭頭道：「這是你蘆嶺州楊太尉親自指揮的兵，我算什麼身分，如何幫你掌兵？再說，讓一個女孩子家代你掌兵，你就不怕受盡天下英雄恥笑嗎？」

楊浩道：「怎麼會呢？自古巾幗不讓鬚眉，唐之平陽公主李秀寧，以女兒之身聚兵七萬，李淵尚未揮戟入關中，李秀寧已先為他打下一片大大的江山，彼時她的幾位胞兄還寸功未立呢！我雖未見過這位大唐奇女子，但我相信，以子渝的文韜武略，若得施展，無論如何也不會讓那李秀寧專美於前。」

折子渝沒好氣地翻了個白眼，心道：「瞧你這例子舉的，古之女中豪傑，像潘將軍、冼夫人，那也都是不讓鬚眉的巾幗英雄，你偏舉一個李秀寧，李秀寧幫的是她爹，我是你女兒嗎？」

想到這裡，她忽又記起潘將軍、冼夫人，那可都是幫著她們的丈夫，不由頰上一熱。

楊浩走到她面前，誠懇地道：「子渝，以前有些對不住妳的地方，都是楊浩一人的罪過，如今我蘆嶺州、府州禍福與共，同進同退，這是大義，些許私怨，就放開了吧。

如果……妳仍對楊浩往昔過錯耿耿於懷，那……妳可斫我三刀，只要妳肯相助我一臂之力，這也算不了什麼，讓妳出了氣就好！」

「誰稀罕斫你三刀，我……我……嗯？」

折子渝望著楊浩拔出來的刀不禁傻了眼，那把刀很鋒利，很小巧，是用來吃肉時切割肉塊的餐具，如果用它在人身上捅一下，或許還能造成一定的傷害，用它來斫……折子渝絞盡腦汁，也想像不出，用兩根纖纖玉指拈著一枝小刀的刀柄，如何斫得下去。

她忍俊不禁，噗哧一笑，趕緊又忍住，嬌嗔道：「你怎麼這般無賴？」

楊浩一本正經地道：「如果用大刀砍，傷勢嚴重，我可遮掩不住，恐怕會傷了折楊兩家的和氣，妳用這把刀子出出氣就好，認真說起來，咱們有什麼深仇大恨呢……」

折子渝怒道：「油嘴滑舌，越來越不是東西！」

嘴裡這般說，可她的目光卻更柔和了起來。她瞟了眼那把讓人啼笑皆非的斫人刀，板起臉道：「這三刀暫且寄下，本姑娘幾時想砍你，你都乖乖遞過你的頭來就好。」

楊浩展顏笑道：「成，咱們一言為定。」

折子渝心中舒服了許多，說道：「銀州城中必有一位擅長城池攻守的能人，我這幾日細心觀察，仔細揣摩他的戰法，略略有些心得，不過我也沒有把握勝他，頂多比你現在混亂的指揮略略高明一點，也就強那麼七分、八分的，至於能否陷城，你可不要抱太大的希望，我們還須等待戰機……」

高明一點……就強了七分、八分？

楊浩知道這小丫頭對他一肚子怨氣，本錢是要不去了，一找著機會，總要向他討些利息，只得苦笑道：「這我自然明白，只要能充分發揮我方的戰力，壓制住城中守軍的囂張氣焰，就會有更多的機會顯現出來的。」

折子渝這才轉嗔為喜，嫣然道：「總算你楊太尉識趣，好吧，我答應幫你，不過……我是不會拋頭露面的，楊太尉想要拜將掌兵，我另薦一人。」

「誰？」

「當然是你楊太尉的大姪子，我折家小字輩裡的大公子。」

她頓了頓，一字一句地道：「折、惟、正！」

折惟正捧了一大碗飯菜掀帳走入，茫然道：「姑姑喚我？」

*　　*　　*

「欲攻先守，扎穩根本，才好進退自如，否則的話，城中軍士還可歇息，你們夜夜遭襲，舉營戒備，人困馬乏，先被拖死的，就是你們。你們不通紮營布陣之法，那位大名鼎鼎的南院大王耶律斜軫，更是善攻不善守，根本不曾在紮營上好生下一番功夫。你與耶律斜軫相商一下，暫停攻城三日，我要重新布置一番。西城守軍撤軍，集中攻打三面。」

「網開一面？」

「不錯，網開一面。繞城三匝，水洩不通，你們是要逼著守軍誓死抵抗嗎？城開一面，不管是守軍還是城中百姓，有了一線生機，都不會再如現在這般堅決，就算他們明知是計，必死的信念也會動搖。」

「這個……蕭后是絕不容慶王再有機會西竄的，恐怕耶律斜軫寧肯損兵折將，圍上一年半載，也不肯……」

「放開西城，可不是縱他西去，哼！你那兩個義弟，可比你那兩位盟兄與你關係親密得多，這次攻銀州，你不會未請他們相助吧？」

「呃……好，我去說服耶律大王。」

楊浩親自趕去契丹人的營盤，與耶律斜軫整整計議了一個上午，耶律斜軫終於從他之計，暫緩攻城，放開西城，收攏大軍，準備按照楊浩提供的方法重新部署營盤。

很快，楊浩就派人給他送去了詳細的計畫，依托床弩、拋石機等遠程攻擊武器壓制著城頭的火力，三面大軍開始重築營盤。

楊浩營前開始大興土木。一個營寨，絕不只是一個歇息睡覺的地方，設計完美的營盤，不止可以防止敵人襲擊，甚至可以做為進攻失敗時反攻為守的屏障，一個修建良好的工事體系是很難攻破的，就像面前那座並不十分險峻的銀州城，卻如銅牆鐵壁一般的強大防禦力，楊浩和耶律斜軫正是對此有了極大的體會，所以才毫不猶豫地接受了這項建議。

寬近七米的第一道壕溝，五米寬的第二道和第三道壕溝，壕溝中置尖樁，然後引水灌注，再後面是護堤，加胸牆和雉堞，牆上向外斜列著削尖的木樁。護堤上每隔二十五步修設一座箭樓，前兩道壕溝間讓人去砍伐了許多荊棘密布其間，護堤和第一道壕溝之間又讓善於下陷阱機關的柯鎮惡遍布許多殺人機關，漫說夜晚來襲，就算光天化日之下，不費上一天工夫，也休想在對方的箭雨下剷除這些障礙，除非從寬有四丈的通行通道出入，否則小股襲擾的軍隊將完全失去作用，只需使少數箭手守衛，營中士兵就能安枕歇息了。

楊浩和耶律斜軫又遣人赴護城河上游切斷水源，引水他流，城中雖有活水，但寬二十米、深及三米以上的護城河水一旦乾涸，填平若干河段之後，各種巨型攻城器械就能直接搭到城牆上。同時護城河水沒了，也容易挖掘地道，當然，城中守軍也可以挖掘地道進行反制，但是挖地道未必一定要潛進城去，如果要破壞城牆，那就先得解決這條護城河了。

改團團包圍為三面圍城之後，各面城牆方向軍中的攻城器械開始集中起來，楊浩又依折子渝的建議，將攻城器械進一步集中，大量的攻城器械集中到了一面城牆處，兩百多具雲梯如果同時間搭在同一面城牆上，足以覆蓋這面城牆，無數的士兵蟻附而上，在很大程度上能抵消守軍的地利優勢。

摺疊橋、鵝車洞子、木牛、攻撞車、木幔、揚塵車……也開始徐徐調動，依其功用，重新進行調配、集結，契丹和楊浩軍隊這樣浩大的舉動馬上引起了城中守軍的注意，城中停止了發射石塊和毒煙球等攻擊武器，楊浩站在營中豎起的高十餘丈的望樓上，可以清楚地看到城中一隊隊兵馬像兵蟻一般來來去去，似乎應對著他們的反應，正在做出新的部署。

楊浩警覺地道：「城中已有察覺了，不知道那位守城將領會做怎樣的應變。柯兄，你去請五公子來，讓她瞧瞧城中敵軍的異動，看看能否察覺什麼端倪。」

「是！」柯鎮惡答應一聲，便順著木梯向下走去，木恩待柯鎮惡走了，憤憤不平地捶了一下望樓的扶欄，沉哼道：「折姑娘……這番調動部署，我這門外漢瞧著，似乎也是大有門道，她這樣的本事，我是服的。可……不管怎麼說，這是咱蘆嶺州兵馬，認得只是少主你的旗號。折姑娘若爽快答應相助，幕後為少主策劃，我蘆嶺州上下一定會感念她的恩情，可她居然還提什麼條件。」

楊浩不以為忤，微笑道：「子渝她……嘿，她幾時在乎旁人怎麼看了？又怎會把我蘆嶺州上下是否感恩放在心上？如果抱著施恩圖報的念頭，那就不是她了。」

木恩猶自不忿，重重地哼了一聲，瞪起眼睛道：「她答應相助也就罷了，偏還要捧出她那姪兒來充當名義上的軍師，嘿！這不是利用咱們的兵，揚他折家的威嗎？這一仗打下來，如果真的得了銀州城，恐怕府州折家的聲望比少主還要高上一籌，屬下……屬下越想越是生氣。」

楊浩呵呵笑道：「忙，人家幫了；實惠，讓你占了；一丁點的好處都不分給人家？這樣吃獨食，如何成得大事？」

木恩臉紅脖子粗地道：「可少主還負有光復夏州的大任，如果能始終保持西北第一人的無上榮光，往來投靠的英雄豪傑必然更多。」

楊浩微微一笑，轉首看向銀州城頭，低聲道：「這一座城拿下，不止是一座戰略要地，兵馬、糧草源源不絕，如果咱們有那個本事，該站上去的，早晚要站上去，急什麼？

「大澤鄉，陳勝、吳廣揭竿而起，坐天下的卻是泗水一亭長。瓦崗寨，十八路反王，三十六路義軍，風風火火，穿龍袍的卻是太原李淵。只能伸，不能屈，半點虧都不肯吃，能成大事嗎？

「不過……經此一戰，我才體會到你們雖忠心耿耿、驍勇善戰，卻俱是一面之雄，難當三軍統帥，我蘆嶺州，是真的需要一名深諳兵法、胸懷韜略的將帥之才啊，你們就是樊噲、灌嬰，可我的張良、陳平、蕭何、韓信，他們在哪兒呢？」

四百二五　第二戰場

「太尉，太尉！」

望樓下傳來一陣喊聲，楊浩扶欄向下一望，看見兩個斜袒臂膀、披著皮袍的漢子，在幾名兵士陪同下站在下邊，一名校尉正攏著雙手向望樓上大喊，楊浩仔細一看，大喜道：「小六他們回來了，走，咱們下去。」

小六和鐵牛離開契丹上京以後，並沒有馬上返回蘆嶺州，他們先透過「飛羽」把消息傳回蘆嶺州，隨即一路南行，待得到南院大王出兵的準確消息以後，飛書傳報楊浩，然後便按照楊浩的囑咐，趕去與小野可兒、赤邦松等人聯絡，直到此刻才與楊浩照面。

楊浩興沖沖地下了望樓，三兄弟擁抱在一起，興奮地敘說了幾句別後離情，楊浩便提到了契丹之行，認真地問道：「契丹蕭后讓你們回來時，呃……她是怎樣打扮？」

小六和鐵牛心中納罕，不知大哥何以這麼在意蕭后的打扮，回想了一下，小六答道：「蕭后嘛，那天穿著一襲白袍，嗯……很美……」

鐵牛撓撓頭，憨笑道：「對對對，一襲白袍，很媚很媚，一看就教人心癢癢的模樣，那眼睛、那神情……懶洋洋的，哦……對了，就像雅公主養的那隻波斯貓，她氣色很好，比頭一天見我們時客氣多了。」

小六和鐵牛都不甚在意女色，可是兩人描述蕭后接見他們時的情形，居然先後都說及她的神態如何動人，可以想見她當時真的是風情萬種了。楊浩想起蕭綽妖嬈迷人的模樣，心中也是一動，忙又問道：「唔……她當時，佩帶了些什麼首飾？」

鐵牛和小六面面相覷，不曉得楊浩在意這個幹什麼，小六仔細想了半天，遲疑道：「這個……我還真沒仔細看，那可是蕭娘娘，兄弟哪敢一直盯著她看的，生起氣來，她可真會殺人的。唔……那天她好像……好像什麼首飾也不曾戴，鐵牛，你還記得嗎？」

鐵牛瞪起一雙牛眼眨了幾下，憨聲憨氣地道：「對，啥也沒戴。」

楊浩心裡頓時一涼，他和蕭綽之間的感情剪不斷、理還亂，以他們的身分，是絕不可能在一起的，蕭綽在用理智苦苦抗拒心中感情，他又何嘗不是？然而，蕭綽就算再有理智，只要對他有情，在今後決定對西北政策方面，或多或少都會顧慮到他的存在，如果能從這位契丹的統治者那裡得到更多的幫助，他今後的路無疑要走得輕鬆一些。

大約再過六十年，在遙遠的西方會誕生一個叫亨利的孩子，他長大以後會建立一個叫金雀花的王朝。他強大的實力基礎，來自於繼承，從母親那裡他繼承了諾曼第，從父親那裡他繼承了安茹，從王后那裡他繼承了阿基坦。就是這些，使他最終成為一位強大的君主，他的江山不是他從無到有打出來的，但是歷史有他的一席之地，是他建立了大陪審團制度，被尊稱為英國法律之父。

自古成大事者，能用諸如聯姻、聯盟、離間等等非戰爭手段征服對手的，沒有人捨易從難，非要用部下的血去證明自己能力，那是愚蠢的白痴，只配做一個山大王。楊浩本以為自己的西北爭霸之路，在宋，有一個令趙光義尷尬的合法身分，在契丹，有一個恩怨難辨的俏冤家，他應付起在西北根基深厚的夏州李氏來會容易一些，如今看來，如果不能得到契丹方面的默契，恐怕漁翁得利的就是趙二叔了。

這時，小六忽然一拍額頭，說道：「對了，蕭后還特意讓我把箱子給大哥捎回來。」

楊浩精神一振：「她把箱子讓你捎回來？在哪裡？快快取來。」

小六走到一匹馬旁，從馬背上取下一口箱子，拿到楊浩面前，楊浩往手中一接，發覺輕了許多，原本內置膠泥沙盤時，可足足有六、七十斤重呢。楊浩心中一喜，趕緊把箱子放在地上，扯開封條打開一看，裡邊堆著一疋絲綢，打開來一看，中間只裹著幾樣東西：一隻耳環、一只手鐲、一件玉珮……

楊浩喜疑參半，難明蕭綽之意：原本成雙的首飾，怎麼都返回了一半？她已經發現箱中的祕密，那她果然是在乎我的，可是……她每樣成雙的東西都返回來一半，這是什麼意思？

楊浩正蹙眉思索，柯鎮惡陪著折子渝來了，一見楊浩蹲在地上，面前開著一口箱子，楊浩手中還拿著一只翠瑩瑩的鐲子，折子渝不禁好奇地問道：「這是什麼東西？」

楊浩眼神一閃，慢慢把玉鐲丟回箱中，緩緩站了起來，瞪著小六和鐵牛，雙眉漸漸鎖起，沉聲喝道：「你們兩個可真有出息，看看你們幹的好事！」

彎刀小六和鐵牛相顧愕然，鐵牛吃吃地道：「大哥，我們倆……」

「你們倆怎麼樣？還敢頂嘴！」

楊浩指著箱中的東西，正氣凜然地喝道：「我蘆嶺州要立足西北，要徵得西北各族的信賴和支持，不是憑著強大的武力，而是憑著秋毫無犯的軍紀、一視同仁的規矩，你們以前雖然是霸州的潑皮混混，可是既跟了大哥，那就是軍人。就算你們遇上的是契丹商人又怎麼樣？那就可以擄奪他們的財物了？那我們和強盜又有什麼區別？」

楊浩憤然一揮手，痛心地道：「你們若不是本太尉的兄弟，今日我就把你們兩個軍法從事！拿走，馬上還回去，如有再犯，絕不輕饒。」

鐵牛懵了，吃吃地道：「大哥，你……你讓我們把東西還……還……還誰？」

楊浩喝道：「還敢裝傻充愣，信不信大哥揍你一頓？」

彎刀小六到底機警，趕緊扯住鐵牛，點頭哈腰地道：「大哥，你別生氣，我們……我們只是想，反正他們不是大哥治下的百姓，搶來點東西充作軍資也是好的，大哥別生氣，我們兄弟再不敢犯了。」

楊浩眼中露出一絲讚許的神色，背著折子渝向他翹了翹大拇指，口氣越加嚴厲：「立刻還回去，否則休想我再認你們做兄弟，快去！」

彎刀小六把箱子闔上，往肋下一夾，配合地道：「是是是，我們馬上還回去……」說完扯著一頭霧水的鐵牛便走。

楊浩這才轉回身去，若無其事地對折子渝道：「這兩個不成器的東西，唉，讓五公子見笑了。」

折子渝嫣然道：「楊太尉治軍果然嚴謹，其實……擄奪敵國財物為己所用，倒也天公地道。秋毫無犯，是對本國百姓而言的。不過……太尉如今正與契丹合攻銀州，倒的確不宜與彼國百姓多起爭端。」

「是啊，呵呵，只不過這些道理，用不著對那兩個渾球直說，罵他們一頓，他們就懂了。哦，對了，我方才自望樓上，見城中守軍調動頻繁，似乎發覺了我們的動向，正在做著應變，咱們上望樓上再看看去。五公子，請。」

鐵牛如丈二金剛，迷迷糊糊地被彎刀小六扯著走出好遠，猶自納悶地道：「大哥方才發什麼瘋？咱們幾時劫擄契丹行商來著？這箱中寶貝明明是蕭后……」

「噓……」

彎刀小六四下看看，賊兮兮笑道：「我已經明白幾分了，大哥說這東西是咱搶的，那就是咱們搶的，你可千萬不要胡言亂語，尤其是在折姑娘面前，否則……大哥倒楣，咱們兩個也一定跟著吃癟……」

彎刀小六附耳對鐵牛說了幾句話，鐵牛吃驚地瞪大眼睛，失聲道：「不會吧，那可是……那可是皇……皇后啊……」

彎刀小六嘿嘿笑道：「皇后就不是女人了？想當初在李家莊時聽他們講話，不也說咱們大嫂原本三貞九烈，誰也不敢打她主意的？還不是讓咱大哥哄得對他死心踏地的。」

鐵牛咂巴咂巴嘴，回過味來，喃喃地道：「那就難怪咱們大哥要在折姑娘面前遮掩了，嘿！大哥還真是……太陰險了。」

彎刀小六笑道：「這算什麼？想當初大哥設計徐慕塵，讓他自己挖坑埋自己，那才夠陰險。」

鐵牛反駁道：「依我看，那也不算陰險，這次大哥與契丹合攻銀州，才是真的陰險，不但借人家的兵幫他攻城，還借人家的兵幫他招兵，你也看到赤邦松在做什麼了，嘿嘿，還是使願者上鉤的手段，大哥真是太陰險了，太陰險了。」

彎刀小六抱著箱子羨慕地道：「什麼時候我才能像大哥一樣陰險呢……」

像大唐、大宋這樣以天下正統自居的中原國家，在行軍打仗的時候主要依靠後勤輜重的運輸和向當地百姓派發，如果軍紀不夠嚴明，或者主將不知體恤百姓，派發過程中就常常發生恣意掠奪的事情，這還是指在本國境內，如果是在敵國境內，在作戰時隨行給養不夠時，掠奪當地百姓就是必然的了。

哪怕是被後世人吹捧得再如何偉大的名將和他們號稱仁義之師的軍隊，在軍糧確實不足時，也都做過這樣的事，自己軍隊的安全永遠是排在第一位的，沒有這個覺悟，就別想當什麼將軍。而主帥一旦下令掠奪敵國百姓的口糧，焚燒、殺戮、姦淫婦女，就成了必然發生的事情，主將對這種事固然會睜一隻眼閉一隻眼，苦主也沒有膽量告官、沒有地方告官，甚至沒有性命告官。

只有一種情況下，敵國百姓才有可能倖免於難，那就是當敵國已經打算把他們變成自己百姓的時候。趙匡胤頻頻追發聖旨，嚴命攻打唐國的大軍盡量避免不必要的殺戮，就是出於這種政治考慮。後來殘忍嗜殺的金國國主完顏亮攻打南宋時，嚴明軍紀，秋毫無犯，士兵縱火燒燬了宋人的房屋，就被他當眾斬首，同樣是出於這種收買人心的打算。

* * *

楊浩也是如此，他的目的不是把銀州城夷為平地，而是要把這座城池掌握在自己手中，一座空城有什麼用處？當然要擁有這座城池的子民才有意義，所以從一開始，他就沒想過要從銀州附近的漢人、羌人、吐蕃人、回紇人那裡掠奪糧食，為此不惜耗費大量人力、物力，從中原收購了大批糧草運到這兒來。

可是契丹人卻沒有他這樣的顧慮，契丹人甚至沒有軍餉。當初契丹太宗皇帝領兵入中原，後晉大將紛紛歸降，後來向他討要軍餉的時候，這位皇帝陛下就曾莫名其妙地回答過：「我國從無此例。」到了如今，契丹國還是只有一支軍隊是有軍餉的，那就是南院治下的漢軍，而契丹本族的軍隊仍然沒有軍餉，出則為軍，入則為民，要靠在作戰的地方掠奪來激發士氣、犒賞三軍。

耶律斜軫此番帶來的軍隊是迭剌六院部的精兵，清一色的契丹武士，於是按照他們的光榮傳統，他們是一路掠奪著趕來的。到了銀州城下駐軍之後，他們便派出小股部隊四下搜羅，漢人、羌人、吐蕃人、回紇人統統遭了殃，他們搶糧食、搶牛羊、強姦女人，甚至還搶男人。搶來的男人除了讓他們修建築、挖戰壕，有時還會塞把槍給他，把他們推上戰場當炮灰。

附近的部落叫苦不迭，他們的牧場、莊稼都在這一帶，如今這時節，正是開始養肥牛羊、蓄存草料、準備收割莊稼的時候，如果現在舉族遷走，就算避過了契丹兵的禍害，再回來時也很難熬過寒冬，一時俱都陷入兩難境地。

雅隆部落就是這樣一個例子，這個部落不算太大，部族有一千三百餘帳，他們由於距漢境較近，已經漸漸受到同化，不管是衣著、語言，還是生活習慣，部族也已經改成了半牧半耕的生活方式。他們的部落距銀州很近，中間只隔著一個邏娑部落，圍困銀州的契丹兵馬殺進邏娑部落「打草穀」的時候，邏娑部落的頭人帶著家人、親信落荒而逃，投靠了雅隆部落。

雅隆部落的頭人丹增班珠爾聞訊大驚，立即舉族逃上山去，虧得他見機得早，全族逃進山裡還沒多久，契丹人的鐵騎就到了，他們在空蕩蕩的部落裡搜羅了一圈，沒有弄到什麼有用的東西，便把還未完全成熟的莊稼割走，實在帶不了的，就一把火燒了個精光。

丹增班珠爾站在山頭上，望著遠處濃煙滾滾的部落所在地欲哭無淚，他雖然逃出來了，部落的牛羊馬匹也都帶了出來，可是僅靠這些東西能撐過一個寒冬嗎？等到契丹人離去，想必也該是冬季了，那時整個部落還能有幾個人活下來？

就在他走投無路的時候，他遇到了一位貴人，這位貴人真的是一位身分很貴重的人，因為他是吐蕃亞隴覺阿王的嫡系後裔，赤邦松。

「尊貴的客人，能夠見到亞隴覺阿王的後裔，是我丹增班珠爾莫大的榮幸，可是……慚愧得很，我們的部落遭遇了不幸，契丹的狼群來到了我們的草原，燒燬了我們的莊稼，夷平了我們的村寨，無法盛宴款待大人，甚至連一杯酒都沒有，真是慢待了貴客啊。」請了赤邦松進入氈帳，丹增班珠爾便慚愧地道。

赤邦松微笑道：「丹增頭人太客氣了，我這一路行來，遇到了許多不幸的部落，已經知道了你們遭遇的不幸，能夠受到您的款待，赤邦松已深感盛情。」

兩個人用的都是吐蕃語，丹增班珠爾平素說的都是漢語，自己的母語已不甚熟練了，聽著赤邦松純正的吐蕃語，丹增班珠爾不禁心懷激盪，感慨地道：「唉，想我吐蕃也曾經是西域之雄，可是自從朗達瑪贊普遇刺之後，我吐蕃四分五裂，如今才只一百多年時間，昔日西域草原上的霸主，就已淪落到了處處受欺的地步，契丹人、党項人都在欺侮我們，什麼時候我們吐蕃人才能重新過上安寧富足的生活啊？」

赤邦松道：「夏州李氏、府州折氏、麟州楊氏，三藩鼎足而立，回紇已經沒落了，我們吐蕃諸部之間互不臣服，也是握不成團的沙子，如今慶王耶律盛逃來西北，又引來了契丹的狼群，這裡越發不太平了……」

說到這兒，他振作了一下精神，又道：「幸好，蘆嶺州來了楊太尉，我西域能否安寧，十之八九要著落在他的身上了。楊太尉你知道吧？是啊，他是蘆嶺州之主，也是橫山之主。」

赤邦松左右看看，有些神祕地湊近了他道：「你聽說了嗎？楊太尉可是岡金貢保轉世呢。」

赤邦松雙手合十，念了一聲佛號，又道：「這是我的座師達措活佛親自確認了的，岡金貢保是我們的保護神，帶給我們太平、安寧的神靈，依我看吶，將來一統西域的人必定是楊太尉。」

丹增班珠爾遲疑道：「大人，那個楊太尉……是漢人吧？」

「可不要亂說，要褻瀆神靈的。」赤邦松肅然說道：「岡金貢保是神靈，在神靈眼中，又何來漢人、党項人，抑或吐蕃人之分呢？我看丹增頭人穿的也是漢服，平素說的也是漢話，那又怎麼樣？重要的是你的內在，楊太尉一出現，府州和麟州就爭相與他交結，兩位節度使大人與他結拜為兄弟，還有我，我也受活佛指點，與他結拜了兄弟。党項八氏，除了夏州拓跋氏，現如今其他各部也都在向他示好呢。」

赤邦松明道：「我這一路來，見到許多受苦受難的部落都趕去投靠蘆嶺州楊太尉了，楊太尉是岡金貢保轉世靈身，有他庇佑，相信這些部落能度過難關，過上好日子的。盼著吧，有朝一日咱們西北，党項、鮮卑、漢人、吐蕃、回紇……所有崇信我佛的信眾都歸附到岡金貢保駕前，就能彌合仇怨與紛爭，大家過幾天太平日子了。」

「這樣啊……」丹增班珠爾摸著大鬍子沉思起來。

他的部落憑著自己的財力、物力已經很難撐過這個冬天了，吐蕃帝國早已不復存在，他的部落為了生存，投靠過契丹、投靠過銀州，族人與附近的部落居民婚嫁往來，如今部落中有漢人、契丹人、回紇人、党項人，也早已不是那麼純粹了。

岡金貢保已然降世的傳說他也是聽說過的，如今連赤邦松頭人都這麼說，達措活佛都認證了他的身分，在丹增心中，楊浩已然就是菩薩的化身了。「岡金貢保，松贊干布贊普、嘉瓦仁波切贊普……這些強大的帝王都是岡金貢保轉世靈身，難道那位楊太尉應運而生，真的要成為草原之王？」

「赤邦松大人，你是說……許多部落已經投靠了蘆嶺州？」

「是啊，回紇人、党項羌人，漢人更不用說了，再有就是咱們吐蕃人。都是為了活下去呀，再說，楊太尉又是菩薩化身，不投靠他，還能投靠誰呀？」

丹增班珠爾遲疑道：「這個……不知道像我們部落這麼多人，蘆嶺州會接納嗎？另外，投效蘆嶺州，不知會對我們有些什麼要求啊？」

赤邦松看了看他，遲疑道：「如果你們早已投向蘆嶺州，想必是沒有問題的，現在嘛……我也不好說，已經有很多部族搶著去投靠蘆嶺州了，蘆嶺州雖然糧草如山，怕也供給不起這麼多人吧。」

丹增班珠爾本來還想問問蘆嶺州會不會向他們提什麼過分的要求，比如拆散他們的部族，剝奪他的部落頭人之位等等，一聽想去投靠恐怕人家現在都不要了，不禁著急起來，連忙道：「尊貴的赤邦松大人，你我都是吐蕃族人，可不能忍心看著同族流離失所，生死兩難吶。大人是蘆嶺州楊太尉的結義兄弟，又是達措活佛的弟子，如果您能說一句話……」

赤邦松有些為難，猶豫半晌，才勉為其難地道：「那……好吧，喝了丹增頭人的奶茶，我就是丹增頭人的朋友，總不能見死不救呀。回頭我給頭人寫一封信，你帶著我的信去蘆嶺州吧，相信這點面子他們還是會給我的。不過……你的動作可要快一些，要是已被其他部落搶了先機，那我也沒辦法了。」

丹增班珠爾欣喜地道：「如此甚好，如此甚好，大人請喝茶。」

赤邦松微笑著舉起了茶碗。

這場仗打得越久，受到契丹人騷擾侵害的周邊部落便越多，於是在契丹人的武力迫害下，和岡金貢保的光輝感召下，投向蘆嶺州的人也會越來越多。楊浩現在不缺錢，就缺人，要指望蘆嶺州自我生聚，沒有二十年工夫休想有充足的人口，那麼除了吞併就只有招募了。為了得到充足的人力，這個姓楊的奸商可是把契丹盟友的剩餘價值榨取到了極致。

四百二六　轉機

蘆嶺州兵馬和契丹兵馬首度保持攻守一致、配合作戰的步調，統由楊浩軍中新拜的主將折惟正發出號令。折惟正並不是一個無能的傀儡，雖說背後有小姑姑為其參謀，可他確也是將門虎子，做為折家長子，自幼學習兵法韜略，隨在乃父身邊，時常應付夏州兵馬的侵擾，對守城頗有心得，此番得此重任，折惟正興奮不已，與小姑姑又仔細計量許久，殫精竭慮地進行準備，希望能打好這一仗，心中有備，臨陣不慌，指揮調度起來倒也井井有條。

拋石機密集發射的巨石砸得銀州城頭破爛不堪，守軍紛紛避入藏兵洞。待拋石機停止發射，才又重新占據城頭，這時，一品弓開始了第二波攻擊，城頭出現了許多可以移動的方形尖頂的虛棚，這是以巨木為骨，牛皮為表的遮蔽物，牛皮既軟且韌，箭矢以拋物線的角度射中後已不能對幔帳中所藏的士兵產生威脅，而士兵藏於其中，卻能即時觀察到城外軍隊的陣形移動，進而部署到迎擊地點。折惟正在望樓上看見，立即下令發射大量火箭、毒煙彈，並用拋石機拋射燃燒罐，對幔帳進行破壞，城頭則馬上以拋石機和車弩還以顏色。

「放踏橛箭，準備攻城！」

望樓上號旗飄揚，一排排車弩對準了城牆，槌子敲向牙發，小臂粗的短弩帶著刺破耳膜的巨嘯呼嚎著撲向城牆，一排排釘入厚厚的牆壁，士兵撲近城牆時，可以藉此攀援登爬。

一隊隊士兵站在牛皮遮幔後面，推著裝了木輪的摺疊橋、填壕車在矢箭的掩護下迅速向前撲去，銀州城的護城河已經進行了拓寬和掘深，但是水流已經被折子渝派人去上游截斷了，護城壕中的積水只留下一尺左右，水中露出一柄柄頂端削得鋒利的巨篙。

「吱嘎吱嘎……」

雖說削軸和轆轤上已經上了油，迅速轉動起來還是發出令人牙酸的聲響，能工巧匠精心打製的飛橋，冒著城上潑下的箭雨鋪到了水面上，然後轉動絞索，將摺疊的另一半橋面向前延伸出去，搭在了對面的河岸上。十具壕橋，形成了一面寬達十五丈的橋面，已使整個護城河變成了一面平地。

「篤篤篤……」城頭的箭矢換成了火箭，不再射人而改射橋面，但是楊浩軍中的壕橋經過繼嗣堂的能工巧匠設計，對這些常規進攻已經考慮到了，橋面大多以鐵皮包裹，箭矢難傷，除非大火烘烤，像箭頭上這點火苗，不能射穿橋面，很難發揮作用。

「殺殺殺！」一大隊士兵舉著盾牌，扛著拒馬槍、鹿角木跑過壕橋去了。

弓弩手們站得遠遠的，憑藉著他們優勢的弩弓，向城頭進行著最後的壓制，城上除了巨型車弩，尋常的弓箭即便能夠射到他們面前，也已很難發生殺傷效果了，所以他們根本無所顧忌，恣意地進行著壓制性的攻擊。

士兵們迅速在城門附近布設了拒馬槍、鹿角陣，因為攻城戰時，攻方即便有騎兵也很難靠近城下，可城中和城門外的甕城中卻隨時可以派出輕騎剿殺攻城士卒，所以在城門附近要布置障礙物，以防反被攻擊。由於有後方弩箭的壓制掩護，城上守軍不敢隨意站起射箭，零星射下的箭矢只傷了為數不多的士兵，這些士兵布置妥了障礙，大批的雲梯便被推過了壕橋。

此時，契丹那邊也已發動了總攻，他們的士兵比蘆嶺州軍隊更具戰鬥經驗，可是攻城器械的簡陋這時卻凸顯了他們的弱點，跨越護城河的壕橋橋面狹窄，全木料的結構易受火焚，攻城工具只有雲梯，而且不似蘆嶺州兵的雲梯兩邊有扶手，頂端有女牆，可以最大程度地保護士兵。

當雲梯搭在城牆上時，城中立刻探出無數柄長達數丈的撞桿，雲梯立足未穩，便有許多被撞桿推倒，帶著蟻附其上的許多士兵轟然砸在地面上。

而蘆嶺州兵主攻的這一面城牆上，雖然蘆嶺州兵馬有限，但是武器的先進卻使他們的進攻發揮了強大的效力，雲梯頂上的掛鉤往牆上一撞，便牢牢地咬緊了城牆，撞桿根本撞不開它，攻城士兵根本不必照顧雲梯，就可以全速攀爬，許多士兵還借助射在城牆的踏橛箭，口中咬著長刀向上攀爬。

一俟發現對方的雲梯不能撞開，城中旗號閃動，忽然推出了許多口黃色的櫃子，楊浩站在巢車上面遠遠看著，只見那一口口黃色的櫃子前端突然噴吐出一道道長長的火舌，火舌落在雲梯上立即附著一片，猛烈燃燒，不由為之咋舌：守城的到底是什麼人？居然……居然連火焰噴射器都有了？

這種武器，真的像極了比較笨拙一些的火焰噴射器，這是一種守城利器：猛火油櫃。所謂猛火，就是石油，那時它還叫猛火油，那些黃色的櫃子是用熟銅鑄就，上有注口，可以連續注入石油，後有風筒，可以壓縮空氣，中人皆糜爛，水不能滅，殺傷力極大。

折惟正在望樓上看見，立即命令十餘具望樓趨向敵陣，這望樓比城牆還高出許多，主要作用是主將站在遠處居高臨下可以瞭望城中動靜，但是也可以在上面廣設弓弩手，有目的地射殺特定人群。這十餘具望樓靠近了去，居高臨下，飛矢如蝗，專門射殺操縱猛火油櫃的守軍戰士，猛火油櫃的作用立時大減。城中守軍馬上張開了猛火油櫃兩側和上方的翻蓋擋板，同時組織了專門的箭手與望樓上的士兵進行對射。

攻城戰當然不只是奇門兵器的展示，也不是只憑這些是否先進就一定能夠取勝的，最終的勝負，仍要由人來操縱。至少在地利上，城中守軍是占著先機的，守城士兵與攻城的將士圍繞著三面城牆浴血廝殺，攻城戰中傷亡率最高的時刻，就是這種攻城的時候。

夜叉檑翻滾著撲下了城牆，上邊無數尖銳的長釘，扎得攻城士兵頭破血流，一具夜叉檑拋下，便有許多士兵慘呼著摔向地面，地上又牢牢地插著許多尖銳的木樁，刺得他們腸穿肚爛。

一具攻向城門的木驢車被鐵撞木刺穿了頂部，然後猛火油自上面澆灌下來，緊跟著拋下一枝火把，許多士兵渾身著火，慘叫著從木驢車張開的可擋檑木、滾石和箭矢的護翼下跑了出來，又被亂箭射死在地上。

一股濃煙從上風處飄了過來，這是由在上風處燃燒的青草和揚塵車製造的灰塵構成的濃霧，整個城頭瀰漫其中，慘呼廝殺中又傳出不斷的咳嗽，十餘具頭車藉著煙塵的掩護悄無聲息地靠近了城牆下面，不管周圍雲梯上不斷落下的士兵，和城頭拋下的滾石砸得車頂通通作響，開始專注地挖起了地道。

鍬鎬運用如飛，負責挖掘地道的都是身強力壯的戰士，一旦力竭，立即與後面的士兵交換，一筐筐土被成排的士兵運出來，後邊的虛棚中有通向護城壕的絞車，土倒在絞車的傳送帶上，直接傾倒入護城壕，充作填壕之用。

* * *

叮叮噹噹的響聲在嘈雜的戰場上微不足道，可是藏身於兩丈深的洞穴中的劉延朗對外界的喊殺聲聽不甚清，卻對這種直接傳自地下的動靜聽得一清二楚。他的耳朵貼在甕底，仔細傾聽著土壤中傳來的聲音，忽然拔足跑了出去。

「爹，城外正在掘挖地道，距此處分別為東兩百步、一百六十步、一百一十步、五十步，正前方、西面各有三處，相隔大致相同。」

劉繼業眉頭微鎖道：「今日城外人馬攻城與往昔大不相同。往昔他們雖有精良的攻城器械，運用卻不得其法，如今……似乎換了主將，而且對我們的守城之法似乎瞭如指掌……」

他沉吟了一下，吩咐道：「繼續地聽，傳令各處，在發現掘地處，準備摻了砒霜、狼糞、火藥的柴禾，以備一旦地洞掘進城來，鼓風驅敵。同時備火油、鐵檑木，破壞城外掘地的頭車虛棚。」

「是！」劉延朗應聲而去。

「轟！」頭車頂上發出劇烈的一聲轟鳴，正在挖掘地道的士兵們都抬頭向上望去，做了五層加固和減震效果的車頂震動了一下，支架發出幾聲慘叫，頂住了。

柯鎮惡大吼道：「不要管他，繼續挖！」

他搶過一把鋒利的短鏟，衝到前邊，在已破開地基的城牆下運鍬如飛，將一鍬鍬泥土掀向後面。

「轟！」頭車頂上又是一聲巨響，眼看著一塊磨盤大的石頭從車頂滾了下去，有人大叫道：「團練大人，車頂火起。」

「不管它，挖，繼續挖！」

柯鎮惡眼都紅了，城牆下已掘進了七、八尺深，每前進一步，兩側都用結實的圓木撐起，已防城牆倒坍。

「轟！」又是一塊巨石砸下，頭車頂上破了一個大洞，結實的支架也已有些鬆鬆垮垮的了。

「團練大人，快走，車頂砸壞了。」

柯鎮惡不理，咬著牙繼續向前挖掘。

一桶猛火油從從破洞處澆了下來，隨即火起，幸好車下的士兵早已有備，都已避開了去。

「團練大人，再不走，車子要垮了。」

兩個士兵不由分說，衝進地洞把柯鎮惡拖了出來。

「填柴，填柴，塞滿了注上油！」

柯鎮惡狠狠地說著，幾名士兵把早已準備好的一捆捆木柴澆上猛火油塞進洞去，柯鎮惡就著旁邊的火點燃了一根木柴往洞穴中一扔，抓起大盾，吼道：「撤！」

身後的洞穴噴吐著熾烈的火舌，柯鎮惡領著人斷開頭車與虛棚之間的掛鉤，以虛棚為掩護，迅速向後撤去。

「轟！」

地下本來潮溼，烈火烘烤，使得城牆部分開始膨脹，當底下的支架圓木燒燬的時候，已被鬆動了的土石結構的城牆部分承擔不住自身重量，猛地垮坍了下來。雖說洞穴挖得還不夠深、不夠闊，這一片城牆只是垮坍下三尺，影響地城上部分也不是很大，但是垮塌部分的堞牆、女牆、箭垛、掩體都被破壞了，尤其是城上官兵的士兵大受影響，已有人驚恐地叫了起來：「城破了，城破了，快逃……」

喊話的是個銀州本地士兵，他從垮坍的城牆上站起來，一時搞不清狀況，只當整面城牆都倒了，正在驚恐地大叫，一柄雪亮的鋼刀從他頸間閃過，一顆頭顱登時飛離了他的肩膀。

一個獰眉立目的契丹武官惡狠狠地喝道：「亂我軍心者，殺！都看什麼看？守城，守城！他們衝不進來！」

* * *

契丹所部缺乏精良的攻城器械，只能以簡陋的雲梯，用人海戰術與城頭守軍苦戰，主攻方向則放在城門口，城外的甕城已被攻破，撞門車載著巨大的圓木，「通！通！通！」一下下地撞擊著主城門，每一下撞擊，都有士兵倒在亂箭之下。

這個時候，最不值錢的就是人命，已經沒有人在乎他們的死活了，每個人都殺紅了眼，中箭倒地的士兵即便沒有死，也沒有一個人顧得及去扶他，他只能獨自往後陣爬去，看著同伴們推著撞門車，竭盡全身的力氣，撞向那扇似乎牢不可摧的城門。

「轟！」

城門終於被撞開一個大洞，木屑橫飛，歡呼四起：「殺呀，殺呀！」

契丹兵都紅了眼睛，攻城巨木被突發神力的攻城士兵抽回來，迅速移轉了方向，向另半扇搖搖欲墜的城門進行著最後的破壞，後方的士兵已經興奮地爬上戰馬，做好了衝鋒的準備。

這個仗打得實在是太窩囊了，他們本來都是最擅於進攻的武士，衝鋒陷陣無往不利，可是和躲在甕城、城樓、女牆等掩體後施放冷箭的敵人這樣交手，以前的體驗實在不多，鬱積滿胸的怒氣如今終於找到了發洩的管道。

「轟！」

剩下的半扇城門被撞開了，倖存的士兵欣喜若狂地將整輛撞城車掀翻到道路一側，後面轟隆隆的馬蹄聲到了，大隊的騎兵旋風一般從他們身旁掠過，一柄柄雪亮的鋼刀高高揚在空中……

銀州城破了！

衝進城去的契丹鐵騎舉著手中鋒利的鋼刀……傻住了，他們衝進去的大概有八百多人，完全占據了城內半圓形的一大片空曠地，裡邊連一個守軍都沒有，面前居然又出現了一道城門，封鎖了他們前行的道路，那是一座甕城，一座移動的甕城，一座內城的甕城，那座甕城緩緩向前推進，直到左右與城牆嚴絲合縫地貼在一起，這才停止了前進。

甕城，請君入甕。

三面城牆上，無數的弓手站了起來，箭下如雨……

衝進城去的數百騎士擁塞了整個甕城，外面魚貫殺至、準備跟著前軍殺進銀州城去的騎士們都被堵在了城門外，密集的人馬擁擠不堪，前方的進退不能，後面的不知變故，還在不斷地蜂擁而來，被推擠在城門附近的將士大呼小叫，卻根本沒人聽他們說些什麼。

這時候，城頭上砸下了一只只大木桶，桶的蓋子已經打開了，桶在空中翻滾著，濺灑著黑色的、黏稠的液體，在西方，這種液體被稱為「魔鬼的汗水」……

仰望著城樓上拋下的一只只大木桶，契丹騎士們驚恐地睜大了眼睛，他們看到木桶後面緊跟著拋下的是一枝枝火把……

許多騎士身上黏著魔鬼的汗水、冒著地獄的烈焰，面孔在火焰中驚恐地扭曲著，發出非人的慘呼，衝回了自己的陣營，那猙獰的模樣、淒厲的慘叫，教人心驚肉跳……

塞門刀車堵住了城門，刀車前面是無數的人屍馬屍，下邊的都已燒得焦糊一片，上邊的是被人從城中拋出來的，屍身上插滿了箭矢，射得人好像刺蝟一般。刀車後面，則是用石塊和沙袋壘起的、直封至頂的一面牆壁，

屍體被人從城裡拋下來，這是一種恐嚇。屍體上的箭矢都沒有拔去，分明在向城外表明守軍武備的充足。耶律斜軫站在望樓上，看著那堆積如山的屍體，卻沒有一絲氣餒，他的面孔，自始至終就像岩石雕刻的一般，面前就算再死上百萬人，他也一樣不為所動。

和耶律休哥一樣，他也是當今聖上耶律賢繼位後才開始受到重用的將領，此前聲名並不彰顯，耶律休哥的威名此時固然還沒有傳揚於天下，這位在後來的高粱河之戰、燕雲之戰中都曾大敗宋軍，並在朔州設伏生擒楊繼業的名將耶律斜軫，此時也並不以戰功聞名天下。

他一生戰功赫赫，但他所擅長者是野戰，他彪炳一生的赫赫戰功都發生在契丹境內，都是在宋軍北伐契丹時，統兵反擊，方一展其長，屢建奇功的。對於城池攻守，他

雖有涉獵卻並不擅長，此前也不曾下過苦功認真鑽研。此時契丹的國內國外形勢，還很少碰到城池攻守的戰例，如果以鑽研城池攻守為主，得以使用的機會實在太少，那就成了屠龍之技，所以這種戰術素來不受契丹將領看重，可是這次圍攻銀州，他終於知道僅憑善戰的將士，面對一座堅城時，是怎樣地束手無策。

輕輕嘆息一聲，耶律斜軫扭頭對左右道：「我北國草原萬里，族帳部落遷徙游牧為生，子民生於馬上、長於馬上，擅野戰而不擅攻堅，平野間為敵，呼嘯而至，去自如飛，所倚者一弓一騎而已，故難有與我匹敵者。而南人據城而居，農耕為生，善倚高城厚牆禦敵於外。若論攻守器械，我們的器械不但簡單粗陋，而且使用總是不得其時、不得其法，雖有精兵，難展所長，這是我們的短處。

「慶王如今將這座銀州城打造得風雨不透，此絕非其所長，想必慶王得銀州，亦招降了些善於守城的將領，而他倚仗這些降將，便能有如此威風，南人之城池攻守戰法，實是了得，你等當認真觀看，悉心學習，來日未嘗沒有大用。」

眾將聞之，唯唯稱諾。

楊浩也在注意學習折惟正和折子渝的指揮技巧，折惟正並不介意被他看到自己對器械和戰術的運用與指揮，楊浩也不介意把自己掌握的精良攻城器械暴露在契丹人的面前。這些東西都是很容易被模仿的，歷史上的遼、金，都在幾戰之後，便完全掌握了漢人創造的這些先進武器，他們除了能從戰場上用血的教訓很快把這些知識學到手，還能從俘虜那兒掌握。想祕而不宣，除非永遠不用。戰爭工具不斷進步，指揮藝術也不斷完善，運用之妙，存乎一心，那才是致勝的關鍵。

楊浩軍主攻的這一面城牆已經坍塌了三處，損傷都不是很嚴重，但是城牆的牢固性卻已大大受損，折惟正與折子渝匆匆計議了幾句，立即鳴金收兵，停止強攻，再度調集拋石車，對城頭進行猛轟，以希擴大戰果，同時楊浩提議的心理戰也已接近尾聲，從上風頭升起的許多風箏，把用契丹文和漢文寫就的許多傳單撒進了城去。

「大哥，大哥，西城逃出來一些人，已經全被我們抓住啦……」

彎刀小六策騎而來，老遠就興奮地大叫。

楊浩大喜，回首對折子渝道：「五公子圍城遺闕之計果然高明，網開一面，就一定會有人心生幻想。」

折子渝被他當眾一讚，心中不禁歡喜，面上卻不為所動，只輕咳一聲，矜持地道：「我只預料，集重兵攻擊三面，一俟城守出現險況，城中必有人圖謀逃跑。慶王守城，當調精兵作戰，守衛被我們放棄的西城的就是老弱殘兵了。

「能追隨慶王來到這兒的多是精兵，守衛西城的必是少經戰陣經驗的本地老卒，城中富紳豪商想要逃離圍城，十有八九會不惜巨資買通他們放人，私下逃走幾戶人家的話，只要受了好處的人不講，旁人也不會知道，那些守卒見利眼開，未必不敢冒這個險。只是我沒想到這麼快就有人思量逃跑了，看來慶王在銀州不是很得人心呀。太尉，從他們口中，我們說不定能掌握一些有用的情報。」

楊浩連連點頭：「不錯，五公子所言有理。小六，那些人呢？」

彎刀小六道：「鐵牛押著人正往這裡來，馬上就到。」

楊浩迫不及待地道：「走，咱們迎上去看看。」

楊浩與折子渝、折惟正、木恩等人策馬飛馳，遠遠就見鐵牛率兵押著一行人正向他們走來，看那些人衣著，俱非軍中士卒，楊浩快馬加鞭，當先迎上前去。老遠看見楊浩，鐵牛就大聲嚷嚷道：「大哥，城中一共逃出來五戶人家，七十三人，俱被兄弟給抓回來了。」

楊浩勒住馬韁向那些人看去，一聽說此人就是軍中主帥，那些男女老幼一擁向前，紛紛跪倒在地，叩頭如搗蒜地哀求道：「太尉開恩，太尉饒命啊，我們都是城中良善人家，並非契丹慶王一黨，太尉大人明鑑……」

這些人都搶上前來乞命，內中卻有一個女子向後閃去，遲遲疑疑的想要避到別人後面，這樣的舉動立時引起了楊浩的警覺，眾人這一跪下，那個女子便是一呆，雖然她反應甚快，馬上也跟著跪了下去，可是楊浩已經把她看了個清清楚楚。

楊浩心中頓時一震：「是她？怎麼可能是她？」

馬腳下一群叩頭求饒的，楊浩只作未見，他勒著馬韁原地兜了半個圈子，忽然用馬鞭向跪在人群最後、緊緊低下頭顱的那個女子一指，沉聲道：「妳，近前來！」

＊　　＊　　＊

浚縣，岳臺，黃河堤岸。

李煜扛著一個沙包，氣喘吁吁地爬上堤岸，將沙包往地上一摜，一屁股坐在了地上，眼前發黑，心跳如擂鼓一般。他真是累壞了，他一輩子幹過的體力活兒也沒有這幾天多，他往常只用來撫摸美人肌膚、只有來研墨拈筆的手，現在已經磨得都是水泡，他以前都需要最乾燥、最柔軟的錦幄才得入睡，現在一頭倒在潮溼的泥地上，片刻工夫就能像死豬一樣鼾聲如雷。

可是，他無話可說。趙光義正從他身旁大步走過，雙手各挾著三個沙包，健步如飛，好像永遠都有使不完的力氣，當今的大宋皇帝能夠親自站到堤岸上，冒著隨時被洪水捲走的危險護提，就算旁人都累成了死狗，誰還能有什麼怨言？

「吭哧！」

原荊湖國主周保權腳下一滑，一個狗吃屎跪到了堤坡上，他費力地爬起來，把沙包一步一步拖上堤岸，然後往李煜身旁一靠，呼呼地喘著大氣。他的袍子縐巴巴的，渾身都是泥巴，任誰看了也不相信這就是當初的荊湖之主、如今的右羽林統軍使周保權。

兩個曾經的帝王相視苦笑，就在這時，堤上發出一陣山呼海嘯般的吶喊聲，兩個精疲力竭的文弱書生像中了箭的兔子，蹭地一下跳了起來，失聲道：「出了什麼事？決口了嗎？決口了嗎？」

他們的叫聲被歡呼聲完全壓制住了，堤岸上到處都是歡呼雀躍的軍民，新補築的河堤屹立著，滾滾洪水馴服地在河道中流淌下去，天空已經放晴，趙光義站在堤壩高處，熱淚盈眶。

堤壩護住了，否則他這個剛剛登基的皇帝就算丟下開封百萬民眾逃出生天，也要向天下臣民下「罪己詔」，如果再結合那個若有若無的傳言，他的帝位將岌岌可危，而今……總算是熬過了這個難關，而且因禍得福，此番捨身護堤的壯舉，必將名載史冊，贏得無數民心。

「萬歲！萬歲！萬萬歲！」

忽然間，不知是誰帶頭高喊一聲，所有的人都仆倒在地，向站在那兒的趙光義高聲吶喊起來。

趙光義激動地大聲說道：「我東京養甲兵數十萬，居人百萬家，天下中樞，重中之重，為保東京，朕何惜此身？幸賴眾卿軍民同心協力，上天亦為之庇佑，這個難關，我們闖過去啦！」

「萬歲！萬歲！萬萬歲！」更高昂的歡呼聲響起。

趙光義滿臉紅光，他向下壓了壓雙手，如是者幾次，歡呼聲才漸漸停止。

這時，趙光美帶著幾名開封府衙役，押著一個五花大綁的人到了他面前，大聲稟報道：「官家，浚縣縣令闞三道已被我開封府緝拿歸案。」

慕容求醉蹭地一下站了起來，大聲道：「闞三道身為朝廷命官，臨危怯命，攜家眷獨自逃走，置浚縣數萬子民、開封百萬百姓於不顧，置朝廷社稷、官家安危於不顧，罪大惡極，應處極刑，臣請官家下旨，處死闞三道，以正國法。」

「闞三道？他就是闞三道！」

「殺了他，殺了他，把他千刀萬剮，丟下黃河去！」

「他全家都該處斬，以為天下官吏之戒。」

「這個狗娘養的！」

離趙光義近的都是朝廷四品以上的官員，方才氣極罵出粗話來的這位也是個大官，還是個翰林。他激動啊，要不是闞三道這個王八蛋帶著老婆、孩子跑了，丟下這段河道不管，官家怎麼會把滿朝文武召來，與大堤共存亡？

在十數萬大軍、當地百姓、滿朝文武的共同努力下，這次汛情總算過去了，可是這幾天他們擔驚受怕的，吃了多少苦、受了多少罪啊？所有的憤怒都集中到了闞三道的身上，臣民百姓一致要求將闞三道處死，許多大臣都激動得聲淚俱下。

趙光義冷冷地看向闞三道，闞縣令聽著罵聲如潮，面色如土，雙腿像打擺子一樣哆嗦個不停：「糊塗啊，我真是糊塗啊，天下之大，我能逃到哪兒去？怎麼當時見那洪水滔天，鬼迷了心竅一般就只想著逃走呢？真要守在堤上，死了也是一個忠臣，如今……如今怕是死無葬身之地，還要留下千古罵名。」

趙光義忽地一伸手，從殿前都虞候戴興腰間拔出利劍，一步步向闞三道走去，闞三道驚顫了一下，忽然掙開衙差的手，一頭搶跪於地，以額觸地，探頸受死，再不敢仰起臉來看上一眼。

所有軍民都屏息看著，曾經，有一處州府也曾因主官防汛不力發生水患，當時還是先帝趙匡胤在位的時候，因那州官是杜太后的兄弟，當今的國舅，總算免予一死，罷官為民了事，而那副主官通判大人，卻被當街砍頭，屍身拋入洪水以儆傚尤。

如今，闞三道所守的縣治，較之當初那發了水患的地方不知重要了多少倍，他又棄職逃走，罪加一等。士民百姓、滿朝文武，沒有不恨他入骨的，他又能得到什麼結局？

李煜和周保權並肩站在那兒，眼巴巴地看著，就見趙光義大步走到跪伏的闞縣令面前，冷聲喝問：「闞三道，你可知罪？」

「臣……罪該萬死！」

闞三道雙手反剪身後，以額觸地，連撞三下，「咚咚」作響：「求官家賜死！」

「好，好，好，你知罪就好！」趙光義仰天大笑三聲，手中劍一揮，猛地劈了下去。

好鋒利的劍，「唰」地一下，便斬斷了緊縛住闞縣令雙手的繩索，繩索一斷，闞三道手臂一鬆，他的身子僵了一下，半晌之後，才遲疑著挪動雙手，慢慢移動身前，顫巍巍抬起頭來，看看自己雙手，又仰起臉來愕然看向趙光義。

趙光義將劍擲還戴興，說道：「人，皆有畏死之心，但死，絕不是世間最可怕的事。你是一個讀書人，應當知道禮義廉恥、忠孝節義，既任一方牧守，就該把百姓都視作自己的子民，傾心愛護。闞三道，你眼見洪水滔天，以為堤壩已不可守，可危急關頭，還知道返回家去，接了自己的父母妻兒一同逃走，可見你雖然畏死，但是死在你心中的分量還是不及你父母妻兒來得重要，朕這一次並不處罰你，也不罷你的官，只希望你能以此事為教訓，把你對父母的孝、對妻兒的愛，施於朝廷和你治下的百姓。」

闞三道驚愕不已：「官家……」

趙光義道：「你，還是這浚縣縣令，如今堤壩雖然守住，卻只是應急建築，如何修繕堤壩，永保一方安寧，你還須克盡職守，小心對待。」

死裡逃生的闞三道想不到皇帝竟會如此寬宏大量，他感激涕零，一頭仆倒在地，叩頭如搗蒜，嚎啕大哭道：「官家，微臣馬上舉家遷到堤上居住，不修好這河道堤壩，保一方百姓平安，臣永遠也不離這道堤壩，生，我要留在這堤壩上，死，也要埋骨在這堤壩上，做大宋的忠臣、做陛下的忠臣。」

「陛下以至尊之軀，為萬民護堤，是為大義。臣子之罪，慷慨釋之，是為大仁。古之賢王，三皇五帝，也不過如此了，我大宋何其幸也，何其幸也。」盧多遜攤開雙手，振臂大呼，一聲萬眾響應，聲遏雲霄。

趙光義淡淡一笑，返身說道：「回城！」

慕容求醉緊緊跟在趙光義身邊，趙光義大步如飛，嘴角噙著一絲若有若無的冷笑：「他要做忠臣，朕怎麼能不成全他這個險些置朕於死地的大忠臣呢！」

慕容求醉心領神會，忙道：「臣明白，過上三、五個月，臣……一定讓他死得風風光光，做一個受官家感召，幡然悔悟的忠臣表率。」

趙光義領著文武百官趕回汴梁城，這一遭回城可是熱鬧非凡，滿朝文武，但凡官位在四品以上的大員全被他拉上河堤同生共死去了，他們的家人個個提心吊膽，如今總算是回來了，所有官員家眷，連著闔城仕紳名流，俱來西門外相迎，浩浩蕩蕩不下十萬之眾。

趙光義一到，歡呼聲、萬歲聲沖霄而起，又有許多人爭先恐後地撲上前去，在人群中尋找著自己的親人，一俟尋著，一家人就相擁在一起，喜極而泣。趙光義坐在步輦上，聽著那山呼的萬歲聲，頭一次體會到帝王除了無上權力之外的無上榮光。

權力與榮耀已盡皆擁有，這樣的人生應該已經圓滿了吧？唔……不不不，還差一些，還有西北，還有燕雲，還差一些開疆拓土的大功業，待我盡收西北之地，奪回燕雲十六州之後，我就是千古一帝，功蓋漢唐，呵呵呵……

趙光義微笑著令人捲起簾籠，含笑向吶喊膜拜的仕紳百姓們揮手致意，忽然，他的目光一閃，在人群中看到了一張令人一見難忘的如花玉面，定睛一看，卻是一個比玉生香、比花解語的絕色美人，正拉著李煜的手，流盼低語……

趙光義的心頭頓時一熱：天下之主，是否也該有個天下無雙的美人陪在身邊呢？

「王繼恩！」

「臣在！」

王繼恩外放為河北道刺史、河北西道採訪使的詔命已經下了，所以他現在要稱臣，而不能再以奴婢自稱。旁的大臣都有親人迎接，那些大臣一到了城門邊上也都主動地向邊上走去，尋找著自己的家人，而王繼恩在京裡沒有家眷親人，所以雖著外臣服裝，卻仍按照老習慣，哈著腰，亦步亦趨地隨在趙光義的鑾駕旁，一副奴才相，待趙光義一噢，他便馬上搶前一步答應一聲，不過這聲「臣」倒是改得夠快。

「繼恩吶，朝官家眷們本月覲見皇后之期是哪一天吶？」

王繼恩合計了一下，答道：「回官家，應該是後天，官家怎麼……」

「喔……」

鑾駕向前行去，那令人一見難忘的儷影已經看不見了，入目都是滿城仕紳們的笑臉和揮舞如林的手臂，趙光義茫然若失地一笑，說道：「這一次，滿朝文武隨朕上堤抗洪，官員內眷們在城中擔驚受怕，也都吃盡了苦頭，這一次官宦內眷們覲見娘娘時，朕也去見見她們，嘉獎一番，以示安撫……」

四百二七　戲鳳

折子渝、木恩等人趕到，見楊浩引著一個女子和一個身材魁梧的漢子走向了一邊，不禁相顧愕然。眾人都向鐵牛望去，鐵牛忙道：「不關我的事，大哥一見那女子，就叫她上前答話，然後那粗壯漢子就跳出來維護，緊跟著大哥就把他們領到一邊去了，我也不知道大哥在搞什麼鬼。」

眾人不約而同又向折子渝望去，她和楊浩之間似有情、似無情，不無曖昧之處，軍中將領就算比較愚直，也已有所感覺，這時自然都想看看她的反應，折子渝被他們看得暗惱，面上有些掛不住，卻故作平靜地道：「節帥想必有所發現，我們在這裡稍候便是。」

楊浩引著那一男一女走開了些，逼視著那個惶然躲閃著他目光的年輕女子，忽然問道：「妳是……陸姑娘？」

這女子竟是丁承宗休棄的妻子陸湘舞。丁承宗休妻，楊浩是知道的，在他以為，陸湘舞早已回了娘家，卻不想竟會在這個地方遇見她，納罕之下，便令她上前答話，陸湘舞乍見故人，羞於相見，遲疑著不肯上前，楊浩手下的士卒一見這被俘女子敢不聽節帥號令，便即上前拖她，這時那魁梧大漢跳出來維護，楊浩這才察覺有異，於是把他們喚到一邊進行盤問。

「我……我……」聽他叫自己陸姑娘，陸湘舞心中一慘，兩道淚水滑下臉頰，她吸了吸鼻子，揚起頭道：「奴家……奴家見過楊大元帥。」

曾經的主僕，今日境遇地覆天翻，想來也實在奇妙。楊浩沉默片刻，苦笑道：「果然是妳，妳怎麼在這裡？」

陸湘舞見他沒有嘲諷譏笑的意思，也沒有一見她便鄙夷地拔刀相向，心中這才略寬，便把自己不堪的遭遇低低向他敘述了一番。

原來當日陸湘舞被丁承宗一紙休書趕出丁家，卻因為丁老二設計坑走了陸家的產業，害得陸老爺子氣病而死，當時是她從中牽線，所以陸家不認她這個女兒，將她趕了出來。數九寒冬天氣，陸湘舞走投無路，跳河自盡，卻被盤下丁家莊園的鄭成和鄭大戶給救下。

鄭成和救了個美嬌娘，歡歡喜喜也不忙著去接收房產了，先趕回霸州城所住的客棧，兩碗薑湯灌下，請了郎中看病，到底把奄奄一息的陸湘舞救活回來。陸湘舞大家閨秀，容顏本來嬌美，氣質儀態也自不俗，鄭成和越看越喜歡，問起她投河自盡的真相，陸湘舞怎有臉說出自己幹過的醜事，於是隨意編排了個理由，諸如夫君納妾，休棄元配，走投無路，方才投河，為恐人家查明真相，她連名姓也改了，自稱姓風，名紫鳶，鄭成和只一聽她是人家的休妻，就已歡喜不勝，哪還顧及辨識真假，使了丫鬟對她好生照料，過了些時日彼此相熟了，便透露出納她為妾的意思。

鄭成和相貌醜陋，為人粗鄙，可是陸湘舞此時哪還能挑三揀四，既然尋死不成，那一股自盡的血氣也散了，思來想去，別無出路，便答允下來。

待她得知鄭成和就是買下丁家田地莊園的人，不禁又羞又愧，哪敢隨他拋頭露面，藏身深宅大院中從不敢見人。這鄭成和奇妒無比的性子，見她如此規矩，反而更加歡喜。

鄭成和本來是靠與塞外游牧部落經商，走私牛羊馬匹發財的，並不擅長經營田莊，他雖想定居下來，不再從事那冒險生涯，可既不擅打理農莊，又無軍方的銷糧管道，再加上馭下苛刻，那些長工頭兒懷恨在心，在莊稼種植上暗施手腳，秋後收成歉收，打下的糧食一時也賣不出去，帳目一算，賠了一大筆錢。

鄭成和慌了手腳，趕緊當機立斷，找人把這田莊產業又盤了出去，然後重新回到西北再操舊業，這一來一往，許多東西都要重新添置，許多門路都要重新打通，花錢如流水一般，手頭便捉襟見肘了。當他趕到銀州城與當地大馬販子蕭得利做生意時，採購馬匹牛羊的資金都不夠了，因見那蕭姓馬販十分垂涎自己的小妾紫鳶，乾脆把她當了貨物，抵給了蕭得利。

陸湘舞萬沒想到自己竟落得被人隨意轉賣贈送的地步，一時心灰意冷，不想那蕭姓馬販倒真是疼她，這蕭姓馬販本是契丹人，一直在銀州做生意，說起來，就是因為宋國與契丹互相禁運重要軍資，馬匹是禁止榷場交易的，所以走私有利可圖，於是他定居西北，從契丹販馬，又透過西北販往中原從中牟利，而鄭成和只是一個二道販子，他才是大走私商，財大勢粗。

蕭得利是塞外的人，並不像中原男子一般對再嫁女子有歧視之意，他正妻早死，因為喜愛陸湘舞，竟把她扶正做了自己的正妻。陸湘舞見他是真心對自己好，歷經繁華浮雲的她，已不是當初那個只知浪漫的懵懂少女，便也死心踏地地隨了他，陸湘舞識文斷字、又是商賈仕紳人家出身，於經營之道並非門外漢，兩個人夫唱婦隨，這家業倒也越做越大，於是便也越發受丈夫倚重。

不料不久之後，慶王西逃至此，殺了銀州防禦使，占據了銀州城，銀州富紳豪商、世家巨戶幾乎被掃蕩一空，蕭得利因為是契丹人，且走私軍馬這樣的大事，與軍中不無關係，竟然得以倖存，便為慶王效力起來。

可是不管怎樣，他終究是個有財無權的大商人，有一日陸湘舞被慶王手下一員大將耶律墨石看見，那耶律墨石垂涎陸湘舞美貌，蕭得利又只是一個仰他鼻息的商人，便透露出要他將陸湘舞轉贈自己的意思。蕭得利雖也是商人，卻比那鄭成和有骨氣得多，怎肯將自己妻子雙手奉上，耶律墨石雖未拔刀相向，卻向他不斷施壓，正沒奈何處，楊浩領兵到了銀州城下。

耶律墨石每日征戰守城，精力可旺盛得很，還沒忘了那個撩人的蕭家小娘子，時常派親兵上門騷擾，軟硬兼施，迫蕭得利就範，蕭得利走投無路，又聽說南院大王統迭剌六院部五萬精兵到了銀州城下，這銀州未必守得住，一旦城破，亂兵之中，自己這個在慶王手中安然無恙的契丹人怕也被他們當作了慶王一黨，那時下場也是苦不堪言，便萌生了逃跑的念頭。

這時恰好城外軍隊給了他機會，折子渝使了「圍城必闕」之計，放出一面城牆不圍不攻，有意給城中守軍一條逃跑的道路，城中要調撥兵馬，要比城外快得多，所以慶王把主力都調上那三面城牆作戰，守西城的都是原銀州軍中的老弱病卒。

這些人打仗不行，苟機偷營的手段倒是在行，再加上蕭得利做的是走私生意，與他們中的幾員將領頗有私交，於是賄以重金，連著沾親帶故的幾戶人家，讓他們網開一面逃出了城來，不想卻被早已埋伏城外的楊浩人馬擒獲。

陸湘舞含羞帶愧，將自己顛沛流離的遭遇述說一遍，低低泣道：「大元帥，奴家已洗心革面，重新做人。往昔有些對不住大元帥的地方，還求大元帥寬恕則個，高抬貴手，饒恕了我夫妻二人。」

楊浩看了看旁邊那位一臉絡腮鬍子的馬販，又看看以淚洗面的陸湘舞，忽然冷笑一聲道：「他是契丹人，拖家帶口這麼多人從城中逃出來，怎麼可能？這必是慶王一計，不曉得要使什麼手段，本帥豈能中了他們的毒計？妳是一個弱女子，本帥不殺妳。可是他嘛……」

楊浩按住劍柄，緩緩抽出劍來，向前一指，那蕭姓馬販夷然不懼，陸湘舞慌忙張開雙臂攔在那蕭得利面前，哀求道：「大元帥，奴家所言，句句屬實，大元帥開恩。」

蕭得利將陸湘舞推到一邊，說道：「娘子，為夫是契丹人，既落入他們手中，就沒想著還能活著離開。妳已懷了身孕，那是我蕭家骨血，為夫死也不打緊，但使妳能有一條活路，保住我蕭家一條根，為夫就知足了。」

他大步上前，獰眉厲目瞪著楊浩，大聲道：「你是蘆嶺州軍中的大官，說話要作數，你殺了我，須保我妻兒平安，否則蕭某死了也不會放過你，來吧！」

他霍地撕開衣襟，露出赤裸的胸膛，迎向楊浩的劍鋒，陸湘舞哭叫道：「不要。」她拖住蕭得利，向楊浩大叫道：「大元帥若仍懷恨在心，那就殺了奴家吧。只求元帥開恩，放過奴家的丈夫。」

蕭得利生恐楊浩改變主意，急道：「娘子，胡言亂語些什麼？他已答應放過了妳，以他身分，不致失言……」

陸湘舞哭泣道：「奴家錯了半生，如今終於醒悟，夫君待奴家情義深重，若是夫君身死，奴家豈忍獨活？若是元帥不肯開恩，那奴家便陪夫君共赴黃泉罷了。」

楊浩輕輕嘆了口氣，緩緩收起長劍道：「陸湘舞……當日投河之即，就已死了。妳既有這番心意，楊某也不會對你們趕盡殺絕。好，我放過你們就是。」

陸湘舞呆了一呆，大喜跪倒，那大漢一怔，被陸湘舞一扯袍袖，忙也跪倒謝恩。

楊浩向銀州城方向凝視了一眼，目光又轉回他二人身上，說道：「你家既是契丹人身分，又與慶王軍中有些關係，想必對城中守軍的消息多少知曉一些？」

蕭得利到底是個商人，善於察言觀色，一聽楊浩這話，忙不迭道：「大元帥肯放過我夫妻，這分大恩德無以為報，不知大元帥想要知道些什麼，蕭某知無不盡，言無不盡。」

楊浩展顏道：「城中現在還餘多少兵馬？如今何人主持守城？還有他們的兵力部署，不知這些消息你都知道些什麼？」

蕭得利想了一想，遲疑道：「聽說城中兵馬在大元帥圍城前曾主動出擊過一次，卻損兵折將而歸，折損了不下三、四千人，我也只是聽說，不知詳情如何。」

楊浩對此心知肚明，聽他並未說謊，不禁點了點頭。

蕭得利又道：「這些天城中守軍護守城池多有傷亡，傷亡者不下萬人，如今城中的正軍只剩下兩萬多人，不過他們正在滿城地抓壯丁，這些人本就懂些武藝，也曉得戰陣之術，用來守城倒也綽綽有餘，如今每戶抽一丁，聚起三萬新軍，分插到各處城頭，以一正軍帶一輔軍，若是再有傷亡，還可徵兵，兵力上，恐怕並不匱乏，城中糧草無數，又有人力可用，慶王有恃無恐，自以為拖得垮將軍，原因正在於此。」

楊浩暗吃一驚：「城中還有這許多戶百姓？」

他也知道這時候的百姓大多聚居在一起，一戶人家絕不是後世那種夫妻帶一子的家庭結構，如今城中每戶抽一丁，湊得出三萬兵馬，這還是有些富貴權勢人物可以使錢抵役的結果，說明城中至少還有三萬戶人家。記得蒙古大軍炮石無數，能征慣戰，可他們攻一座孤城襄陽居然用了六年時間，最後還是呂文煥主動投降，這才拿下這座堅城，可見若是城中兵力充足、糧草不匱，守城又得其法的話是如何厲害，他可沒有蒙古大軍那麼充足的兵力可用，真要這麼打下去，恐怕銀州城不倒，他真要先倒了。

蕭得利道：「至於兵力部署，小民實在不知，這些事情他們是不可能讓小民知道的，守城者，自然是慶王無疑，其他的，小民就不知道了。」

楊浩心中一沉，望著那巍然聳立的孤城沉默不語，陸湘舞忽道：「守城者似乎不是慶王本人。」

「嗯？」楊浩目光一閃，急忙扭過頭來：「那是誰？」

陸湘舞道：「耶律墨石前番上門相逼，他的親兵統領曾經說過一句話，奴家還記在心裡，他當時好像說……說什麼要我家識些時務，如今助慶王守城的是憑一座孤城，抵擋過大宋皇帝統兵十餘萬御駕親征、又使大水沖城猶自不敗的漢國劉無敵……」

蕭得利愕然道：「他幾時說過這話，我怎不知？」

陸湘舞道：「夫君當時正與耶律墨石哀告不已，賄以金錢，這話卻是他的親兵對奴家說的。」

「漢國劉無敵？劉……無敵？劉繼業！」

楊浩心裡通地一跳，臉皮子抽搐了一下：「難怪這座城如此難攻，漢國竟與慶王私相勾結，暗中相助？是了，漢國如今已被契丹拋棄，走投無路，銀州一完蛋，下一個就是它了，它不著急才怪。」

楊浩吸了口氣，下意識地看了看站在遠處正向這裡望來的折子渝等人，吩咐道：「你們先去我的中軍大帳，我還有許多詳細情形要問。」

回頭看見二人臉上驚疑的神色，楊浩微微一笑：「你們放心，本帥一言九鼎，說了放你們離去，就絕不食言！」

＊　　＊　　＊

今天，是命婦們入宮參拜皇后之日，小周后也一早打扮停當，環珮叮噹，隆而重之地進了皇宮。

趙光義登基坐殿後，按照慣例大赦天下，遍賞群臣，李煜也由「違命侯」進封為「隴西郡公」，小周后也被封為鄭國夫人，品秩不低。

晉見皇后之後，小周后退出殿來，正要依序出宮，忽有一個小內門走上前來，向她施禮道：「鄭國夫人請留步，林貴妃邀請鄭國夫人敘話，請鄭國夫人移步回春殿。」

小周后微微有些詫異，這林貴妃她只見過一次，彼此並無深交，卻不知林貴妃邀她做什麼，小周后忙答應一聲，隨著那小黃門向回春殿走去。

時值夏末秋初，回春殿四面軒廊，涼風習習，十分清爽幽謐。

到了殿中，只見仙鶴香爐中裊裊飄起檀香煙氣，香味清清淡淡，沁人心脾。八扇喜鵲登枝的畫屏後面，隱隱綽綽，似有臥榻坐椅，殿角衣架上還掛得有宮裝衣裙，小黃門將小周后引進殿中，恭聲道：「鄭國夫人請稍候，林娘娘馬上就到。」

「有勞中官了。」小周后襝衽淺笑，眼看著那小黃門退了出去，這才回頭打量殿中動靜。目光在喜鵲登枝的畫屏上剛剛留連了片刻，目光落在屏風前一張垂花睡椅上，小周后心道：「莫非這是林貴妃時常歇息之所？我與她並不相熟，她要見我……有些什麼事情說呢？」

正有些忐忑不安，忽聽殿外腳步聲起，小周后急忙回身，正欲上前見過貴妃，一見進來那人不由怔住，這人穿一襲明黃色袞龍袍，頭戴襆花帕頭，方面大耳，面色微黑，笑吟吟滿面春風，正是當今皇帝趙光義。

小周后大吃一驚，連忙上前見駕，低聲道：「臣妾女英，奉林娘娘召喚，在此相候，不知陛下駕臨，有失遠迎，尚祈恕罪。」

「哈哈哈，夫人平身，快快平身，無需多禮。」

趙光義說著便急步上前去扶，小周后趕緊襝衽退了一步，輕輕俏俏地立起身來。

趙光義一打量小周后，雙眼便是一亮。他不動心思便罷，這一動了心思，眼前這女人再看在眼中，當真感覺處處不同。看她一顰一笑，一舉一動，一個婉轉的眼波，一聲嬌滴滴的話語，甚至那捲袖疾退，黛眉微蹙的輕嗔模樣，都讓人覺得風情無限，心醉神迷。

趙光義扶了個空，卻也不以為忤，他看著小周后微俯如花的嬌顏，目光一閃，微笑問道：「鄭國夫人不必驚慌，今日並非林貴妃相邀，其實……就是朕邀妳相見。」

小周后面色微變，失聲道：「官家……召見臣妾？」

「不錯！」

趙光義微笑著踏進一步，看著她嬌美無瑕的容顏，晶瑩剔透的肌膚，真是愛煞了她。那種衝動，就像他年輕時候第一次與美麗的女人私房相見，竟然透著激動與渴望。

趙光義感覺到自己心情的衝動，不禁啞然失笑：「如今都幾歲年紀了，美貌的婦人也不是沒有經歷過，今天怎麼這般沒有出息？是了，是她的名望與身分，天下間美麗的女人盡多得是，可是有幾個和她一樣美貌的婦人，會有她一般讓男人強烈的征服欲望？」

趙光義強捺心中欲望，柔聲又道：「夫人可知朕為何單獨召見妳嗎？」

小周后聽著他曖昧的語氣，心中隱隱覺得不妙，可是想及他一國帝王，身分貴重，平素名聲也甚好，想必不會幹出那種昏君荒淫之舉，這才抱著一線希望，低低應道：「臣妾愚昧，臣妾不知。」

「嗳，若是夫人愚昧，天下間還有聰慧如冰雪的女子嗎？」

趙光義目中漸漸露出不再掩飾的欲望，微笑道：「南國小周后，聰穎靈慧，美麗風流，天下誰人不知，哪個不曉？朕仰慕夫人芳名久矣，以前，朕是南衙府尹，與夫人不便來往，如今嘛……呵呵呵……」

「陛下……」小周后何等聰明，聽到這裡已經知道不妙，不禁驚恐地抬起頭來，眸中含著乞求的意味，那清明如水的雙眸中流波蕩漾，清純雅麗和嫵媚風流並存於那種似成熟、又似稚嫩的面孔上，看在趙光義眼中只覺無比魅惑，這樣的女人才是顛倒眾生的尤物！

他忍不住踏前一步，手指勾向小周后尖尖俏潤的下巴，笑淫淫地道：「夫人啊，朕若能夫人這樣的美人飲則交杯，食則同器，立則並肩，坐則疊股，夜夜繾綣，日日恩愛，方才不枉來這世上走一遭啊。」

「陛下自重。」小周后嚇白了臉，惶惶後退道：「陛下九五至尊，當為天下表率，臣妾……可是隴西郡公李煜的夫人呀。」

趙光義微笑著逼近，說道：「身分是可以改變的，境遇也是可以感變的。朕聽說隴西郡公揮霍無度，還要靠借貸充門面，就連昔日臣子都追上門去討債，他如何給妳錦衣玉食？如何給妳明珠美玉？如何供妳胭脂水粉？唉！似妳這樣的絕色佳人，若是布衣釵裙，糙米粗茶，那真是天大的罪過，妳不想改變自己的命運嗎？」

小周后靠到了屏風上，已是退無可退，她雙手蜷在胸前，驚慌地道：「臣妾是降臣之妻，陛下是我夫君父，這樣荒唐悖禮之事，陛下豈可為之？」

趙光義哈哈笑道：「荒唐？周公納妲姬為妾，唐太宗納蕭后為妃，皇兄納花蕊夫人為嬪，哪個合禮了？哪個有損他們一世英名了？朕是天下共主，誰敢說三道四？荒唐悖禮？女英昔日『衩襪步香階，手提金縷鞋』時，就不荒唐悖禮了嗎？」

小周后被他譏諷得珠淚滾滾，又羞又臊，她幾時受過這樣的羞辱？猛地一推趙光義，拔腿就往外逃，趙光義反手一抓，「嗤啦」一聲，一件命婦朝服便被他扯了下來，因為秋老虎還在發威，朝服內衣著不多，趙光義瞧見她內著的小衣，腹中欲火陡燃，搶步上前，使開雙掌向左右一分，小周后一聲尖叫，身上衣衫已被撕去大半，只剩下一件滾銀邊的白綾小衣。

「救命……」

小周后惶叫一聲，驚覺自己赤身露體，難以見人，慌忙向旁逃去，去抓掛在衣架上的那套宮裝，那一件白綾小衣遮不住她的曼妙嬌軀，玉潔冰清的身子一露出來，肌膚鮮潤光滑、粉光緻緻，一雙修長筆直、令人心旌搖動的玉腿赫然在目，逃跑時如小鹿驚跳，小衣下豐隆粉潤的臀丘似也隱隱可見，趙光義登時獸性大發，只覺腹中火起，口乾舌燥，他搶步便追了過去……

*　*　*

「小六，明天你繼續在上風處放風箏，盡量往城中撒放傳單。」

「是，不過……大哥，這東西真的管用嗎？」

「當然管用，攻心為上，城中守軍成分複雜，現在有銀州原守軍，從蕭得利口中得到的情報來看，他們根本不受慶王重視，而且被契丹兵欺壓凌辱，早有怨言，若非這些投靠慶王的兵將是因為家眷俱在城中，根本不會降了慶王。他們本就對慶王毫無忠心，我們外施攻城之力，內施攻心之計，他們必生異心。

「除了契丹本部兵馬，還有一支主力是現招募的城中青壯，這些人更談不上對慶王的忠心，只是為其刀兵所迫，也可拉攏。一會兒我再去耶律斜軫那裡一趟，讓他以契丹文字對城中契丹叛軍也進行宣傳，只要承諾降者不死，他們也未必就是鐵板一塊。」

「好，不過……這其中有幾份傳單寫的東西顛三倒四，誰也看不明白……」

楊浩微微一笑：「你無須多問，這幾份傳單你只管發出去，大哥自有妙計。」

「遵命。」

「木指揮、柯團練，你們兩位仍然按照這幾天的方法，只作佯攻，盡量減少傷亡，只是藉機演兵，習練掌握攻城之術，懂嗎？」

「遵令。」

這時一名小校跑進來稟道：「節帥，銀州來人了。」

「喚他進來。」

片刻工夫，就見一個身材瘦削，其貌不揚，三角眼、凹腮幫子，薑黃色的臉上還長著兩撇鼠鬚的猥瑣漢子走進帳來，見了楊浩躬身施禮，沙啞著嗓子道：「卑職奉命連夜趕來，聽候節帥吩咐。」

楊浩皺了皺眉，對左右道：「你等退下。」

待手下眾將都退了出去，楊浩拋下手中地圖，站起身道：「你隨我來。」

楊浩這帳是子母連環帳，前邊是討論軍機大事的所在，掀開帳後一道簾子，就進了他歇息的地方，楊浩把那漢子引到後室，上下打量他幾眼，蹙眉道：「怎麼只來了你一個？」

那漢子沙沙的聲音道：「回稟大帥，大帥這廂攻銀州，飛羽也在四處忙著，夏州、銀州、其他諸部的動向都要打聽，人手有限得很，能飛簷走壁、符合大帥要求的人更是有限，屬下雖只一人，卻是唯一符合大帥要求的人。」

楊浩心道：「人不可貌相，江湖上的奇人異士甚多，大哥既然只派了他一個來，想必對他的本事是很信任的。」

楊浩便換了一副神色，和氣地拍拍他的肩膀，拉住他手臂道：「好，你既如此說，本帥自然信了。這兩年本帥在中原不能歸來，飛羽雖是本帥草創，新進了許多英雄豪傑，本帥也不甚瞭然。來來，你坐，我與你好好談談。」

楊浩拉著他的手臂並肩在榻上坐了，那漢子東張西望，似乎有些不太自在，楊浩只道他是驟與上官並坐，所以心中忐忑，他有籠絡恩撫之意，自然更加親切，便道：「本帥有一件要事，要你潛進銀州城去辦，如果這件事辦好了，本帥取州便易如反掌。你方才趕來，也看到城上情形了，可有把握潛進城去？」

那人道：「偌大一座城池，防守再嚴，總有漏洞，十人百人進不得城，屬下只一人潛入的話，倒也不是十分難辦的事情。只是不知大帥想要屬下做什麼事？難道……難道是刺殺慶王？」

楊浩呵呵笑道：「我倒是想啊，就怕你辦不到。偌大一座銀州城，你潛得進去，慶王府院落再大卻也有限，你想潛進去可難了，哪有那麼容易殺得了他的？如果要你潛入我的軍帳刺殺本帥，你辦得到嗎？」

那漢子目光一亮，躍躍欲試地道：「那屬下今晚就試一試。」

楊浩哭笑不得，丁承宗這是派來的什麼人啊？有點缺心眼，他趕緊一把拉住，說道：「行了、行了，不要試了，我要你進城，並不是要你去殺人，是要你去施計。」

「施計？」

「不錯，離間計！你俯耳過來，本帥與你慢慢說。」

那黃臉漢子猶豫了一下，輕輕靠近楊浩，楊浩便俯耳對他低語幾起，說了幾句，楊浩目光落在他後頸上，只見後頸纖細白皙，與膚色截然不同，目中不禁閃過一絲疑惑的神色，他輕輕抽了抽鼻子，鼻端又嗅到若有若無的一絲香氣，目中疑色更濃，語聲便隨之變得越來越小，那黃臉漢子不由自主地把耳朵向他又貼近了些，催促道：「大帥說什麼？屬下聽不……哎喲！」

他一句話沒說完，忽地驚叫一聲，楊浩一隻大手自後抄上去，已經掐住了他的脖子，拇指按在他的動脈上，厲聲喝問：「你到底是什麼人？」

那黃臉漢子一呆，本欲掙扎的身子忽然放軟了下來，他輕輕扭過頭去，三角眼中一雙明亮的眸子竟然透出幾分俏皮、得意與嫵媚的神色，聲音陡然也變得曙媚起來：「嘻嘻，你現在才發覺嗎？如果人家方才想要殺你的話，你說我做不做得到呢？太尉大人……」

＊　＊　＊

小周后抓著搶到手的衣衫，繞著屏風和趙光義玩起了躲貓貓。

趙光義大樂，只覺與美人如此嬉戲倒是他自成年以來少有的樂趣，反正在他這深宮大院裡，小周后插翅也逃不出去，沒有他的吩咐也沒人敢闖進來，他寬了外衣，追逐著小周后，不時說些淫浪的話，小周后雖非不諳床笫之事的女子，卻也只有李煜一個男人，李煜便是寫一首豔詞都極盡雕飾，平常說話也文謅謅的，床笫間所謂的浪漫也盡是詩情畫意的風流，怎麼比得趙光義這市井間長大的漢子，無所顧忌起來，什麼粗俗的話都敢講，臊得她面紅耳赤，心如小鹿亂跳，又知自己躲得一時，恐怕終究要被他凌辱，淚珠盈盈，一直不斷。

趙光義追逐戲弄一陣，累得小周后氣喘吁吁，香汗淋漓，趙光義腹下如槍直立，欲望再難按捺，便停步說道：「女英，妳不要再躲了，妳該知道，朕想要妳，就一定能得到妳，妳全家上下都在朕的掌握之中，朕一言可令妳生，亦可一言令妳死，妳躲得了一時，躲得了一世嗎？」

小周后憤怒地道：「臣妾寧願一死，不甘受陛下凌辱。」

趙光義嘿的一聲笑，道：「可是朕偏偏不讓妳死！」他突然一個箭步躍過去，小周后一邊停下說話，一邊往身上穿著衣衫，趙光義突然撲來，小周后逃避不及，手臂已被他一把抓住，小周后嚇得尖叫一聲，纖纖五指便向趙光義臉上撓去，趙光義手疾眼快，一把抓住她另一隻手，目光落在她胸前晶瑩的一片肌膚上，深深陷在那誘人的一道溝壑中，險些拔不出來。

他欲焰大熾，撐開小周后雙手，正欲俯身啄吻她飽滿的胸口肌膚，忽地殿外一聲怒吼：「混帳東西，誰敢攔我？」

「殿下，殿下，你不能進去，官家嚴諭，擅進者死啊。」

「滾開，旁人進不得，難道我也進不得？什麼時候我要見我爹，還得容你們這班東西通稟了？」

「殿下，今時不同往日，官家是當今聖上呀，殿下……哎呦，攔住他，快攔住他……」

「德崇？這孩子又在鬧什麼？」趙光義一聽兒子來了，欲焰登消，趕緊放開小周后閃身出去，小周后幸脫一劫，趕緊把那套林娘娘日常穿著的宮裝穿戴起來。

趙光義趕出回春殿，就見剛剛晉陞內侍都知的原內侍副都知顧若離攔腰抱著趙德崇，旁邊兩個小黃門慌慌張慌地去抓他的手臂，讓趙德崇撓得滿臉開花，趙光義不禁沉下臉來，厲聲喝道：「德崇，身為皇子，不知體面，在這兒喧鬧什麼？」

四百二八　情怨

楊浩望著那張集平庸、猥瑣、嫵媚、俏皮於一體的面孔，忽然開心地笑了：「原來是妳。」

「當然是我。」

黃臉漢子也在笑：「這種匿蹤潛行、夜入人宅的事，除了我竹韻還有更合適的人嗎？你以為就憑『飛羽』的那些細作密探，能在兩軍陣前夜入敵營？我正在訓練的那些人，沒有兩年時間，連點皮毛也學不到的，能濟得什麼大事？」

她一邊說一邊解開髮巾，又從眼角、鼻翼、唇下撕掉幾片透明的薄膜，雖然肌膚仍是粗糙蠟黃的，已經依稀恢復了幾分古靈精怪的神韻，不再像一個完全的男人了。

楊浩搖頭道：「妳的裝扮其實還是有破綻的，頸項秀氣些倒沒什麼，男人也有頸項較細的，可是妳臉上的膚色與頸部截然不同，身上還有淡淡幽香，這又怎能瞞得過我？」

竹韻不屑地皺了皺鼻子：「我只是想順便試試你，又不是真的要對你隱瞞身分，要不然……」

她對自己的易容本領顯然充滿了絕對的自信，洋洋得意地挺起胸膛道：「若我仔細裝扮起來，就算當面告訴你我就是一個女人。你也休想從我身上找出一絲漏洞，你信不信？」

楊浩上下打量著她，眼中露出一絲促狹的笑意：「那也未必，若真想尋妳的漏洞，總有破綻可循的。」

竹韻不服地叫道：「那怎麼可能？就憑我的本……呸！」

她一瞧見楊浩壞壞的眼神，便知道不是好話，忍不住啐了一口，這才問道：「太尉大人對我到底有何吩咐，現在可以說了嗎？」

楊浩下意識地向帳口看了一眼，竹韻側了側耳朵，斷然道：「你放心，周圍沒有，三十步之內，一旦有人接近，我絕對知道。」

楊浩正容道：「自信是好事，但是太過自信，就是狂妄了。人一旦太過狂妄，就會成為致命的缺點。我的耳目之靈通，不在妳之下，就算比妳稍遜，二十步之內有人走近，我也應該感覺得到的，但是這樣的話我就不敢說。人外有人，天外有天，這世上一定有人可以輕易走到我的身後，緊緊貼著我的身子，我也察覺不到他一絲氣息的，有一個這樣有本事的高人，就難保沒有第二個。妳做的每一件事都很危險，希望姑娘以後能記住我這番話，做事多一分小心，對妳總無壞處的。」

竹韻仔細想了想，向他肅然一揖道：「太尉言之有理，竹韻受教。」

楊浩這才滿意地道：「妳來，坐下，我仔細說與妳聽。」

竹韻雖有些不太習慣與男人靠得這麼近，還是依言坐下，楊浩與她低語半晌，兩人一個問一個答，對於楊浩的計畫，竹韻漸漸瞭然於胸，不禁眉飛色舞地道：「好計策，太尉此計若能成功，慶王一定自斷臂膀，為太尉所乘了。」

楊浩笑道：「在這銀州城下，我著實吃了些苦頭，但願此計成功。竹韻，我原來沒有想到妳會來，雖說這事妳去辦最合適，但妳畢竟是女兒身，切記，事情失敗了不要緊，如果見機不對，早早潛走，萬勿有什麼閃失，安全第一。」

竹韻一雙清澈的眸子靜靜地凝視著楊浩，良久方輕笑道：「雖然我是繼嗣堂的人，但是說句不好聽的，在繼嗣堂中，我只是供人驅策奔走的外圍一走狗。從十二歲殺第一個人起，我接的每一樁差使，都是要命的凶險之事，我的僱主們、還有繼嗣堂的長老們，從來沒有對我說過這麼一句話，今日有太尉這句話，竹韻為太尉赴湯蹈火，那也是心甘情願了。」

這番話不乏辛酸，楊浩不想她過於傷感，便打趣道：「這麼說很不吉利，收回去。還有，一個很醜的男人笑得這麼甜，說得這麼教人感動，雖然天很熱，我還是會起一身雞皮疙瘩的。」

竹韻「嗤」地一笑，忽然和楊浩一齊豎指於脣，做出了一個噤聲的動作。

「只有一個人，已進了前帳。」

竹韻做出了第一個判斷，楊浩沒有說話。

竹韻有點小得意，繼續賣弄：「腳步輕盈，是個練家子。」

「……」

「唔，是個女人，她還配了劍，我聽到劍鞘磕碰……」

楊浩突然插口道：「她穿的是一雙鹿皮小蠻靴，鞋幫上繡了雲紋，腰間配的是一柄短劍，身材比妳略低半頭，年齡還不到十八歲。」

竹韻吃驚地看著他，滿眼崇拜的小星星：「我的天，這你都聽得出來？你還沒練成天眼通就這麼厲害？」

楊浩嘆了口氣道：「我只是恰巧熟悉她的腳步聲罷了。」

「……」

楊浩又道：「她向這裡來了。」

竹韻白了他一眼道：「我也聽出來了。」

楊浩四顧道：「妳躲在哪兒才好？」

竹韻瞪著他道：「我為什麼要躲？」

楊浩臉上忽然露出一個古怪的笑容：「竹韻姑娘……我記得……妳扮過大樹，是吧？」

「那又怎樣？」

楊浩看向砍來充作支柱的帳中央那根大木，伸手點了一點……

* * *

「楊太尉，我可以進來嗎？」帳外傳來了折子渝的聲音。

楊浩搶步出去，笑容可掬地道：「子渝，妳來了？」

折子渝看著他殷勤的模樣，又狐疑地往帳中看看，見裡邊空空如也，不禁詫異地道：「小羽說蘆嶺州來了人向你通報事情，怎麼不見人呢？」

楊浩面不改色地道：「喔，我已經打發他離開了，來來來，快請進。」

折子渝進了帳中，忽然吸了吸鼻子，說道：「似乎有點香味？」

楊浩鎮靜自若地道：「是啊，松木香氣。」

折子渝看了看立在帳中的那根大原木，為之釋然，便在帳中氈毯上盤膝坐下，凝目看向楊浩，黛眉微蹙道：「太尉，為何這兩日令惟正只作佯攻呢？雖說守軍守得嚴密，我軍人馬又遠不及契丹兵力，不過憑著我們的攻城器械，如果這座城能拿下來，十有八九破城方向就在我們這一方。如今驟然停止攻擊，雖說我軍能夠得到休整，可城中守軍也可以趁機加固修整損毀的城牆，回頭再作攻擊，恐怕難度會更大……」

楊浩微笑著在她對面坐下，順手給她沏了杯茶，放在她身前小几案上，說道：「這我自然知道，可是我蘆嶺州人馬，已經經不起更大的損耗了。與其力敵，不如智取，這幾天我不斷向城中施放各種傳單，希望能夠產生作用，一旦城中的民壯、原銀州士卒，與契丹叛軍三者之間瓦解，那我們就能以最小的代價獲得最大的成功。堡壘，從內部瓦解，才是最容易攻破的。」

折子渝沉吟道：「從內部著手……固然損失最小。可是，如今我的『隨風』，你的『飛羽』，都與城中內線失去了聯繫，如果不能與銀州軍和銀州民壯取得聯繫，或招攬、或收買，談些條件、給予承諾，僅憑幾紙傳單就指望他們背棄慶王獻城投降，談何容易？」

楊浩道：「這我知道，所以……我才從蘆嶺州調『飛羽』的人來，哪怕會付出一些代價，也要讓他們之中一些人混進城去。前兩天從銀州城中逃出來的大戶那兒，我已經了解了一些城中情形，只要我的人能潛進城去，與銀州兵和民壯兵取得聯繫，就能對症下藥，他們能有什麼要求？不過是封官許願，保其平安，這些我都可以答應，一旦事成，這座銀州城就很難守得住了。」

折子渝蹙眉沉思片刻，抬頭問道：「要不要……我們『隨風』派人相助，我那邊也有一些奇人異士，或許可以派上用場。」

楊浩趕緊道：「不必了，妳為我做的已經夠多了，我都不知……該如何感激妳才好。」

折子渝輕輕嘆息一聲道：「說什麼感激，蘆嶺州上下，數萬軍民，都要倚賴著你，此戰成敗，關乎重大，如今久攻不克，我真是擔心，如果首戰失利，鎩羽而歸，你該如何是好？」

楊浩心頭一熱，一把攥住她的雙手，感激地道：「子渝……」

折子渝掙了一把沒有掙開，便不再抗拒，任他握著自己雙手，幽幽地道：「你別誤會，蘆嶺州與我府州，如今已是禍福與共的同盟，所以我才……至於你我之間……唉，過去的已經過去了，我不再怨你，可也……不可能再作他想……」

「為什麼不能？妳說我無恥也好、貪心也罷，我現在就是不想放開妳，子渝，我……不敢想像，有朝一日妳嫁了別人……」

「那又怎樣？」

折子渝咬著一線紅唇，慢慢揚起眉毛，眼波亮晶晶的：「我既已離開，難道還能回頭嗎？你告訴我，我該怎麼做？嫁給你，做楊家的五娘？？」

楊浩呆住，久久不發一語。眼前是第一個令他心動過的女人，兩個人情怨糾纏直至今日，愛恨情仇已如一團亂麻，再也理不清了，他捨不下子渝，卻又情怯不已。他能怎麼說？如果他是一個徹頭徹尾的古人，他可以毫不猶豫地要她嫁給自己，理直氣壯、一腔霸道。可他不是，一想到自己的四房夫人，他還如何啟齒？

楊浩的雙手慢慢鬆開，折子渝眼中的光芒也漸漸黯淡下去，她輕輕一笑，抽回自己的雙手，淡淡地道：「大敵當前，不要多想了。我們就依太尉所言，看看能否從城中守軍處做做手腳，如果不成，咱們再發動強攻，太尉，子渝……告辭了。」

腳步聲漸行漸遠，楊浩默默地坐在那兒，心中空落落的。

帳中那根立柱的花紋產生了一些變化，像是人眼花時看向物體產生的扭曲線條，那變化的線條不斷向下滑動，忽然一斂，竹韻姑娘就俏生生地出現在那兒。

「這柱子磨得也太滑溜了吧？又這麼粗，本姑娘抱著這根柱子，連個搭手借力的地方都沒有，累得我手痠腿軟，幸好你們沒談太久，要不然可真撐不住了。」

楊浩仍舊沉默不語，竹韻輕哼一聲道：「太尉大人有時聰明絕頂，有時笨得像豬！」

楊浩茫然道：「我怎麼笨了？」

竹韻活動著手腳，慢慢向他走近：「看折姑娘方才那副模樣，分明是想要得到你的一句承諾，我敢打賭，只要你說中了她的心意，你要她馬上嫁給你她都肯的，可你偏偏退縮起來，換了我，對你這麼一個沒膽的廢物，也要一走了之了，肯理你才怪。」

楊浩茫然道：「一個承諾？一個什麼樣的承諾？我就是因為猜度不透她的心意，唯恐說錯了話，會鬧得更加不可收拾，這才不敢說話，姑娘也是女人，妳知道她在想什麼嗎？」

「那我怎麼知道？」竹韻姑娘理直氣壯地道：「本姑娘十二歲就開始殺人，你若問我殺人的手段，我可以跟你講上三天三夜，至於這種事，你向我請教，我向誰請教？」

楊浩沒好氣地扭過頭去，竹韻歪著頭看看他的臉色，湊近了問道：「聽她方才口氣，太尉此番所用離間之計的詳情，她還不知道？」

楊浩道：「不錯。」

竹韻眼珠滴溜溜一轉，好奇地道：「我看她真的很關心你啊，為什麼瞞著她？」

楊浩端起折子渝不曾動過的那杯茶水一飲而盡，吁然道：「因為……守城那員大將是她的姐夫，我無法確定他們之間還有多少聯繫，也不確定她一旦知道了，會做何反應，我不能冒險。」

竹韻沉默片刻，輕輕嘆道：「但是這一來，你可對不起她了。」

楊浩苦笑道：「我知道。」

竹韻安慰道：「不過……如果你告訴了她，那就是拿蘆嶺州上下無數追隨你的好漢性命來冒險了，你也是情非得已……」

楊浩仰起臉，落寞地道：「能有姑娘這樣的紅顏知己，知我楊浩一腔愁苦，兩廂為難，這人生……總算也不是十分寂寞。」

「你別客氣。」竹韻拍拍他的肩膀，在他面前坐了下來，幸災樂禍地道：「我只是很想知道，折姑娘曉得你又騙了她的時候，會是什麼反應……」

＊　＊　＊

小周后回到隴西郡公府，心頭還在怦怦亂跳，一想到方才在宮中所遭遇的一切，她就又羞又憤，萬幸皇子趙德崇突然趕到，否則她一個弱女子怎生抵抗，現在只怕已落得個……

趙光義那番話猶在她的耳邊迴響：逃得了一時，逃不了一世。他是大宋的皇帝，自己一家就是他的籠中鳥，這一次幸運地逃脫了，下一次怎麼辦？

小周后按著怦怦直跳的心口，剛剛走進後院，迎面便闖過一個人來，小周后如驚弓之鳥，嚇得一聲尖叫，閃身往旁退去，那人急忙扶住了她，喚道：「女英，妳怎麼了？」

小周后定睛一看，見是自己丈夫，這才長吁一口氣，驚魂未定地道：「沒……沒什麼。」

李煜仔細看她，又詫異地道：「女英，妳……清晨入宮，穿的是命婦朝服，怎麼……怎麼如今卻換了一套宮裝？」

小周后臉色紅一陣白一陣的，揑塞道：「唔，那身衣裳……不慎……不慎……哦，皇后娘娘令妾身吟詩作對，不慎打翻了硯臺，弄汙了衣衫，所以娘娘賜了一套宮服。夫君，妾身有些疲累了，要……回房沐浴歇息一下。」

小周后說著，便匆匆轉回自己的臥房，李煜站在那兒，狐疑地看著她的背影，思忖半晌，忽地臉色大變，快步追了上去。

小周后吩咐侍婢備了熱水，正欲寬衣沐浴，李煜突然漲紅著臉衝了進來，小周后駭了一跳，下意識地拿起衣衫遮住身子，見是自己丈夫，這才心中一寬，嗔道：「夫君闖進來做什麼？」

李煜鼻息咻咻，闖至近前上上下下仔細看她，忽然如獲至寶，一把抓住她的皓腕，指著小臂大吼道：「這是什麼？這是什麼？妳……妳這個賤人，妳竟然不守婦道！」

小周后被他罵懵了，愕然道：「你說什麼？」

李煜指著她手臂冷笑道：「妳還要裝傻？這是什麼？這是什麼？我說妳今日入宮朝覲娘娘怎麼比往日遲回那麼久，還說什麼研墨弄汙了衣裳，賤人，這臂上指痕，妳作何解釋？」

小周后肌膚晶瑩如雪，粉嫩剔透，被那趙光義用力一抓，留下五道清晰的指痕，根本無從掩飾，小周后訥訥半晌，硬著頭皮解釋道：「我……我……我確是被……被官家誆騙至回春殿，他對我欲行不軌，但我……」

「賤人，妳終於認了！」

李煜妒火攻心，揚手就是一記耳光，打得小周后一個趔趄，險些栽倒在地，李煜憤怒地指著她，痛心地罵道：「賤婢，枉我李煜對妳一片痴心，如今國破家亡，故土難歸，本指望與妳夫妻相守，終老此生，想不到妳竟如此不知廉恥，以色相肉身媚惑君王，求取一己榮華富貴，妳這無恥賤人！」

「我沒有，我沒有……」

小周后沒想到回到府中還受丈夫如此侮辱，氣得她身子簌簌發抖，雙淚長流：「官家的確有意欺辱妾身，可妾身豈肯就範？正竭力掙扎之際，幸賴皇子德崇闖宮，這才得以脫身，周女英自入宮侍奉夫君以來，謹守婦道，幾時……」

李煜鐵青著臉色罵道：「入宮以來？是啊，可惜如今李煜所居不過是幾間陋室，妳有機會另謀高就，再入宮闈，自然要施展妳的風流手段，向那做皇帝的曲意承歡了。妳還要瞞我？當今皇帝既然垂涎了妳的美色，還能有誰阻擋於他？妳這賤婢以身媚上，回到家中還要恬不知恥地蒙騙我？賤婢，浮浪無恥的賤人！我李煜雙眼不瞎，豈會任妳擺布……」

李煜氣得眼前發黑，口不擇言一通臭罵，小周后望著他，淚水漸漸枯竭，眼中漸漸變冷，幽若一潭寒冰。

這就是她愛的那個男人？那個皇帝中的才子、才子中的皇帝，憐香惜玉、滿腹錦繡的江南李煜？他聲震屋瓦、他咆哮如雷，他像一頭憤怒的雄獅，他……可真是男人！

小周后嘴角露出一絲自嘲的笑意：他不肯相信自己的妻子，他無力保護自己的家國、自己的臣民、甚至自己的女人，當他以為自己受到了侮辱的時候，他唯一的反應，就是向自己的妻子大施淫威，真是……太男人了。

李煜見到她臉上露出的笑意，只道她在譏誚自己，猛地衝前一步，劈面又是一記耳光，大喝道：「無恥賤人，妳還敢笑，妳還笑得出來？」

小周后揚起了臉，寒聲道：「我為什麼不能笑？你有本事，你打呀，打呀，不錯，官家要了我的身子，官家要我侍寢了，周女英以色媚君，承歡於官家身下了，你猜的都是對的，全都是真的，那……又怎麼樣？」

她憤怒地踏前一步，喝道：「夫君大人憤怒已極了嗎？那你殺了我啊！你是我的丈夫，你是我的男人，你提劍殺進宮去找我那姦夫討還公道才算你的本事，你有那個膽量嗎？」

「我……我……」李煜被她震住了，一步步向後退卻。

小周后丟開手中衣衫，髻橫一片烏雲，眉掃半彎新月，裸露的雪白肌膚，半袒的曼妙胴體，有種驚心動魄的美，那柔弱的身軀中好像封鎖著冰與火，聲音冷得像冰，目光卻如噴火，她一步步向李煜迫近，寒聲道：「你叫啊，繼續大喊大叫，教男女下人、左鄰右舍都聽清楚，都曉得你隴西郡公的夫人成了皇上的女人，你能怎麼樣？你又能怎麼樣？」

「我……我……」李煜不斷倒退，到了門口後腳跟被門檻一絆，險些一跤跌出門去，倉皇地退到了門外，小周后看到他狼狽無能的模樣忽然放聲大笑，笑得花枝亂顫，美目中卻飽蘊著淚水。

忽然，她笑聲一收，若無其事地回轉身去，大大方方褪去衣衫，那姣好如玉、晶瑩剔透的身子悠悠然地邁進浴桶，輕輕坐下去，只露一片粉瑩瑩的肩背朝著李煜，淡淡地道：「關上門，我要沐浴了，下個月……人家還要進宮侍奉官家呢，你若打得我一身傷痕消退不去，官家會不開心的，官家若不開心，你這廢物還不擔心死了？」

李煜不堪其辱，小周后的譏諷字句如刀，刺得他心頭滴血，可他卻已沒有勇氣上前喝罵，更沒勇氣像個男人一樣，提劍殺向午門，哪怕真的被人斫成肉泥，也要死他個轟轟烈烈，把趙光義的醜事傳播天下，他突然大叫一聲，轉身狂奔而去。

小周后大笑幾聲，兩行熱淚忽然奪眶而出，落入她胸前熱水之中……

隴西郡公府邸並不甚大，夫妻二人這一番吵鬧四鄰皆聞。府左一戶人家，是個落第的秀才，姓蕭名舒友。

＊　＊　＊

古人八卦之心，不遜於今人，蕭舒友踩在鹹菜缸的沿上，趴牆頭聽了半天，回去淨手研墨，興致勃勃地寫下一行當日所聞：「小周后自宮中返，大罵李煜，李煜羞慚，婉轉走避。」

這就是記載小周后緋聞的第一手原始材料宋人筆記了，不過很多年後，曾有些崇拜李煜文才的人無視這段記載，把這對才子佳人落難後的遭遇描述得無比美好：為了一個連妻子都保護不了，也毫無血性反抗的丈夫，小周后甘受凌辱，無怨無悔。綠帽子隴西郡公則感念愛妻深情，每見她自宮中返回，必抱頭痛哭，以示慰勉。

殊不知趙光義因為一首詞還是對李煜下了毒手，也沒見他那時顧忌小周后，他若真想長久占有小周后，把她納入宮中，恐怕更要迫不及待地殺了李煜，效仿皇兄當年占有花蕊夫人一般了。不過歷史上記載小周后緋聞的宋人筆記，本來寫的是「小周后每自宮中返，必大罵李煜，李煜羞慚，婉轉走避。」而這一個「每」字，一個「必」字，從此卻再也不會出現了。

小周后坐在熱水中，將她嬌嫩無瑕的肌膚搓洗了一遍又一遍，當淚已流乾、水已變冷的時候，她已下了一個決定。活到這麼大，這個一直活在不似人間的人間，不像凡塵女子的凡塵女子，終於為自己的人生道路，做出了一個決定，這是她長到這麼大，自己所做的第二次決定。

第一次，是十年前。那一年，她十五歲，那一年的夏天，她進宮探望姐姐病情，在一個明月當空的夜晚，她懷中揣著姐夫送給她的那篇令人耳熱心跳的綿綿情話，「衩襪步香階，手提金縷鞋」，悄悄走到了畫堂之南……

而今，十年之後，她做出了第二個決定。為了這個懦弱無能、只知遷怒他人的廢物活著，不值得。為他殉節，更不值得。可她不想接受下一個朝覲之期必然而來的結局，不為任何人，只為她不願意。她沐浴更衣，如白蓮出水，穿戴打扮起來，濯清漣而不妖。

壓在首飾盒底的一張紙片被她取了出來，那是趙匡胤駕崩不久、曾貸借了她李家一大筆錢的楊浩放橫山節度離開京師之後，使一位蒙面少女夜入她的香閨送給她的東西。她小心地揣在懷中，款款出屋，神態自若地對低眉俯首、強抑古怪神色的奴僕們吩咐道：「備轎，本夫人要去『千金一笑樓』……」

*　*　*

「把這個逆子拖下去，軟禁起來，著太傅慕容求醉好生教訓，什麼時候懂得了父子君臣之道，再放這個混帳東西出來！」

趙光義鼻息咻咻，命人把那個激憤大叫的兒子掩了口鼻硬生生拖將下去，這才臉色鐵青地坐回椅上，什麼閒情逸致都讓這個混帳兒子給鬧沒了。

本來當日已經把兒子搪塞了回去，可是今天他居然言之鑿鑿，一口咬定自己弒殺了皇兄，幸好……幸好他還曉得厲害，闖進殿後才直言逼問，要不然消息傳開，真是不堪設想。

趙光義想到不堪後果，指尖都變得冰冷：「他怎麼突然又狂態大萌，到底又聽說了什麼？王繼恩已對他身邊的那些人再三曉以厲害，諒他們也不敢再胡言亂語，他聽了誰的話，而且竟然如此相信，馬上跑來逼問他的父親？」

趙光義越想越驚，片刻工夫，內侍都知顧若離一溜小跑地奔了進來，瑟瑟地道：「官家，奴婢打聽明白了。」

趙光義目光一抬，冷冷地道：「你說！」

顧若離腰彎得更深，頭也不敢抬，低聲道：「官家，奴婢問過了皇子府的內侍宮婢，從不曾有人登門拜訪皇子，不過皇子今日出宮遊玩了一趟，曾不聽勸阻，訪遊過吳王府，回來後就性情大變，暴怒不已。」

「吳王府？」趙光義霍地一下站了起來，目光凜厲地看向顧若離。

顧若離顫巍巍地道：「是。」

趙光義喘了幾口大氣，神色漸漸平靜下來，擺擺手道：「這孩子性情愚直，想必是與他德昭哥哥鬧了什麼彆扭，才變得這般模樣。朕知道了，你退下吧，告訴慕容求醉，好生教誨德崇，他如今是皇長子，言行舉止，豈可失儀？」

「奴婢遵旨。」顧若離趕緊答應一聲，踮著腳尖退了出去。

「吳王……趙德昭？」趙光義眼中射出兩道駭人的厲芒，他背負雙手，在殿中疾行兩匝，忽然停住腳步，嘴角露出一絲令人心悸的笑容：「來人啊，傳旨，宣程羽、宋琪、賈琰，皇儀殿見駕。」

一炷香的工夫，本來就在宮闈內外各職司衙門任職的幾位心腹便紛紛趕到了，趙光義端坐龍書御案之後，又恢復了那副雍容高貴、一切盡在掌握的神態，幾位心腹參禮已畢，兩旁站下，趙光義便開門見山，朗聲說道：「我宋國應五運以承乾，躡三王之垂統，立國十餘載，便一統中原，匝宇歸仁。先帝文治武功，實令人望而莫及，今中原諸國，吳越早已稱臣，唯一小小漢國，垂死掙扎，不肯歸附，朕有意秉承先帝遺志，早復漢地，幾位愛卿，以為如何？」

四百二九　暗戰

慶王府，案上攤著幾張傳單，慶王反反覆覆看了幾遍，抬頭道：「這東西有什麼問題？」

耶律墨石道：「大人，散入城中的傳單，大多都是煽動銀州軍和民壯造反的，還有恐嚇咱們獻城投降的，上面的都說得直白簡單，哪怕只識得幾個字的大頭兵也都看得明白，可是屬下發現其中有些傳單內容非常古怪，寫的東西難辨其意，似詩非詩、似話非話，便是精通漢字的讀書人也不解其意，屬下想，這幾份傳單，必是給特定的某個人看的特殊東西。」

慶王動容道：「你是說，我銀州城中有他們的人？」

隆興翼蹙著眉頭道：「不無可能，墨石大人將這幾份傳單給屬下看了，屬下邀集了幾位將軍來，對這單子上寫的東西也不甚了了，我們幾個計議了一番，覺得大有蹊蹺，所以才趕來稟報大人。」

慶王目光閃動，冷笑道：「他們的手能伸得這麼長？」

隆興翼道：「大人，他們的爪子伸得長短並不重要，重要的是，據此看來，他們潛伏在城中的人，地位一定不低，對這場戰局或許能產生至關重要的作用，如果只是普通的眼線耳目，他們是不會如此大費周章進行聯繫的，就算聯繫上了，這些人對城外敵軍又有什麼幫助呢？依常理揣測，他們想要聯繫的人，必對他們有莫大幫助，這才是最為可慮的事。要知道……」

慶王冷笑道：「要知道如此能左右戰局的，必是我城中統兵大將，對嗎？」

隆興翼拱手道：「大人英明。」

慶王斷然搖頭道：「依本王看來，這不過是楊浩使的疑兵之計罷了，城中諸將包括你等，俱是隨本王刀山火海一路闖蕩過來的，若說其中有任何一人對本王居心叵測，本王都是萬萬不信。」

羊丹墨感激地道：「多謝大人信任，不過……咱城中有一個人，卻不是一直追隨在大人左右的將領。」

慶王雙目一張，厲聲喝道：「誰？」

「劉繼業！」

慶王先是一怔，隨即啞然失笑道：「你說是他？哈哈，他能有什麼可疑？若非是他，此城恐已落入耶律斜軫手中，本王的人頭，也被他做了邀功請賞的本錢。正因得劉將軍相助，我銀州城才成了一座銅牆鐵壁，若是疑心到他的頭上，豈不是天大的笑話？」

耶律墨石陰沉沉地道：「大人，這幾封傳單上，寫的東西不盡相同，不過上首都有兩個字：木易。」

慶王奇道：「那又如何？」

耶律墨石道：「木易，合而為楊。而那劉繼業，本就姓楊。」

慶王捋著鬍鬚，不以為然地道：「這未免有些牽強了吧？」

隆興翼舔了舔嘴脣，說道：「這些天，城外人馬攻城突然變得有了章法，與開始時混亂不堪、各行其是的打法大不相同，顯見是換了一位統帥。南院大王耶律斜軫強攻銀州城，被我們關進甕城的士卒有幾名傷兵未死，屬下曾盤問過他們，得知蘆嶺州主帥確是換了人，那人是一個年僅弱冠的少年，但這些士卒只知其為折將軍而不名。屬下不是以小人之心度君子之腹的小人，可是結合這封顯見是別有用意的傳書，屬下不免要有所疑心了。」

慶王不耐煩地道：「疑心什麼？不要吞吞吐吐的，你就不能一次說完嗎？」

隆興翼在慶王身邊一向扮演軍師角色，素來知慶王脾氣，慶王只對兩種人不客氣，一種是他不放在眼裡的，一種是他視作自己人的，所以雖見他惱了，卻也不慌不忙，從容說道：「大人，雲中折家，三百年來開枝散葉，處處開花，西北地區姓折的數不勝數。可是能讓楊浩臨陣換將、倚為臂膀的只有一家，通兵法、擅韜略，以弱冠之年剛剛拜將就能指揮調動這麼多的人馬，居然打得條理分明的，也只有一家，府州折家。」

慶王凝重地道：「你是說……府州折家派人助楊浩攻城？」

隆興翼詭異地笑了笑，緩緩道：「漢國劉繼元能派劉繼業助大人守城，府州折御勳派子弟助楊浩攻城，又有什麼奇怪？」

慶王想了想，釋然道：「不錯，王侯將相，寧有種乎？兵強馬壯者為之！西北亂局，有兵就是草頭王，這些草頭王想維持目前的局面，是不希望我耶律盛在西北攪起血雨腥風來的。雖說讓折御勳拿出自家本錢來幫楊浩攻銀州，他一定肉痛得很，不過只出一員將領來幫楊浩出謀劃策的話，他還是做得出來的。」

隆興翼苦笑道：「大人素來明察秋毫，今天這是怎麼了？屬下已說得這麼詳細，大人還不明白嗎？」

「怎麼？」

「劉繼業本名楊繼業，楊繼業的夫人是折御勳的胞姐，折楊兩家本是姻親，雖說楊繼業保了漢國，可是人家畢竟是一家人，打斷了骨頭還連著筋呢。如果折家派兵來助楊浩，又從俘兵降將那裡得知大人倚以守城的大將是楊繼業，大人以為……他們會不會私相聯絡，出賣大人呢？」

慶王大吃一驚，失聲道：「劉無敵與府州折家本是姻親？」

他這一問，耶律墨石和隆興翼也嚇了一跳，異口同聲地問道：「大人您不知道？」

慶王這些年身在上京，整日想的就是如何篡位奪權做皇帝，託庇於契丹之下的小小漢國一侍衛都虞候有什麼身世八卦他還真懶得去打聽，以前他只偶爾聽人說起過漢國劉無敵本來姓楊，這事稍有印象，至於他出身來歷的具體情形，他才懶得理會，如今聽隆興翼一說，自然大吃一驚，頓時心生疑慮。

羊丹墨等人見了，心中不由暗喜，他們本是慶王最為倚重的文武將領，可自打楊繼業一來，便先奪了隆興翼的軍師之位，成了慶王手下第一謀臣，待攻城戰打起來，楊繼業指揮得當，屢屢挫敵銳氣，慶王便連軍權也交給了他，這些驕兵悍將連漢國皇帝都只當作一條走狗，讓他們屈居於楊繼業之下，他們當然不舒服。

他們可不認為自己就守不了這座銀州城，非得依賴楊繼業不可，再說，整個銀州城已經按照楊繼業的章法重新部署過了，此人已無大用，他們固然不會設計陷害楊繼業，可是一旦有些不利的憑據對楊繼業不利，他們理所當然地傾向於對他不利的一面。

「劉繼業……楊繼業……折御勳……他真的起了反叛之意，與城外之敵私相勾結？」

慶王喃喃自語，想起楊繼業殫精竭慮地把銀州城打造得風雨不透，指揮防禦更是盡心盡力，心中搖擺不定，終是不肯相信。

耶律墨石道：「這兩日，南城楊浩大營攻勢驟然減弱，每天只是虛張聲勢一番就收兵回營，與此同時，這種鬼畫符一般的古怪傳單便在城中傳播開來……大人，屬下也不想疑心楊將軍，可是種種跡象，著實令人生疑呀。」

慶王咬了咬牙根，恨聲道：「那本王應該怎麼辦？難道把他抓來一刀殺了？且不說這些證據難以入他之罪，單只說他一死，他是否真的反了本王，也無人證與漢國對質了，本王殺一個劉繼業不要緊，若因此再與漢國交惡，那這隴西便真的沒有本王立足之地了。再說，這些時日劉繼業守城有方，威望日隆，驟然殺之，軍心士氣必然受挫。」

隆興翼忙道：「大人，害人之心固不可有，防人之心卻不可無。屬下追隨大人左右，自然要時時維護大人周全，我們並沒有要大人馬上抓捕劉繼業的意思，這些只是我等私下與大人揣測，以此為證據，確也是捕風捉影，作不得數。

「屬下的意思是，如今既然起了疑心，不妨派人監視那劉繼業的一舉一動，如果他毫無異樣，果真忠心為大人做事，此事便當不曾發生過，屬下們也不會對他提起。如果他果然存了異心，必然會有所異動，那時抓到真憑實據，再把他拿下，那時……漢國劉繼元也無話可說了。」

這番話說得入情入理，慶王耶律盛終於意動，咬著牙根重重一點頭，說道：「這樣做才妥當，隆興翼，你挑些機靈能幹的人去，盯緊了劉繼業父子，但有什麼風吹草動，立即稟報本王！」

＊　＊　＊

小周后一到「女兒國」，立即便有人入內通報，片刻工夫張牛便笑吟吟地迎了出來，將她殷勤地引了樓去：「鄭國夫人，您今兒來的可正好，『女兒國』剛進了一批衣料，江南天水碧的料子，成色極好，小的帶您去瞧瞧？」

天水碧的衣料正是小周后當年在金陵時閒來無事親自試驗洗染出的一種衣料，一時風靡整個江南，如今從張牛口中聽到這個詞，大有物是人非之感，小周后心中不免酸楚起來。

她眼圈一紅，強抑悲傷，努力保持著平靜道：「不看了吧，聽說你們這兒有兩樣東西，一個叫『緋羊首』，一個叫『月一盤』，名頭十分響亮，我想見識見識。」

張牛一呆，失笑道：「鄭國夫人，也不知您是打哪兒聽來的，這兩樣東西是有，也挺有名氣的，不過它不是衣料首飾，也不是胭脂水粉，而是兩樣吃食，您得到百味樓才嘗得到。」

「哦？可是告訴我的人說，只要到了女兒國，見了你張大掌櫃，就能嘗到這兩樣東西，你看，他還留了張條子，寫得清清楚楚。」

小周后自袖中摸出一個捲起的紙條，交到張牛手上，張牛展開紙條，字條上只寫了「緋羊首、月一盤」六個大字，下邊是一個花押，張牛看清了那個花押，臉色微微一變，肅然道：「鄭國夫人，這邊請，既是那位貴客介紹了夫人來，小的親自上百味樓給您把人請過來就是了。」

小周后微微頷首，隨在張牛身後款款行去。

三樓妙妙原來所在的那間書房裡，小周后靜靜地坐在椅上想著心事，門忽然「吱呀」一聲開了，自外走進一個人來。這人身材不高，面容清瘦，穿一襲青袍，看起來文質彬彬，一團和氣，他進門看見小周后，先不慌不忙將門掩好，這才上前一步，抱拳施禮道：「蜀中白林，見過鄭國夫人。」

小周后可不知道眼前這人是真廚子還是假廚子，只道那緋羊首、月一盤的佳肴只是一個掩人耳目的引子，如今一見這人模樣，果然不像廚子，心中更以為無誤，她緊張地站了起來，說道：「你看到那張紙條了？送它給我的那個人說，只要我……」

白林微笑道：「夫人不要著急，那個人告訴你的一切，自然都是真的。夫人請坐，想要白某做些什麼，儘管開口。」他說著，拉過一把椅子，已經穩穩當當地坐了上去，神態從容，器宇軒昂。

小周后曾是一國皇后，同時也是江南第一美人，不管是她那嫵媚照人、不可方物的姿色，還是她高貴無比的身分，但凡初次見到她的人，能八風不動、從容自若的屈指可數，而百味樓中一個廚子居然做到了。如果與他相熟的張牛和老黑見到他現在這副樣子，一定眼珠子滾一地，絕不相信他就是那個整天繫著一條油漬麻花的圍裙，圍著鍋臺打轉的白大廚。

小周后見他神態從容，忐忑的心情漸漸平靜下來，她在對面椅上坐下，脫口便道：「我要離開汴京。」

白林雙眉一跳，問道：「去哪裡？」

小周后下意識地捲著衣角，就像一個未諳世事的小女孩，她緊張地搖搖頭，說道：「我也不知道，去哪裡都成，隱姓埋名，讓人永遠都找不到就好。」

白林雙眼瞇成了一線，淡淡地笑道：「此事……是隴西郡公的決定嗎？」

「當然。」

小周后吸了口氣，語氣也流暢起來：「我們全家都要離開，可是我們一直在皇城司的監視之中，表面看來出入自由，實則一直被人控制著，我們自己是走不脫的，唯有求助於你們。」

白林似笑非笑地道：「官家為示寬恢，表面上不便限制你們的行動，他這張網便有了疏漏，以有備算無備，要把你們安然帶出汴京城，卻也不難。不過這次之後，再想把其他人帶走，可就不是那麼容易的事了，所以，要走就得一齊走。」

小周后愕然道：「一起走？還有誰？」

白林道：「南唐國主獻土納降，成了宋臣。昔日臣下，今皆與之同殿稱臣，其中多有捨了舊主，對國主不恭者，但是也不乏對國主仍舊忠心耿耿、始終如一者，其中幾人可靠，夫人可知道嗎？」

小周后心中一慘，黯然道：「唐國舊臣為宋國所用者，有的為了榮華富貴、一己前程，恨不得與國主撇清所有關係，不但不相往來，還常有惡語相向的。有那尚存幾分天良，對國主仍知敬重的，生怕遭了官家所忌，也是避之唯恐不及，如今時常登門問候，始終以故主相待的，只有徐鉉、蕭儼二人而已。唉，他二人性情剛烈，當初便勸國主寧死不降，與金陵共存亡，只是國主乞降，不得不隨之而來，如果要讓他們隨國主離去，這兩個人是一定沒有問題的，其他的人……我卻不敢確定。」

徐鉉是真正博學之士，秉理政務、肅清吏治，在唐國政績斐然。而那蕭儼也是一個大大的忠臣，在朝時執掌刑獄司法，剛直方正，斷事明允，不阿權貴。在地方為官時，興修水利、發展農耕、振興經濟，兩個人都是真正的能吏，只可惜李煜所用不得其法，摒其長、用其短，徐鉉以吏部尚書之尊，整日被他派去充當外交大臣，而蕭儼，因為屢屢進諫，勸他要佞佛疏政，也被他派了個閒差，整日圍著文案打轉。

有關這些人的一舉一動，其實早在白林掌握之中，如今又從小周后口中得到確認，兩相印證，確認無疑，白林擊掌道：「好得很，那就帶上他們。」

小周后訝然道：「帶上他們做什麼？」

白林微微一笑，說道：「事關重大，毋須多問，國主與娘娘非比尋常之人，若要離開這龍潭虎穴，殊為不易，想要離開，就須按我安排，仔細籌備。娘娘請聽清了，妳回去之後，須得如此這般……」

小周后天資聰穎，過目不忘，只是這分聰穎往日都用在詩詞歌賦、浪漫閒情上了，這時事關自己一身清白，她自然仔細傾聽，不敢疏漏，聽完一遍，作了番重述，竟是一字不差，白林欣然道：「正是如此，娘娘回去，且依計行事，待我這邊準備停當，便安排娘娘一家人離開。」

小周后走到門邊，忽又站住腳步，握緊一雙粉拳，回首道：「白先生，下個月今日以前，能安排我離開嗎？」

白林微微一愕，說道：「這個……白某要妥善安排，詳細策劃，以保你們安然離開，至於何時能安排妥當，此時還不敢保證……」

小周后斷然道：「就是下月今日之前，若是那時仍不能安排妥當……」

「怎樣？」

小周后淒然一笑，說道：「那時……只有死周后，再無活女英，就不勞白先生做什麼安排了。」

＊　＊　＊

夜深了，楊浩靜臥帳中，難以成寐，便披上衣衫出了氈帳，遠遠眺望著黑暗中的銀州城。遠近篝火星羅，夜巡的甲士持戈而行，腳步聲若隱若現。

「竹韻現在應該已經行動了吧？以她的身手和精明，希望不會出什麼紕漏才好。繼嗣堂兩百年經營，富甲天下，堪稱第一大世家，真是人才濟濟呀。」

楊浩忽地想到也是這樣一個夜晚，他與崔大郎在月下的一番談話。

「大郎，我在離京途中，得知魏王德昭難以驅策三軍，已然準備返京，便知早晚要與趙官家正面為敵。所以使小妹急返京師一趟，去見了小周后，交代了她一些事情。」

「什麼人？什麼事？可方便告知嗎？」

「當然可以，我還要借助你的幫助，方便成事呢。」

「如此，太尉請講。」

「如今的大宋，兵強馬壯，根基深厚，我若想在西北立足，殊為不易，如果趙光義見我聯合兩藩，又得党項七氏相助，氣焰太過囂張，便去扶助夏州李光睿，以大宋的財力、物力，驅兩虎相爭，他便坐收漁翁之利了。怎麼也要給他的老巢添些麻煩，才能讓他少些對西北的掣肘。」

「太尉有何高見？」

「我想……把李煜一家人偷出汴梁城！」

「什麼？」

「唐國新降，民心不穩，如果舊主不在趙光義控制之中……」

「李煜生性怯懦，做皇帝時尚且無膽與宋死戰，何況如今這般情形？恐怕他……」

「呵呵，李煜怯懦，但江東不乏豪傑，他們只是苦於沒有一個名分。李煜只要從汴梁消失了就成，外界只要謠言四起，自然會為這些有心人利用，何況李煜若在我們手中，難道不能推波助瀾嗎？」

「唔……挾其主而召其民，這是一個好計策，可……如此大事，太尉怎麼竟要人與小周后商量？她畢竟是一個婦人，能濟得了什麼大事？如此至關重要的事情，該與李煜商量才是。」

「李煜……李煜國器在手、重兵在握時，都撐不起那一件龍袍。人家略施小計，就能讓他武斬林仁肇，文殺潘佑、李平，自斷臂膀；兵臨城下，便乞降、反悔，反悔、乞降，弄得自己一班文臣武將也無所適從，士氣大弱，如此昏庸怯懦、猶豫難決的一個人，如今屈膝稱臣，寄人籬下，他有這個膽量嗎？我……不敢冒險。」

崔大郎苦笑不語。

楊浩又道：「此事只能由旁人去做，推著他、牽著他，讓他不得不跟走，這個人……除了小周后，再無第二個更合適的了。」

「小周后便有這個膽量？」

「有什麼不能呢？只要給她機會……好，就算只是一種可能吧，如果她想離開京城了，我需要人把他們神不知鬼不覺地運出來，本來……我在京城也有些人手，不過比起大郎來，那是遠遠不如了，所以我想請大郎現在就派些人去汴梁預作安排，一旦有了機會，方便把他們偷出來。」

「……呵呵，好，這件事我來安排。」

「嗯，偷一個也是偷，偷兩個也是偷，我想趁此機會，把原唐國屬下、並不真心效忠趙宋的幾位能臣也一起運出來。」

「把李家從汴梁偷出來，是為了給趙光義製造一點掣肘，不過……你不是真的想把他再扶出來與趙光義打擂臺吧？」

「當然不是，他……扶不起來。」

「既然如此，偷他手下能臣何用？」

楊浩嘆了口氣道：「李煜把那千里神駒都豢養在御馬廊中，成了駑馬。他不用其才，難道我不可以用用嗎？」

「那些人降了宋卻仍心在唐，豈會為太尉所用？」

「春秋時，管仲箭射小白，世上險些就此沒了齊桓公。可後來管仲輔齊桓，還不是成就一段君臣佳話？魏徵輔太子李建成，亦曾與李世民為敵，最終還不是成了李世民的一朝賢相？如果他人用過的能臣幹吏，我統統用不得，難道只能自草莽之中尋那不世出的布衣能人？人心，是招攬過來的，如果主非賢主，就算你從草莽中招來的人，早晚也必另覓高枝。」

「呵呵，有此心胸，方為人主。好，這件事我著人去辦。」

「嗯，只是要讓他們安心離開，至親家眷總得一起隨行才好，人太多了恐怕不易潛走，這件事崔兄怕要大費周章了，倉卒調人前去，不知能否勝任？」

「呵呵，這個倒不為難。有一件事，我一直不曾得個合適的機會說與太尉知道。其實……你一笑樓中那個白林，就是我的人。」

「蜀中御廚白林？」

「不錯，慚愧得很，那時大郎只是注意到了太尉，尚不知太尉是不是一個可以託付相交的人，安全起見，總要安排一個耳目……如今你我已然攜手，這件事，我卻不便再瞞著太尉了……」

想到這裡，楊浩不禁暗暗警惕，繼嗣堂有富可敵國的財富、有數不清的奇人異士、有無孔不入的消息渠道，繼嗣堂的核心人物，當真是精明幹練、心機深沉，幸好，當初大唐時他們七宗五姓站在臺前，連皇權也能左右，卻遭致滅頂之災，使得他們的後人深以為戒，從此以「繼嗣」與「謀利」為宗旨，不再站到臺前，要不然，真不知天下還要攪起多少腥風血雨？

如今他們不以謀權為目的，組織結構相對鬆散，既滲透並交好於各方，又不把自己死死地與某一方勢力綁在一起，可以在各方勢力中長袖善舞、左右逢源、洞察先機、未雨綢繆。這樣做，既保障了繼嗣堂日常的利益，又確保了在非常時期不會受到根本性的衝擊。使得他們既不必在一顆樹上吊死，又永遠有可以依靠的大樹。

仔細想來，繼嗣堂的生存方式頗像是一種寄生蟲，寄生在宿主身上，吸收其養分，一旦發現宿主難以為繼，則立刻抽身而去，另覓宿主。當初他們想擁立麟州楊氏是如此，如今擁立我也是如此，只要我們之間還有互相利用的價值，他們就不會離我而去，更不會與我為敵，可是這樣，就不可以全力倚靠這些人，互相利用，終究不能成為我的左膀右臂。

他又把目光投向黑沉沉的銀州城，今日之計，不知慶王會不會中計？會不會殺了楊繼業？如果他顧忌與漢國的關係，將楊繼業拘而不殺……那楊繼業能不能成為我的左膀右臂？以前有管仲、魏徵等數不清的例子，本朝何嘗不是？林仁肇本是閩國將領，對唐還不是忠心耿耿？楊繼業扶保的是漢國，降宋之後還不是成就了鐵血丹心楊家將？如果他幸而不死，我能不能先下手為強，把他搶過來？若是我能從李煜那兒偷來幾個能臣，再搶來楊繼業這員武將，至少坐擁西北，綽綽有餘了。

楊浩舔了舔嘴脣，望著那黑沉沉的銀州城，就像看到了一個脫光光的絕色美人，目中射出貪婪的光來……

四百三十　夜魅影

幾個背弓荷箭的士卒遠遠地跟著劉繼業回到了他的駐地。城中到處都是散兵游勇，有許多契丹武士到處巡弋，控制著城中秩序，像這樣的小隊隨處可見，劉繼業沒有絲毫疑心，也沒有對他們投以特別的關注。

劉繼業目前的情形與城外的折惟正有些相似，他們都負有全軍臨戰的指揮權，但是對軍隊沒有實際的控制權，所以許多戰前戰後主將需要籌備安排做的事，諸如徵召民壯、調遣部署三軍、籌集藥材、拆除民居的房舍圍牆充作檑木滾石、準備火油毒藥、醫治傷兵等，他們都只能以磋商的形式和真正的三軍統帥商量，然後由主帥下令執行。

這樣一來，劉繼業就輕鬆了許多，在漢國時，他親自指揮守城，三軍不解甲，他絕不安睡，三軍不吃飯，他水不沾脣，一戰之後，他總要親自巡視所有陣地，慰勉鼓勵士卒，要很晚才能休息，而在這裡這麼做，未免有收買人心之嫌，所以在蘆嶺州一方一輪虛張聲勢的攻擊結束後，他只是巡視了四面城牆，觀察一番敵營動靜，對城頭遭到破壞、需要修繕維護的部位進行了一番指點，便回了自己的住處，饒是如此，當他回到駐地時，也已夜色茫茫了。

劉繼業的營帳設在南城，這一面是蘆嶺州兵馬主攻的方向。東、北兩面是契丹南院大王耶律斜軫負責的戰區，耶律斜軫兵強馬壯、武力充沛，但是攻城方法缺乏技術含量，屬於很傳統的用人命往上堆的戰術，而楊浩所部雖然兵力有限，卻擁有大量精良的攻城器械，近來的打法更是有板有眼，對守軍頗具威脅，所以劉繼業親自守在南城。

這兩天城外突然換了打法，每日看著攻城戰熱鬧非凡，卻一直都是佯攻，劉繼業算不準蘆嶺州軍在打什麼主意，對蘆嶺州軍更是格外小心，他巡罷四城，回到南城後又仔細地觀察了一番城外軍營裡的動靜，這才回到自己住處。

為防蘆嶺州軍營夜中猝發彈石砸死主將，劉繼業的營帳設在城牆內側不遠處一座堅固的藏兵洞中，外邊又加築了一道院牆，隨侍左右的就只有他的兩個兒子和十一名親兵。奉隆興翼之命，一直暗中監視著劉繼業的幾名小校，眼看著劉繼業回了營帳，不禁暗暗鬆了口氣，幾人不敢大意，就在左近伏下，打開牛皮水袋，喝著馬奶酒，就著牛肉乾，一邊填著肚子，一邊觀察著藏兵洞中的動靜。

「劉無敵的大名，我也是早就聽說過的，漢國那是麻繩拴豆腐，根本提不起來的貨，就憑一個劉繼業在那兒苦撐著才捱到了今天。劉無敵的本事，端地了得。我聽說，劉繼業本姓楊，是麟州楊家的人，如果他回到麟州，怎麼不比在漢國做一個什麼侍衛都虞候要強？可他既扶保了漢國，便忠心耿耿，再不肯背主而去，這樣響噹噹的漢子，會暗算咱們大王？」

另一個侍衛陰陽怪氣地道：「劉無敵的事，我也聽說過。聽說他還是現任麟州節度使楊崇訓的親大哥呢！你說以他的威名，還有大哥的身分，一旦回了麟州，那楊崇訓怎麼辦？他讓不讓位？就算楊崇訓肯，如今扶保著楊崇訓的麟州將領可都是他的親信，一眨眼的工夫換了個主子，他們肯嗎？依我看吶，劉無敵不是不想回去，而是回不去。」

「嘁，以小人之心，度君子之腹。」

「嘎，怎麼這麼說話呢？我是小人？我是小人，大王卻沒疑心了我，他劉無敵忠肝義膽、俠義無雙是吧？被人出賣的人在被出賣以前，沒一個會以為出賣他的人居心叵測，小心盯著點，劉繼業要真的沒事，那當我白說，要是他真的吃裡扒外，私通敵營，嘿嘿……」

就在他們不遠處，一棵大樹的枝椏上忽然出現了一雙眼睛，只是夜色昏暗，再加上幾個人一邊吃東西一邊聊天，只顧盯著劉繼業的住處，根本不曾發現。

那雙眼睛就像憑空長在樹幹上似的，它眨了眨，露出一絲狡黠的笑意，然後便突然消失了蹤影。

「嘎，好像有人。」

一個人正吃著東西，忽然看到有點異樣，他趕緊把一塊牛肉乾塞進嘴巴，用胳膊肘拐了拐旁邊一個士卒。那人往營帳口看了看，不見什麼動靜，正要扭頭問他，忽地瞧見門口暗影下悄悄閃出一個人來，左右看了看，便急急走開了。

這人十分機敏，走幾步停一停，不時停下四處打量一番，然後藉著建築物的陰影快行幾步，身影便鬼魅般地出現在另一處地方。幾個監視劉繼業的人精神一振，立即打起十二分的精神，小心翼翼地跟了上去。

那人對城中情形似乎十分了解，哪裡有兵丁巡弋、哪裡有軍營駐紮都一清二楚，他避開緊要之處，漸漸到了南城與西城交界的夾角處。這是一處死角，蘆嶺州軍營至此已至邊緣，這個夾角由於城外地勢不易排兵布陣，很少受到攻擊，城上守卒也有限。

那人悄悄爬到城頭，鬼鬼祟祟地四處張望一番，忽然快步奔去，從地上搬開一塊大石，然後抄起一團什麼東西，便快速閃向堞牆。

有一名侍衛眼尖，一眼看出端倪，失聲道：「是繩索，那人要攀援出城！」

另一名侍衛迅捷無比地取下弓矢，彎弓搭箭，對準了城頭那人的背影，旁人有人小聲提醒道：「盡量抓活的。」

那人對自己的箭術顯然甚有信心，他把弓往下壓了壓，嘴角噙著一絲冷笑，傲然道：「你放心，只要還有一絲光亮，我箴兒干的箭就不會有一絲偏差。」

箴兒干在契丹語中就是神箭手的意思，此人在隆興翼麾下箭術第一，向來以此自傲，想來是想用他的箭術來證明自己的說法，一語未了，弓弦錚鳴，箭已離弦而出。

城頭那人將繩索繫在牆上，剛剛拋下城去，箴兒干一箭飛去，他已應聲而倒，摔進城頭暗影之中。箴兒干怕他走脫，大喝：「快，捉住他。」

幾個人拔出腰刀，迅速衝向城頭，這番舉動驚動了城牆周圍的守卒，他們睡眼惺忪地跳起來，慌慌張張地抓起兵器，大叫道：「什麼人？」

「我們是隆興翼大人麾下侍衛，有人要溜出城去。火把，燃起火把來。」

幾個人大聲通報著身分，撲上城頭圍住倒地那人，有城頭守卒舉著火把走近，往地上一照，只見那人仆倒在地，一枝狼牙箭端端正正射在他的後心，把他翻過來一看，這人二目圓睜，已然氣絕身亡。

箴兒干臉上有些掛不住，恨恨地道：「怎麼會射死了？我箴兒干一身箭術……」

旁邊侍衛忙寬慰道：「月色昏暗，能射得這般準已殊為不易，箴兒干不要自責了。」

那死者穿著一身青色夜行衣，有人奪過城頭守軍的火把往他臉上照了照，失聲道：「果真是劉……的人，我見過這人。」

幾名侍衛交頭接耳幾句，對聞訊趕來的一員守城的佐將囑咐一番，叫他嚴密封鎖消息，不得對任何人聲張出去，便抬著那具死屍，飛也似地跑去向隆興翼報訊了。

竹韻潛在暗處，輕輕一笑，鬼魅般地消失在夜色當中。今晚，她還有很多事要做呢。

*　　*　　*

惟正賢姪，吾於蘆嶺州遍撒入城的傳單中驚見我麟州楊家二十年前所用軍中祕語，驚訝不勝，依之聯絡，不想竟是賢姪到了兩軍陣前，我於城中苦苦思慮守城之法，竟不知蘆嶺州楊浩已與我折楊兩家締結同盟，且由賢姪代之掌軍，親人相見，如此場面，不勝唏噓……

慶王耶律盛，亂臣賊子耳，如非得已，我主實不願觸怒契丹，與之結盟互助。惟正賢姪信中所言，正可解我主之困，唯姪年少，難為麟府蘆三州代表，若楊太尉果有誠意，還請太尉親筆寫下盟書，加蓋太尉印綬，我見盟書，必依諾那驅虎吞狼之計。

屆時，爾等可繼續佯攻，我使城中守軍與耶律斜軫苦戰，消耗雙方兵力，待戰事糜爛不可收拾，吾為內應，銀州唾手可得。慶王死，契丹亦元氣大傷，當暫無西進之力。事成之後，契丹剷除叛逆，楊浩聲威大噪，至於銀州歸屬，當依前約，歸我漢國所有。那時我當勸國主西遷銀州，麟、府、銀、蘆四州一旦結盟，東抗宋國，北拒契丹，可保無憂矣……

繼嗣堂當年曾想扶持火山王楊袞吞併折家，當時雙方合作密切，對楊家這門通信祕語瞭如指掌，後來楊袞坐擁麟州，不敢與折家為敵，反而翻臉收拾繼嗣堂的人，這門已為外人所知的祕語便也棄之不用了。棄之不用的東西就不會慎重保密，於是漸漸流入一些有心人耳中。

契丹雖是尚武之國，最好征戰，但是並非只知莽打莽幹的莽夫，他們是很重視細作密探作用的，大量派遣密探進入中原，甚至勸反了山東東道的幾名宋朝官員，就是契丹細作的功勞。對西北諸藩，雖非契丹關注的重點，但是也有他們的細作活動，這門已經洩露的通信祕語被他們的人搞到了手，做為參考送回了北國。

隆興翼是慶王耶律盛手下謀士，也曾仔細研究過它的破譯規律。如今見劉繼業信中提及傳單是麟州楊家多年前棄之不用的祕語，他忙取出自己當年做過的筆記對照進行破譯，果見那傳單上是簡要說明了時間、地點、傳信人的身分和約見的請求。結合劉繼業這封信看，雙方已不是第一次接觸了。

那時候的祕碼通訊比較簡單，只能簡略地表述時間、地點、需求等等，如果要表達詳細的內容，還得用正常的文字交流，所以傳單上表述的內容有限，隆興翼看過了這封信，又拿著破譯的那張傳單冷笑一聲，振衣而起道：「走，去見慶王大人！」

* * *

銀州城自從來了慶王耶律盛，雖然府庫充實，可是為了激勵三軍士氣，招攬民心，慶王還是吃了許多大戶，可是除了與契丹人關係密切的一些豪紳巨商，卻有一戶人家，雖與契丹素無往來，也是安然無恙，而且甚受慶王禮遇，那就是銀州李家。

銀州李家，是真正的隴西李氏後人，與夏州李氏不是一回事。夏州李氏本姓拓跋，是鮮卑王的後裔，而隴西李氏自秦漢至今，一直是漢家正統。就連當年的大唐天子李世民，想給自己找個根正苗紅的出身，也要攀高枝，說他是西涼武昭王李暠的後人，李暠就是隴西李氏的傑出人物。

不過李世民自認隴西李氏後人時，高僧法琳就當場給了他一個難堪，立即駁斥說：「琳聞拓跋達闍，唐言李氏，陛下之李，斯即其苗，非柱下隴西之流也。」

他直言不諱地說李世民是鮮卑拓跋達闍的後代，並不是隴西大族李氏後人，如果手中沒有確鑿的證據，他再狂妄，想必也不敢在皇帝面前口出狂言的。更耐人尋味的是，李世民對他這句當面指責並無對應的下文，若他是真金不怕火煉，哪有被人換了個胡人祖宗卻不敢分辯的？

大唐宗室世系譜中亦有許多疑點，比如北魏時他們的先祖叫李初古拔。李淵祖父李虎的兄長叫起頭，還有個站弟叫乞豆，李起頭的兒子叫達摩，都是鮮卑特色的名字，李家也承襲了很濃重的胡風，比如玄武門之變後，李世民擁兵入宮，向李淵「請罪」時跪吮他的乳頭，就是胡人習俗。

李世民做為一個皇帝，擁有強大的權力，可以加強而易舉地影響輿論、改變史書的記載，所以留給後人的官方記載中，儘管有些經不起推敲之處，卻堅持認為他是出身隴西李氏。後代的學者們對此雖然始終沒有一個定論，但是這麼一個傑出人物，一個創造了大唐盛世的皇帝，當然是本民族的人才滿足自豪感，有些人是不容許別人提出這種質疑的，因此行文至此，筆者特意提一提這種非主流的觀點，至於李世民身世之謎到底如何，是胡是漢，恐怕會永遠湮滅於歷史長河之中，無法確證了。

不管如何，李世民既然自承是隴西李氏後裔，當然要對隴西李氏給予許多照顧。所以隴西李氏在當時得到了很大的發展，成為當地首屈一指的豪門世家。如今隨著大唐煙消雲散，隴西李氏也已沒落，許多分支後裔流落到了中原，但是在隴西還有一支真正的李氏族裔，其家主就住在銀州，號稱銀州李氏。

銀州李氏的族長叫李一德，字君子。銀州城四分之一的百姓是其族裔宗親，與其姻親往來關係牽絆的百姓更有半城之數，因此又被人尊稱為李半城。這樣一個人物，不管誰占了銀州，除非他只想得到一座空城，否則對李半城都是不敢不敬的，所以如今的銀州雖然兵荒馬亂的，李一德家中卻是安靜如昔。

夜深了，清風習習，涼月當空，蟋蟀在草叢中唧唧鳴叫。一道身影飛快地繞過曲苑迴廊，行過幾處房舍，飛身上了一座亭閣。

這人是竹韻，李家她雖然是頭一遭來，不過大戶人家的建築都有一定的規制，主房、客房、前廂、後廂，都有一定之規，只要熟諳這些建築規矩的人，從房舍建築上就能知道哪裡是府中主人的居處，哪間屋子是一家之主的臥室。她站在亭上仔細打量一番，便飛身掠進一處垂花耳門，沿著一條碎石鋪就的小徑鬼魅般向前奔去……

李老爺子已經睡了，寬敞的雕花大床上，一個體態豐腴、姿容明豔的少婦穿著薄如蟬翼的羽衣橫陳榻上，臉蛋紅撲撲的，帶著一抹酒醉似的酡紅，睡夢中猶自露出滿足、甜蜜的微笑。枕在她玉臂上的，是一個身材魁梧的老者，濃眉闊口，一副花白的鬍鬚，正發出微微的鼾聲。

竹韻掌著燈，笑微微地俯身看了看「一樹梨花壓海棠，滿堂春意燕雙飛」的旖旎景象，轉身把燈放在桌上，悠然自若地負著手，踱著步子打量起房中情形來。

她雖不是鐘鳴鼎食的世家子弟，但是自幼為繼嗣堂做事，見慣了豪綽的居室，李一德這處臥室，衾帷床席，皆極珍異，富麗華貴之中不帶一絲俗氣，世家有此氣派本不稀奇，可是西北苦寒之地，有這樣一戶人家，卻是難能可貴了。

竹韻在桌邊坐下，順手拈起壺來，斟了杯涼茶，喝了一口，讚道：「好茶，沏泡如此之久，滋味一點不變，這茶好，茶具也好。」

她一說話，榻上的李一德猛地驚醒，霍地一下坐了起來，薄衾滑落，露出赤裸而結實的古銅色肌膚。年逾六旬的老人，竟有這樣強健的體魄，平素保養得著實不錯。

竹韻笑吟吟地坐在那兒，絲毫不介意李一德那赤裸的身軀，她嫵媚地眨眨眼睛，甜甜地道：「李老爺子，您好。」

「妳是誰？」李一德嗔目一喝，旁邊睡得正香的那個侍妾也驚醒了，陡見房中坐著一個一身青衣的俏姑娘，身前還橫著一口寶劍，不禁驚叫了一聲：「啊！」

竹韻笑道：「銀州李氏，傳承至今，殊為不易。李老爺子樂施好善，扶危濟困，高山仰止，景行行止，素有君子之稱。如今眼見大禍臨頭，小女子著實不忍，今晚冒險闖來，是給老爺子指點迷津來了，老爺子不歡迎嗎？」

「啊！」那美妾又尖叫了一聲，竹韻黛眉微蹙，輕嗔道：「老爺子能讓你的女人閉嘴嗎？」

「啊！」那美妾隨之又叫了一聲，李一德蹙眉喝道：「出去！」

那美妾慌慌張張地爬起來，也顧不得春光外洩，拔腿就跑，這時門外有人叫道：「老爺子，出了什麼事？」

李一德道：「老夫沒事，大呼小叫的做什麼？都滾得遠遠的。」

待那妾室出去，李一德把薄衾往身上一圍，騰地一下跳落地上，赤著一雙大腳板便向竹韻走來，從容不迫地在她對面坐下，上下打量她一番，開口問道：「姑娘自何處來？奉何人所命？要與老夫說些什麼？」

《步步生蓮》卷十七風荷搖破扇完